講談社文庫

銀河鉄道の父

門井慶喜

講談社

銀河鉄道の父……目次

銀河鉄道の父

「だからお父さんはぼくをつれてカムパネルラのうちへもつれて行ったよ。あのころはよかったなあ。」

――『銀河鉄道の夜』

1　父でありすぎる

　一日の仕事を終えて鴨川をわたり、旅館に帰ると、おかみが玄関へぱたぱたと出てきて、上がり框に白足袋の足をすりつけながら、

「宮沢はん」

「何です」

「……！」

　目をかがやかせ、好意的な表情で、わけのわからないことをまくしたてた。

　――わかりません。

　ということを示すため、政次郎は、大げさに首をかしげてみせた。岩手県から来た政次郎には、京都弁というのは、何度聞いても外国語より難解なのである。

　おかみは、なおもにこにこしている。

　奥にひっこんで、ふたたび出てきたときには右手の指に電報送達紙をはさんでい

た。手のひらほどの薄い洋紙に黒い枠線が引かれ、縦横の罫が引かれ、そのなかへ毛筆で数字やカタカナが書き流されている。

（もしや）

政次郎はなかば紙をひったくり、凝視した。右下の発信人の欄には「ミヤザハキスケ」、すなわち故郷の父・宮沢喜助の名前があり、その左の、いちばん大きい欄のなかには、

ヲトコウマレタタマノゴトシ

政次郎は口のなかで、

「……男生まれた、玉のごとし」

読みあげるや否や、両手でおかみの手をにぎりしめ、故郷のことばで、

「ありがとがんす。ありがとがんす」

言い終わらぬうち、きびすを返して戸外へとびだした。

ぎっしりと民家のたちならぶ渋谷通をせかせかと夕陽の方向へあゆみつつ、

「長男だじゃ。長男だじゃ」

唇から語があふれるたび、体温が上がる気がした。宮沢家はただの家ではない。

質屋、古着屋をいとなむ地元でも有数の商家なのだ。いまごろ三つ年下の妻イチは、

——でかした。ようもあととりを生んだ。

などと親戚中から称賛されているにちがいなかった。政次郎がふるさとへ帰り、その称賛の輪に入るのは、さあ、一か月後くらいになるだろうか。

「ああ、はやぐ帰りたい」

つぶやいたとき、政次郎の足は、木の橋板をふみしめた。

鴨川にかかる五条大橋だった。政次郎は橋の上を西へ行き、市街へ入り、さらに五条通をまっすぐ行く。目的地は東本願寺。二十三歳の政次郎が、ほかのどんな宗派よりも、

——人間を、高めてくれる。

と確信するところの浄土真宗のいっぽうの総本山にほかならなかった。

東本願寺は、閉まっていた。

時間が時間である。当然だろう。政次郎は巨大な壁のような門の前にたたずんで瞑目し、手を合わせた。門のむこうには昨年落成したばかりの、宗祖親鸞をまつる御影堂があるはずだった。世界最大の木造建築という。

「なむあみだぶつ。なむあみだぶつ」

口のなかで称名をころがすうち、心がゆっくりと静かになる。報恩感謝の念のみ

になる。

（ありがとがんす。ありがとがんす）

約二十日後。

政次郎は、京都停車場（ステーション）から汽車に乗り、ふるさと花巻（はなまき）の街へ帰った。時あたかも明治二十九年（一八九六）九月。すでに東海道本線も東北本線も全通している。旅は、ずいぶん楽になった。

†

家へ帰ると、誰ひとり玄関へ出むかえに来ない。一瞬、

（るすか）

と政次郎は思ったが、しかし二間つづきの手前の部屋はぴったりと襖（ふすま）が閉められていて、そのむこうで女たちの笑いさざめく声がする。

妻イチの声もある。母キンの声もある。ひときわ遠慮がないのは姉のヤギのそれだった。三年前、婚家を追い出されて家にもどり、誰はばからず実家のめしを食っている。

政次郎は、

「帰ったぞう」

大声をはりあげた。

女たちの声はぴたりとやみ、襖がひらいて、イチが早足でこちらへ来て、

「あ、旦那様、お帰りなさいまし、申し訳ながんす気がつかねで……」

「粗忽者(そこつもの)」

政次郎はぴしゃりと言うと、ことさら仏頂面(ぶっちょうづら)をして見せて、

「なんぼ赤んぼうが生まれたといって、不注意はこまる。とぐにお前は、お母さんやお姉さんを戒(いまし)める立場なのだじゃ」

「申し訳ながんす」

「気をつけなさい」

政次郎は旅装をとき、部屋に入った。

座敷の手前の、十畳の和室である。政次郎の顔を見るや、母は、

「おかえり」

とのみ言って部屋のすみっこへ立って行き、姉のヤギは、

「さあ、おつとめ。おつとめ」

そそくさと奥の襖をあけ、座敷のほうへ行ってしまった。政次郎はその背中を見ながら、

（やれやれ）

このぶんでは関西出張中、さだめし羽をのばしたのだろう。またイチへ小言を言おうとしたけれども、

「あ」

目をうつし、全思考が停止した。

部屋の中央に、小さなえじこが置かれている。えじこは稲藁（いなわら）をかご状に編んだもので、白い敷布（しきふ）がつめこまれている。そのなかに小さな動物があおむきに寝ていたのだ。

動物は、人間だった。

泣きもせず、笑いもせず、頭の左半分をべたりと敷布にうずめつつ、力ある目を見ひらいている。瞳の光のあまりの黒さ、あまりの大きさに、政次郎はつい目をそらした。赤子とは一般にそういうものなのか、それとも、この子だけが、

（特別なのか）

父になるというのは精神的な仕事だと思っていた。こんなに物理的とは知らなかった。イチが横から、

「旦那様」

「な、何だ」

「まずハ、どうぞ」

口調に余裕のあるのが癪（しゃく）にさわる。政次郎は、

「う、うむ」

えじこの横にすわると、いいにおいがする。鮎（あゆ）のようなと言おうか、小豆粥（あずきがゆ）を炊（た）いたようなと言おうか。上掛けのかわりの赤いねんねこがおどろくほど大きくふくらんではしぼむ。背後のイチへ、冗談めかして、

「意外に人っぽいようだな。しわくちゃの猿を想像していたども」

「何を言ってるべが」

「安産だったが」

と聞いたのは、いちおう妻を気づかったつもりなのだが、イチはちらりと赤んぼうを見て、

「生まれてすぐ、それはもう元気な声で泣きましたじゃ」

「んだが」

「ほら、旦那様」

イチが、意味ありげに赤子のほうを見た。

つられて政次郎もそちらへ首を向ける。赤子はこちらへ手をのばし、乾いているのに水ぶくれした手のひらを見せている。あの強い視線もいまは政次郎から逸（そ）れ、あた

かも別の生きものを見るかのように自分の手の甲をながめていた。政次郎はほっとして、

「どれ」

小指を立て、赤んぼうの手に近づけた。

われながら意味のない、しかし自然な行動だった。ここ一か月ほどの関西出張ですっかり日焼けした指先で、わずかに小さな手のひらを突く。とたんに小さな五本の指がうごいて、やわやわと、しっかり政次郎の小指をつつみこんだ。

(あっ)

政次郎は、目の奥で湯が煮えた。

あやしてやりたい衝動に駆られた。いい子いい子。べろべろばあ！　それは永遠にあり得なかった。家長たるもの、家族の前で生をさらすわけにはいかぬ。つねに威厳をたもち、笑顔を見せず、きらわれ者たるを引き受けなければならぬ。

この生き馬の目をぬく世の中にあって商家がつぶれず生きのこるには、家族みんなが意識たかく、いわば人工的な日々をすごさなければならぬ。家そのものを組織としなければならぬ。生活というのは、するものではない。

――つくるものだ。

というのが政次郎の信条だった。封建思想ではなく合理的結論。今後はこのみどり、

児に対しても、

（弱みは、見せぬ）

みどり児は、まだ政次郎の小指をにぎにぎしている。

目をほそめ、頰の肉をひくりとさせたのは、あるいは笑ったのかもしれない。政次郎はきゅうに怖くなって、小指をひっこめた。

と同時に、赤んぼうが火のついたように泣きだした。政次郎は狼狽した。腰を浮かし、しどろもどろで、

「じゃじゃ、泣ぐな泣ぐな。これ、しずかに……」

「お腹へったんだべ」

イチがいざり寄り、正座したまま両手をのばした。ねんねこを剝がし、両手で赤子をもちあげる。

ひざの上にのせる。おちついた動作だった。ためらいなしに右手でおのれの片胸をはだけ、赤んぼうの顔をおしつけると、乳首と唇がこまかく縦横にずれたあげく、

「んっ」

接続された。

唇がおのずと運動を開始した。んっ、んっと赤子がさかんに音を立てているのは呼吸なのか、咀嚼なのか、嚥下なのか。乳首はべっとりと隠れてしまった。気がつけば

二十歳の妻の乳房はひとまわり大きくなり、蒼すじが浮き、なまなましくも現実ばなれした磁器のような何かになっている。

玄関のほうの襖がひらいて、

「帰ったが、政次郎」

野太い声がした。政次郎はふりかえって、

「あ、お父さん」

「不注意はこまるぞ、政次郎」

そこには、父の喜助が立っていた。

あの京都の宿に滞在していた政次郎へ電報をよこした発信人。ふとぶととした鼻ごしに政次郎を見おろして、

「なんぼ赤んぼうが生まれたといって、店番をしているわしに挨拶もねぇぐ家へ上がりましたではな」

「申し訳ながんす」

政次郎は、頭をさげた。喜助は政次郎の前にあぐらをかき、白髪をふさふさと左右にふって、

「もっとも、今回は来んほうがよがったべがな。また根子村の長松が、ねばり腰で」

「ああ、長松さん。例の刀で？」

「んだ。こんな姿形のわるい、無銘の、錆だらけのしろものでは三円以上にはならんと何度言っても帰らねのよ。先祖伝来だとか、武士のたましいだとか、病気の母の薬代がとか、いつもの口上を必死でな」

「病気の母は、真実だべが」

「こっちも商売だじゃ」

「商売ですな」

父子は、淡々と話している。どちらも百戦錬磨の質屋なのだ。喜助はちらりとイチへ目をやり、イチの胸もとを見おろしてから、

「政次郎」

「はい」

「名は、決めたぞ」

赤んぼうの名前だろう。何しろ一か月以上も家をあけるので、生まれたら決めてくれるよう前もって父に頼んでおいたのだ。政次郎はうなずいて、

「何と？」

「け、い、けんじ」

喜助はそう言い、畳に指で漢字を記した。賢治。政次郎はその音のつらなりを何度か口のなかで転がしてから、点頭して、

「宮沢賢治。よい名前だじゃい」

「治三郎が案じた」

「ほう」

政次郎は、唇をすぼめた。治三郎はふたつ年下の弟である。職業は、写真家だった。

——金もちの、道楽さ。

などと村人から陰口をたたかれつつも、全国に数十台しかないという写真機を肩にかついで県内県外をとびまわっている。

「見るからに頭のよさそうな子じゃから、そう名づけたんだと。賢治の治は治三郎の治だが、もちろんお前の、政次郎の次でもある」

「きっと。……んだなハ」

政次郎は、ふいに声を落とした。喜助はきらりと目を光らせて、

「何が？」

「かしこくなりますじゃ。この子は」

われながら、不必要なほどの断言だった。喜助はけんかを買うような口調で、

「わかってるべ」

「え？」

「質屋には、学問はいらん」

「…………」

「お前も小学校どまりだったべ、政次郎。それで上等。中学校にはやらんでいい」

「先の話です」

政次郎は顔をそらし、賢治を見た。

賢治はまだ乳を飲んでいる。ゆくゆく家長になるであろう生命は、んっ、んっと健やかな声を立てて目のふちをまっ赤にした。つるりと剝いた枝豆を想像させる頭のかたちがことのほか美しく、政次郎は、

（学問か）

そっと息を吐く。われながら処理にこまる感情だった。気がつけば、となりの座敷から、おつとめの開始を告げる開経偈の声が聞こえてくる。

無上甚深微妙法
百千万劫難遭遇
我今見聞得受持
願解如来真実義

姉のヤギが仏壇に向かったのだ。

この年は、天災が多かった。

三か月前には三陸沖を震源とするマグニチュード八・二の大地震が発生した。高さ三十メートルをこえる津波が沿岸部に襲来し、二万人以上が死に、農作物が全滅した。

花巻は内陸だから被害はまぬかれたものの、翌月には大雨により北上川が氾濫。たくさんの人家がながれ去り、田畑がぬかるみの底にうまった。賢治誕生の四日後には、さらに内陸部でも大地震が発生。えじこから賢治がぽんと飛び出したほど畳がはげしく波打ったという。

ヤギがいよいよ、

――なむあみだぶつ。

の声を大きくしているのは、こんな土地、こんな時代に生まれてしまった賢治のゆくすえが案じられるのかもしれなかった。

「どれ」

政次郎は立ちあがり、座敷へつづく襖をあける。姉とともに称名をとなえようと思ったのである。

†

六年後、秋のはじめ。

政次郎は、店の帳場にすわっている。

質入れの客の応対をしている。背後にイチが来たらしい。裏口から入ってきて、客足の絶えるのを待っているのだろう。絶えたところで、

「あの、旦那様」

「何した」

「賢さんが、どうしたべ、熱がかなり。おでこにさわったら焼けるようで。血も」

「血？」

「ええ、お便所に行ったら、お尻から……」

（血便）

政次郎は、はっとした。赤痢（せきり）をうたがったのだ。もしそうなら賢治は七歳、命にかかわる。やにわに立ちあがり、イチを見おろして、

「ばか。何をのうのうとしているのだ」

「申し訳ながんす」

イチが頭をさげるのが、いよいよ政次郎を逆上させる。いきおいのあまり、

「私が、医者へつれて行く」

と言おうとして、政次郎はことばを呑みこんだ。赤痢だろうが何だろうが、大の男がたかだか子供の病気につきそうなど、

――みっともない。

通りへ聞こえぬよう小さな声で、

「お前がつれて行げ」

「はい」

「よーく、よーく先生の話を聞くのだじゃ。お前はぼんやりしているからいけない」

「はい」

イチはくるりと体の向きを変え、奥のほうへ姿を消した。政次郎はふたたび帳場へすわり、土間を見た。からからと戸をあけて新たな客が入ってくる。

客は五、六人つづいた。みな農夫だった。今月に入ってまたしても北上川が氾濫し、田畑が荒れたため、食うにこまって金を借りに来たのだろう。彼らの最初のひとことも、

「これで、なんぼすか」

と、台本があるかのように決まっていた。

質種は、たいてい稲刈り鎌やら、鋤や鍬の刃やらだった。政次郎はわざと居丈高な口調で、

「一円以上にはならねなハ」

とか、

「来月十日までに返してけらいん。利子をつけて三円四十八銭」

などと宣告しつつ、内心では、

(鋤や鍬の刃などは、彼らはそれ専門の鍛冶屋にこしらえさせる。命より大事な仕事道具だ。金はきっと返すから多めに貸し出していい)

などと計算したり、

(返さなかったら、それはそれでいい。品物はうちの店の所有になる。このごろの相場だと、古道具屋より鉄くず屋のほうへ売りとばすか)

などと先を読んだりした。店や家族がじかに被害を受けないかぎり、

――天災は、もうかる。

それが質屋の法則だった。

もっとも、この日にかぎっては、こんな職業的な思索から心がすぐに離れてしまう。

(賢治。ああ)

私的な後悔へ行ってしまう。そういえば賢治の声はここのところ少ししわがれていた。腹が痛いと泣いていた。洪水(おおみず)のあとに伝染病がはやるのは衛生学の常識なのに、もともとよく泣く子だからと本気にしなかったのが油断だったのだ。イチもイチだ。なんで気づいてやれなかった。手おくれになったらどうするのだ。

最後の客に金を貸し、のれんを屋内へひっこめて戸じまりを厳重にしてしまうと、飛ぶように家に入った。イチはすでに帰っていて、例の十畳の部屋のまんなかへ行李(こうり)を置いて、着物やら、本やら、おもちゃの人形やらを入れている。政次郎は部屋中を見まわし、となりの座敷をのぞきこんだ。賢治はいない。

「なした」

立ったまま聞くと、イチは首をあげて、

「熱は、三十九度もあって。先生が左の脇腹を親指で押したら、賢さん、ひどく痛がってなハ……」

「病名は?」

「赤痢なんだと」

(賢治が、死ぬ)

一足飛びに、意識がその恐怖へ到達した。それだけは嫌だった。そんなことになるくらいなら、

この刹那、政次郎の心の何かが切れた。世間で当然とされる家長像、父親像がまるで霧のように消え去った。政次郎はイチの正面へあぐらをかいて、

「先生はどんな措置をなさると。ぼやぼや聞いていてはいけないのだじゃ。こっちか

ら『何でもします』と言わねば……」

「申しました。んだば本城の大病院へ紹介状を書いてくださって。そちらへ行ってみ

たら、すぐに入院にきまりました。私はいったん賢さんを置いて、家に来て……」

「これを持って、あらためて、か」

政次郎は、行李のふちを指でたたいた。

「はい」

「私が行く」

政次郎はにわかに立ちあがり、行李のふたを閉めた。イチは両手で口をおおって、

「えっ！」

「賢治のめんどうは私が見る。看護婦ごときに任せられぬ」

「まあ、それでは……」

イチはことばを濁したが、あとにつづくのが、

——近所に顔向けができません。

という内容であることは明らかだった。東京にはクリミア戦争におけるナイチンゲールの功績にまなんだ専門の教育所もあると聞くが、地方では、看護婦というのは要するに病室の女中にすぎなかった。

教育のない若い女がやる汚れ仕事、それを家長がやるというのだ。イチは袖にすがるようにして、

「旦那様は、お店のほうを」

「お父様にたのむ」

「賢さんが、あまり気づまりでは」

「血をわけた父といっしょで、なして気づまりか」

「私がしじゅう付き添いますから」

「お前は家の世話をしなさい。家にはトシもいる、シゲもいるでねぇが」

トシ、シゲとはそれぞれ五歳、二歳になる賢治の妹である。政次郎は、退かなかった。退いたら一生、

（後悔する）

それが何より恐ろしかった。押し問答をしていると、玄関のほうで音がして、襖がひらく。父の喜助が入ってきたのだ。

土蔵での質種の整理が終わったのだろう。イチがしかじかと訴えると、

「ばかな」

黄色い目を剝き、狂犬でも見る目で政次郎を見た。

「病人の世話など看護婦にやらせろ。男子のやることではねがべじゃ」

イチと同意見だった。世間のすべてが味方するだろう。政次郎はひるまず、

「ただの病人ではねがべ。賢治だじゃい。万が一のことがあったら」

政次郎は、むりに家を出た。みずから行李を背負って隔離病舎に行き、赤痢患者の病室へ入ってみると、

「おっ」

政次郎は、思わず声をあげた。

部屋そのものは、大部屋だった。政次郎から見ると右に四つ、左に四つ、ぜんぶで八つのベッドがならんでいて、すべてが患者でうまっているが、そこは近代の色彩にあふれていた。白いシーツに白いふとん。枕をつつむ白い敷布。天井(てんじょう)から吊りさげられたガラス製の、ひょうたん形をした石油ランプのあかりさえ橙色(だいだいいろ)がうすかった。示威や虚飾のためではない。わずかな血や汚物の存在をも浮き立たせ、これを徹底的に排除する実用の色。賢治は、右のいちばん奥のベッドに寝ていた。

あおむきだった。ガラス窓の下にちんまりと頭を置き、目を閉じている。ねむっているのだろう。

（賢治）

政次郎は、枕もとに立った。

行李をおろし、つくづくと愛児の顔を見た。ほんの三、四時間前、家で見たばかりの頬がすっかり痩せおとろえてしまった気がする。肌の色も、

（こんなに、黒ずんで）

息はあさく、速く、とりわけ呼気に力がない。ひたいの上に置かれた白い手ぬぐいの熱さをたしかめるべく手をのばしたところへ、

「失礼」

背後から声が来た。

ふりかえると、四十くらいの年齢の男が立っている。主治医だろう。しみひとつない糊のきいた白衣をつけ、首に聴診器をぶらさげていた。彼の横にはやはり白衣をつけた看護婦がひとり。制帽も純白の洋風ながら、まるごと日本髪をつつんでいるため滑稽なほどふくらんでいる。

「賢治君の……お父上？」

「はい」

「お見舞いで？」

政次郎は首をふり、

「きょうから、ここに泊まりますじゃ。夜どおし賢治のめんどうを見ます」

「すぐにお帰りください」

医者はきびきびと説明した。赤痢の原因は赤痢菌であること。特効薬はなく、しずかに回復を待つしか治療法はないこと。伝染の原因になるため家族はなるべく患者と接触しないほうがいいこと。

「ほかの患者の家族にも、おなじことを申し上げています。四六時中つきそうのでは何のための隔離病舎かわからない」

政次郎は食ってかかるように、

「私なら、伝染されてもかまわねじゃ」

「あなたひとりの問題じゃない。保菌したまま院外へ出れば、それが新たな流行の原因になるんだ」

「出なければいい。私はここにいますじゃ。この子はね、先生、うちのあととりなんです」

「菌には関係ありません」

「わが子が命の瀬戸際にいるんだじゃ。どうして指をくわえて見ていられます」

「案外あっさり退院できるかもしれないんですよ」

医者は、やや口調をやわらげた。となりの看護婦とつかのま視線を合わせてから、

「赤痢というのは、症状の個人差が大きいんです。夏かぜ程度ですむことも」

「気休めを言ってもだめだじゃ。見てくださいこの頰を。肌が黒ずんで」

「あれでしょう」

医者は、ガラス窓を指さした。窓の外はまだ明るく、ぬれ落ち葉が二、三枚ぺったりと貼りついて、室内へ影をつっこんでいる。それが賢治の顔をぼんやりとつつんでいた。賢治がころりと頭を左へころがすと、影はそのまま白いシーツの上で薄墨をこぼす。

「あ」

「わかりましたか、お父さん」

勝ちほこったように言われ、政次郎は顔をまっ赤にして、

「いや、だめだ、だめだ。私は新聞で統計を見たんだ。ことしも赤痢で何万人も死ぬ見込みだっていうでねすか。コレラや天然痘（てんねんとう）よりも多いって」

「しっ」

医者は唇の前で指を立て、まわりの患者へ目を走らせた。政次郎はさすがに我に返って、

「申し訳ながんす」

「勝手になさい」

医者はきびすを返し、出て行ってしまった。これ以上ばかと話をしても仕方がないと言わんばかりの態度だった。

看護婦もつづく。政次郎は気にしなかった。ほかの患者ひとりひとりへ挨拶してまわり、それから入口ちかくの壁ぎわへ行った。

壁ぎわには、丸椅子がならんでいる。その一脚をかかえて賢治のベッドの横にもどり、それを置き、しかし腰かけることはしなかった。

「さて、やるか」

賢治のひたいへ手をのばした。まずは手ぬぐいを替えなければならない。考えごとの暇などないのだ。政次郎は、自他ともにみとめる働き者だった。

†

夜半になった。

戸外の風がつよくなり、ばりばりと窓を鳴らした。その音が耳に入ったのか、あおむきに寝ていた賢治が、

「……んん」

枕の上で頭をふるわせ、目をあけた。政次郎は椅子にすわったまま、身をのりだし

て、

「賢治。賢治」

ほかの患者は寝ているため、ささやくように言う。七歳の子はビー玉のように青く見える瞳をゆっくりと動かし、政次郎を見て、きゅっと目の焦点を合わせた。政次郎は、自分でも、

（こんなのが出せるか）

と内心びっくりするような優しい声で、

「よしよし、いい子だ。なんにも心配ない。私がずっと見ていてやる」

賢治は二、三度まばたきして、蚊の鳴くような声で、

「ありがとがんす」

政次郎は、息をのんだ。

わが心臓の破裂音が聞こえたほどの感動をおぼえた。この子は何という聖人だろう、いちばん苦しいのは自分なのに。ふとん越しに賢治の胸をなでてやりながら、

「自分のことを考えるごった。それだけでいいじゃ」

のどがつまって、うまく話しかけられなかった。われながら矛盾している。ふだんは何かしてやるたび、

――ありがとうと言え。頭をさげろ。それが人間の礼節というものだ。

などと叱りつけているのである。政次郎はみずから照れてしまう。その照れをかくすため、

「お腹はどうだ。痛くねぇが？」

「痛くながんす」

言いながら、賢治は頬をふくらました。おこったような顔をしている。痛みをがまんしているのだ。これもまた、

——男なら、弱音を吐くな。

という日常のしつけによるものか。政次郎は、自分が途方もない愚か者のように思われた。

「よしよし、ほんとうは痛いんだべ。こんたなときは素直になるんだじゃ。待ってろ、いまやわらげてやる。看護婦に聞いておいた」

政次郎は立ちあがり、病室を出た。

廊下の奥には湯わかし部屋があり、そこへ入ると、洋風の部屋のまんなかには二枚だけ畳が敷かれていて、九月というのに火鉢に火がおこっていた。

火鉢の上では、鉄瓶がしずかに白い蒸気をふきだしている。この病院では、お茶などを淹れるのはもちろん、器具や包帯の消毒のため熱湯をふんだんに使用しているのだ。

「おばんでがんす」

と火の番をしている年老いた小使いに挨拶して、政次郎は、壁ぎわの棚から皿鉢をとった。

皿鉢には水が張られていて、豆腐ほどの大きさの、茶褐色のこんにゃくが一枚およいでいる。あらかじめ看護婦にもらっておいたのだ。政次郎は流しに立ち、水だけを捨ててしまうと、そこへ火鉢から持ってきた鉄瓶の湯をそそぎこんだ。

むわっと生ぐさい蒸気が立つ。しばらく待ってから湯を捨て、こんにゃくを布でくるむ。病室へもどる。賢治のふとんのなかへ差し入れ、腹の上に置いてやった。

つまりは、腹をあたためる処置である。高熱の体にはよくないのだが、痛みで眠れないときのみ看護婦からみとめられていた。賢治は少し咳をした。

政次郎はまた椅子にすわり、

「どうだべ」

「楽になりました」

「まっごどだが?」

「まっごど」

室内は暗いが、窓からさしこむレモンイエローの星あかりで賢治の眉が垂れたことがわかる。こころなしか唇も赤みがさしたようである。

（嘘ではない）

知った刹那、これまで感じたことのない自己肯定感におそわれた。あるいはこれこそが親の幸福の頂点ではないか。男子の本懐とはこういうことではなかったのか。

「んだが、んだが。さあ寝ろ寝ろ。寝るのが何よりのお薬だと先生も言っておられた」

「はい」

「おやすみ」

「おやすみなさい、お父さん」

賢治はしかし、その後ねむれなかった。ぼんやりと天井をながめたり、ため息をつ
いたり、腹のこんにゃくを落とさないよう少しだけ寝返りを打ったりをくりかえし
た。あんまり昼に寝すぎたのだろう。政次郎は勇を鼓して、

「歌ってやるべが」

「え？」

「お前がいい夢を見られるよう、私が、歌を」

さすがに子守唄は気恥ずかしかったから、わらべ歌にした。政次郎自身が子供のこ
ろ夏の夜によく蛍をさがしながら歌ったやつを、手のひらで賢治の胸をとんとんと叩
いてやりながら、

ほだんこ　ほだんこ
そっちの水はうまぐねえ
こっちの水はうまいぞ
昼は草葉の　露のかげ
夜はぴかぴか　高提灯
ほだんこ　ほだんこ
こっちの方さ　来い来い

「……ねむれねが」

政次郎は、胸のとんとんをやめて聞いた。

賢治がすまなそうに首を縦にうごかす。政次郎はいっそう心が浮き浮きした。ねむってほしくない気がした。考えてみれば、こうして父子ふたりっきりで夜をすごすのははじめてなのだ。今後もないのではないか。

「来年は小学校だなあ。賢治」

「はい」

「たのしみだなあ。あの本屋のせがれ、何と言ったっけが、そうそう信ちゃんだ。信ちゃんといっしょに通うといい。カバンも、着物も、帳面も、ぜんぶ新しいのを買ってやるべ。お前はきっと成績がいいごった。私もそうだったからな。修身、読書、習字、算術、歴史、地理、博物、物理、化学、生理……ぜんぶ評定は『甲』だった。賢治、わかるか？　甲乙丙丁の甲。つまり最高の評定なわけだ」

政次郎は、いよいよ夢中で語りかけた。

「もちろん卒業時の席次は一番だったじゃ。その気になれば中学校へあがることもできたんだが、私のお父さんは、そうだ、お前にはお祖父（じい）さんの喜助さんが『質屋に学問は必要ねぇ』ってな……。お前はどうだべ。学問は好きが」

賢治は、おとなしく聞いている。背後で誰かがうーんと声をあげたので、迷惑にならぬよう、政次郎はさらに上体をかたむけた。賢治がときおり咳をすると、その息があたたかく顔にかかる。

（菌）

政次郎は、医者の話を思い出した。

こんなに濃厚に接触していたのでは、赤痢が伝染するかもしれない。そういえばさっきから寒気がする。首のうしろなど冬風（ふゆかぜ）にさらされているようだ。

（まさか）

そんなことを気にするのは息子への裏切りだろう。政次郎は話をつづけた。賢治の顔から顔を離さず、ひそひそと、自分や宮沢家の話を。

†

政次郎は、明治七年（一八七四）二月、岩手県里川口村に生まれた。二十八年前、いまの花巻町である。雪ふりつもる陰鬱な夜のことだったが、長男だったから、

――あととりが生まれた。

父の喜助がよろこび、母がよろこび、家に灯がともったようになったという。十二歳のとき、村の中心部にある本城小学校を卒業。成績はすべて「甲」であり、校長からも、

「花巻一の秀才です」

と折り紙をつけられた。政次郎自身、勉強がとても好きだったから、

「中学校に進みたいのです」

喜助にたのんだ。花巻では、中学校とはすなわち三十キロほど北の県庁所在地にある岩手中学校をさす。県下の最高学府である。

喜助は当時、四十六歳。にべもなく、

「だめじゃ」

「なすて」

「質屋には、学問は必要ねぇ」

単純明快な論理だった。中学校へ行ったところでソロバンが上手になるわけではなく、質種に値がつけられもしない。そもそも全国的に、

——本を読むと、なまけ者になる。

というのは、質屋にかぎらず商家の常識にほかならなかった。本を読むと、ものを考えるようになる。そんなのは手淫とおなじく、ただ前途有為な若者から精をうばう悪習でしかなかったのである。

いや、それのみではない。このときの喜助には、もう少し複雑な理由もあった。さかのぼれば商家としての宮沢家は、徳川時代後期、宮沢宇八という人の花巻にひらいた呉服屋・井づつやに始まっている。

宇八は、はたらき者だった。商売は繁盛し、大店を建て、たくさんの奉公人をつかうまでになったけれども、その孫の喜太郎というのが生まれながらの派手ずき、遊びずきで、まったく家業に身を入れなかったから店はつぶれた。財産は四散した。

——わしのせいではねべ。

喜太郎は、くりかえし言ったという。

――時代のせいじゃ。何しろ維新のごたごたで世がみだれた。わしも南部（なんぶ）のお殿様より、たびたび御用金をもとめられるに耐えられねがったんだ。

この弁解は、或る程度は真実だった。事実上、南部藩最後の殿様である南部美濃守（みののかみ）利剛（としひさ）は維新にさいし、ほかの東北諸藩主とともに奥羽越列藩同盟をむすんで徳川方につき、薩長主導の新政府軍に抗戦した。

いわゆる戊辰（ぼしん）戦争である。結局のところ戦いにやぶれ、盛岡（もりおか）城をひらき、武器弾薬をひきわたしたが、そうしたら蔵には旧式ながら大砲百八十六門、小銃六千六百余挺がならんでいて薩長の軍人をおどろかせたという。

たかだか二十万石の大名にはあり得ない飽和状態で、この上さらに南部利剛はスイスの商社ファーブル・ブランド社に多数の小銃を注文していた。領内の富商に金を出させたのである。喜太郎はそのひとりだった。

どっちにしろ、店はつぶれた。

――宮沢一族（まき）は、もう終わった。

などと世間にささやかれた。喜太郎は長男だったけれども、子供はおさなく、家の再興は弟たちに託された。もっとも、次男・円治は養子に出してしまったし、四男・徳四郎は性格が暗く、とても商売むきではない。

――もう、むりか。

と親戚一同あきらめたところへ、

「わしが」

とばかり、にわかに立ちあがったのが、三男・喜助にほかならなかった。

政次郎の父である。親戚中から、

――石に、金具を着せたような。

などと揶揄(やゆ)されたほど融通がきかず、頭がかたく、したがって商売には向いていないと信じられていた男だった。

喜助は、おどろくべき行動に出た。

花巻をはなれ、大迫(おおはさま)、土沢(つちざわ)など周辺の街をまわり、市場のすみっこに古着をならべて客を待ったのである。

――呉服屋のせがれが、古着を売るか。

世間はいよいよ嘲笑したし、実際、売れゆきも大したことがなかった。やはり客相手の仕事はこの男にはむつかしかったのだ。

けれども、そこは「石に、金具を着せたような」である。くそがつくほどまじめな男。かせいだ金はいっさい無駄づかいせず、もちろん長兄のような派手な遊びもせず、それこそ爪に火をともすようにして小金をため、たまったところで花巻にもどり、これまた世間にうしろ指さされるのを承知で、質屋をひらいたのだった。

これが、大あたりした。

もともと花巻の街には質屋はめずらしくないのだが、街の人は、ないし近隣の農民は、よその店よりもしばしば喜助の新店をえらんだ。

——喜助さんなら、安心だ。

——たびたび行っても、警察に目をつけられることがない。

そういう評判だったのである。

理由はやはり、喜助の頭のかたさにあっただろう。いったいに質屋というのは、商売の特質上、盗品との縁がふかい。万引き、掏摸、火事場泥棒、墓あらし……ぬすんだ品をもちこんで金を借り、そのまま逐電してしまう悪道者がたいへん多い業界なのだ。

質屋としても、魚ごころあれば水ごころ。それと知りつつ品物をひきとり、さっさと転売してしまう。もとより貸金が返るとは考えないのだ。あとで警察に聞かれたら、

「へえ、んだったのすか。それはそれは、こちらも一杯くわされだでば。盗品とはゆめ知らなかったもので」

などとしらを切る。むしろ被害者面をする。そういう犯罪すれすれの商いを喜助ははじめからしなかった。客から質種をもちこまれると、虫めがねで入念にしらべ、客

自身の人相風体をうかがったあげく、

——いかがわしい。

と判断したら追い返す。おどされても賺されても引き取ることはしない。もしも気づかず引き取ってしまったら警察へためらわず持参する。盗品だったら引き渡す。そのぶん売り上げは減ることになるが、それが喜助という男だった。正義の士というよりは、或る意味、潔癖症なのである。

こうなると警察のほうでも一目置いて、

——宮沢のところは、協力してやれ。

ということになる。村内村外で大きな盗みがあったりすると、わざわざ喜助を呼び出して、

——盗品は、これこれの宝石と銀時計。

などと情報を提供してくれるようになる。はたしてその宝石なり銀時計なりが店に来れば、喜助はこっそりと通報し、犯人逮捕につながるわけだ。こういう型やぶりの商いは同業者から嫌われたけれども、客のほとんどを占める善良な貧乏人たちからは、

——安心だから。

よろこばれるいっぽうだった。他店とくらべて金利が低いわけでもなく、店がまえ

が大きいわけでもなく、ながい伝統があるわけでもなく、看板娘がいるわけでもない喜助の店はこうして花巻一の存在になった。喜助はいわば、それとは知らず質屋を近代化したのである。

ただしその繁盛は、ここ二十数年のこと。今後もつづく確証はない。だからこそ喜助は、あるいはたかだか喜助一代のこと。

長男である十二歳の政次郎が、

「中学校に進みたいのです」

と懇願しても一蹴したのである。質屋には学問は必要ねぇ。うっかりと学問に、それも文学や数学などという何の役にも立たないそれに憑かれでもしたら、或る意味、美酒淫楽よりも悲惨である。宮沢家は没落一家に逆もどり。喜助は喜助で、すべてを賭して政次郎の進学を阻んだのだ。

政次郎は、

「……わかりました」

小学校卒業の翌日から、喜助について家業をまなびはじめた。二度と中学校の話はしなかった。

†

二週間後、賢治は元気に退院した。

高熱にうなされ、腹痛に泣いていたのが嘘のように白米をもりもりと食べ、しっかりと味のついた牛肉のスープを飲んだあげく、

「ありがとがんす」

と同室の患者に挨拶してまわり、医者や看護婦に頭をさげた。若い看護婦はにっこりして、

「よかったなっす、賢治君」

「はい」

「体を大事にして、たくさん勉強してなハ」

「はい！」

賢治は、イチとともに隔離病舎を出た。さわやかな秋風のなか、賢治はまるで行進するように街を歩いて、

「気持ちいいなあ、お母さん」

もともと快活な子なのである。菩提寺である浄土真宗・安浄寺に立ち寄ると、住職

に挨拶し、本尊の前で熱心に手を合わせ、

「なむあみだぶつ」

と三度となえた。

†

いっぽう、政次郎。

おなじ病院の、隔離ではない一般病舎のベッドの上にいる。

体をくの字にして、両手を下腹にうめこんで、

「くそっ。……くそっ」

苦悶(くもん)に顔をゆがめていた。尻の栓が抜けたような、そこから何かを吸い出されるような激痛。

(たまらん)

鼻のあたまに脂汗(あぶらあせ)がねっとりと浮く。ためしに称名をとなえてみたが、状態はよくならない。そんな期待をするほうが門徒としてまちがっているのだろう。

「だから、よせと言ったべじゃ」

足の先から、声がした。

むりに顔をあげて見ると、ベッドの柵のむこうに丸椅子があり、喜助が腰をおろしている。

あの古着屋から質屋をはじめ、宮沢家を再興させた政次郎の父。もう六十三になったのに白髪がふさふさしているあたり、活力があり余っている感じだった。舌打ちをして、おさない子供をしかりつける口調で、

「看病は看護婦にやらせろと、わしはあれほど言っただねが。賢治の赤痢が伝染した」

「ち、ちがいます」

政次郎は、声をしぼり出す。喜助は腕を組み、ベッドの柵にもたれかかって、

「何がちがう」

「赤痢ではなく、腸カタルだと。べつの何かの菌にやられたのだと先生が」

「おなじごっだ。原因は看病。赤痢菌にまみれた賢治から片時も体を離すことなく、ほとんど寝ないで付き添った。どんな頑健な男でも病気をもらうべ」

「……よかった」

「何がだ」

「元気になりました。賢治が」

政次郎は、体を折ったまま寝返りを打った。反抗心から言ったのではないが、喜助

はやれやれと言わんばかりに首をふって、

「お前はなあ、政次郎」

「はい」

「………」

口をつぐんだ。この人が何かを言いさすのはめずらしい。痛みの少し引いたとき、

「何ですか」

水を向けると、喜助はようやく口をひらいて、

「お前は、父でありすぎる」

それが赤痢よりも遥かに深刻な病であるかのような、憂いにみちた口調だった。

(たしかに)

政次郎は、みとめざるを得ない。その証拠になるかどうかはわからないが、この二週間のいとなみは、想像していたより楽しかった。腹が痛いと言われれば湯わかし部屋でこんにゃくをあたため、薬の時間になれば白湯にとかして銀の匙で口へはこんでやる。ひたいの手ぬぐいを冷たくする。全身をぬぐう。着がえさせる。便所に立つとき肩を貸してやる。

われながら有能だったのではないか。ときおりは賢治と無駄ばなしができたのも貴重な時間だった。その代償として下腹の激痛と高熱を得たくらいなら、収支はじゅう

ぶん、

（黒字だな）

　政次郎はいま、ベッドの上でもだえつつ、心から満足するのだった。喜助の言う「父でありすぎる」ことは、政次郎には悪いこととは思われない。

「政次郎」

　喜助はふいに呼びかけると、立ちあがり、

「わしは、帰る」

「ありがとがんす」

「もう来んぞ。店がある」

「はい」

「……甘やかすな」

　そう言いすてると、喜助は、逃げるようにして病室を出てしまった。最後のひとことは賢治をという意味なのか、政次郎自身をという意味なのか、政次郎は判じかねた。どちらもなのだろう。四日後、退院した。

†

政次郎は仕事にもどり、ふたたび関西へ一か月ほど出張した。これは質屋の仕事ではない。古着の仕入れのためだった。

古着屋は、宮沢の店のもうひとつの柱なのである。もともと喜助がはじめた商売で、質屋で成功したのちは副業程度のあつかいだったが、政次郎はこれに十八歳のとき目をつけて、

「お父さん。ちょっと私にやらせてください」

きっかけは、東北本線が青森から上野まで全線開通したことだった。すでに二年前には東海道本線が全通している。日本は、にわかに狭くなっていた。

(関西へ、行ける)

着物の質は、伝統的に、関東よりも上方（かみがた）のほうが上なのである。

しかも安い。政次郎はまず京に滞在し、毎朝、東本願寺に参詣してから寺町あたりの古着の店をまわった。ときに西陣（にしじん）製の高級品まで仕入れて大阪へ行き、さらに買いこんで花巻へまとめて送ってしまうと、花巻では、一般客むけの小売りはしない。ほかの質流れの品とともに同業者のあつまる市（いち）に出す。このほうが金になった。ときには盛岡の市まで出向くこともあった。ほとんど輸入商だった。こういう古着の商売は、質屋ほどではないにしろ、いつしか宮沢家の重要な収益事業になっていたのである。政次郎は、

――喜助さんにも引けを取らぬ、利才ある男だ。

と評判されるようになった。そんな生活が、退院後、すべて旧に復したのである。

もっとも。

政次郎は、ひとつだけ元通りにならなかったものがある。腸だった。消化能力が落ちたのか、冬はともかく、夏になると固形物がだめになった。政次郎はこれ以降、昭和三十二年（一九五七）に八十四歳で死ぬまで、暑い時期には粥しか食べられなかった。

2　石っこ賢さん

賢治は八歳になり、町立の花巻川口尋常高等小学校（尋常科）への入学式の日をむかえた。

新しい着物、新しい袴、それに新しいカバンを肩にかけて元気よく家を出たため、近所の者は、

「古着でもうけて、新品か」

などと陰口をたたいた。キンが菩提寺・安浄寺へ用足しに行く道すがら、耳にはさんだのである。政次郎はそれを聞くと、

（質屋は、ひっきょう質屋か）

ため息をつき、自分を諭すかのように、

「言わせておくのす、お母さん」

もっとも、それよりも大事なのは賢治の身の安全だった。あしたからは家でいいが、

——きょうだけは、まず店に顔を見せなさい。

と言ってある。われながら心配性なことだと苦笑いしつつも、生存確認をしないではいられなかった。

その日の、午後。

言われたとおり、賢治は、店のほうへ帰ってきた。ふつうの客とおなじように土間の戸をあけ、

「ただいま帰りました」

その瞳は、涙のレンズで覆われている。唇をへの字にして、絹を裂くような声で、

「お父さん。おら、あしたから行きたくね」

「何」

政次郎は、逆上した。どこの無教育な家の子が、わが愛児に、

（乱暴したか）

ざぶとんを蹴って立ちあがり、土間へ下り、賢治の前に立った。たまたま客はいなかったから、政次郎は、ぎゅっと抱きしめてやろうとした。賢治はその前に父を見あげ、つーっと左目に涙のすじを引いて、

「学校の門のちかくに、郵便局があるのす」

「局長の息子か」

「その前に、大きな犬がいるのす」

「はあ」

政次郎は、だらりと両腕をたらした。

その犬なら知っている。賢治の目には熊の大きさに見えるのだろうが、大人の目には小犬だし、だいいち野良犬ではない。政次郎とも顔見知りの郵便局長がきちんと躾をして、餌もあたえ、電信柱につないでいる従順な飼育動物なのである。

ほっとしたとたん、腹が立った。

「男だろう。しっかりしろじゃ」

頭にひとつ拳骨をくれたら、賢治はうなだれ、手首で涙をぬぐって、

「……はい」

翌朝、賢治は、なかなか家を出たがらなかった。政次郎はほとんど追い出すようにした。午後にはけろりとした顔で帰ってきて、イチが、

「賢さん。犬は、どうだった？」

と聞いたところ、目をしばたたいて、

「え？」

克服をとおりこして忘却したらしい。以後はもう、登校をいやがることはなかった。

体調不良をうったえもせず、雨の日を面倒がりもしなかった。学業もたいへん結構だった。国語の教科書はもう手に入れたその日には通読してしまったし、算術でも足し算、引き算をとびこえていきなり九九をやりだした。おなじ学年にはほかに秀治、金治という成績のいい子がいて、賢治と合わせて、

——三治。

と先生たちに称されたという。

政次郎の予想どおりだった。政次郎自身、二十四年前には似たような優良児だったのだ。むかしを知るお婆さんなどと寺で会うと、お婆さんは、うわさを聞きつけたのだろう、

「おめさんの小さいころそっくりだべ」

と言ったものだし、政次郎はそのつど顔の前で手をふり、臆面もなく、

「賢治のほうが出来がいいすじゃ」

いっぽう、予想外なこともあった。

最大のそれは、放課後の時間のすごしかただった。

賢治はさかんに戸外で遊んだ。入学前はずっと家のなかで本を読むか、政次郎の姉のヤギといっしょに仏壇の前で称名をとなえるか、あるいはせいぜい庭へうつぶせになってガラス製の石油ランプのホヤを十もならべ、蜘蛛や蝶などを一匹ずつ閉じこ

め、いわば即席の動物園をこしらえて、

虫こ。虫こ。

などといいかげんに歌いつつ終日ながめるかが習慣だったことを考えると、この変化は劇的だった。賢治はいまや、学校から帰ったら玄関にカバンを放り出し、

「行ってまいります」

と律儀に挨拶だけはして飛ぶように出て行ってしまう。日が暮れるまで戻らない。この家はもう、食って寝るだけの旅館のようなものになってしまったのだろうか。

「さみしい」

とつぶやいたのは、政次郎ではない。

イチでもない。キンでもない。賢治の上の妹のトシだった。東北人らしく肌が白く、目鼻の彫りが深い六歳の子。いつもは勝ち気な言動が多いが、

「おら、お兄ちゃんがいないと、さみしい」

そういえば、以前はよく賢治のとなりでうつぶせになり、石油ランプのホヤの動物園をながめながら、

――虫こ。虫こ。

と調子を合わせていた。政次郎はみょうに胸を衝かれて、

「よしよし」

おかっぱ頭をくしゃくしゃと手でなでてやり、

「さみしくね。さみしくねぇぞ。お前もあと二年で行けるんだ」

「学校に？」

「ああ」

「お兄ちゃんと？」

「んだ、んだ。行くみちに大きな犬がいても、賢治がいれば安心だじゃ」

政次郎は、にっこりしてみせる。せいいっぱい励ましたつもりだが、子供には、二年というのは永劫（えいごう）にひとしい時間である。はぐらかされたと思ったのだろう、トシは頬をふくらませて泣きそうだった。

†

入学から、一か月ほどが経った。

政次郎は店をしめたあと、

「お父さん。お願いします」

　と喜助を呼び、質屋のほうの帳合をはじめた。

　一日の終わりの事務である。おなじ机のこちらに政次郎がすわり、むこうに喜助がすわり、喜助が帳簿を読みあげる。その日来た客それぞれについて、貸し出した金額、返済された金額、それらを差し引いた残り高。

　聞きつつ政次郎がソロバン珠をはじいて数字を出し、帳簿のそれと見くらべる。おなじならよし。ちがうなら、おなじになるまで計算し、原因をつきとめるのだ。

　客により、あるいは質種により金利がちがうため、慣れないと頭が混乱するのだが、そこはそれ、百戦錬磨の喜助と政次郎。淡々と進んでとどこおりがなく、四十七人ぶんの計算がはやくもあと二、三人で終わりというとき、店ではなく、家のほうの玄関の戸がからからと音を立てて、

「ただいまぁ、帰りましたぁ」

　という賢治の声がした。

　ただちに家のなかから、トシの、

「お帰り、お兄ちゃん！」

　政次郎はソロバン珠をはじきつつ、いつもの小さな安堵を感じた。机のむこうの喜助が、ふと帳簿から目をはなし、

「このごろは、あまり話っこをしねようだな」

「話？」

「ああ」

「誰とです」

「賢治と」

「してますじゃ」

「しておらん。わしは見ている。少なくとも、トシやシゲほどには」

「んだべがなあ」

政次郎は首をひねるが、喜助は、

「それでいい、政次郎」

おしかぶせるような、反論の芽を摘むような口ぶりで、

「父親というのは、それでいいのだ。女は花をあたためるように。男は霜をふむように」

「そんなふうに育てられたのですね、私も」

「うむ」

「肝に銘じます」

政次郎はうなずき、喜助はふたたび帳簿を音読しはじめた。そういえば政次郎自身、小学生のころ、喜助とほとんど会話しなかったような気がする。ときおり一方的

に叱られるか、説教されるだけ。

共通の結論ないし認識に達することを目的として双方が積極的に発言する、いわゆる会話をするようになったのは、小学校を卒業し、

(家業に入ってから、か)

父子(おやこ)というのは、父子のうちは沈黙をまもる。上司と部下になってはじめて、

──口をきいていい。

というのが、あるいは天保(てんぽう)うまれの喜助の信念だったのかもしれないが、しかし元来、質屋の主人というのは居職(いじょく)のようなものであろう。子供とは四六時中、顔を合わせているわけだから、わざわざ言葉を交わさないのは、かえって、

(不自然では)

政次郎にも、迷いがある。

迷いがあるから賢治への態度がさだまらない。会話をしたり、わざと避けたり。明治うまれの新世代の父親はどうすればいいのだろう。あの心ゆくまま賢治とつながることのできた半年前の隔離病舎の日々がとほうもなく愛(いと)しく、なつかしい。

(また、やれたら)

と政次郎は思い、つぎの瞬間、

「ばか」

首をふった。わが子の重病をのぞむ親がどこの世界にあるだろう。こんな一人芝居を見とがめて、喜助は帳簿から目をあげ、

「何をしている」

眉をひそめた。政次郎はあわてて顔を伏せて、

「いいえ」

仕事が終わり、夕食の時間になった。若いころは勤勉と倹約で鳴らした喜助も、さすがにたがゆるんだのだろう、最近はことさら刺身を要求することが多かった。この夜もイチに、

「今夜は、まぐろか」

「はい」

「よし」

政次郎は内心、

(教育に悪い)

と思いつつも、口に出しては言えなかった。食事どきは全員、無言だった。

†

賢治の友達は、秀治、金治ばかりではなかった。

そういう秀才のいっぽうに、捨三、源一などの悪童もいて、むしろそっちとよく遊ぶらしかった。行動範囲もいちじるしく広がって、住民が漠然と、

——花巻。

と呼ぶ地域全体におよんだ。危険もそれだけ、

（大きくなる）

政次郎の不安は、日を経るごとに増大した。

岩手県は、面積では、北海道をのぞく日本の全府県のうち最大である。四国全県にもせまるほどで、そのかわり人口密度も北海道のつぎに薄い。地図帳をひらいてみれば、岩手県は、海鼠（なまこ）を縦に置いたかたちをしていて、その左三分の一を奥羽（おうう）山脈が、右三分の二を北上（きたかみ）山地が、それぞれ縦につらぬいている。

北上山地の右にへばりついている糸のこぎりの歯が、いわゆるリアス式の三陸海岸。おなじ山地の左には極端に縦長の平野があり（北上盆地）、その平野をまっすぐ南流するのが、

——東北（みちのく）一の大河。

と呼ばれる北上川だった。

すなわち岩手県をまないたに載せ、すっぽりと包丁で東西に切れば、その断面はM

の字をなしているだろう。そのMの字のまんなかのくぼみ、ふたたび俯瞰すれば細道のような縦長の平野は、古来、文字どおり、細道の役割を果たしたのである。

何しろ陸路をとるかぎり、南北方向の往来には、この平野を通るしかない。関東ないし仙台、平泉から盛岡、八戸へ。だから徳川時代の奥州道中も、明治に入ってからの鉄道（東北本線）も、みなここを縦走した。花巻はその宿駅ないし停車場のある街として発達したのである。たまたま岩手県のほぼまんなかに位置するのも、

——岩手の、へそだじゃい。

などと、どこかしら住民の誇りになっていた。

花巻の中心は、花巻城。

別名、鳥谷ヶ崎城。小高い丘の上に立っていたが、維新敗戦のあおりを受けて廃城となり、破却された。いまは何もないにひとしいが、丘の南には、むかし同様、街区が整然とひろがっている。その東側が北上川によって、西側が奥羽山脈によって画されているのは地勢上当然のことだけれども、この街のほかとちがうのは、南側も、豊沢川で区切られていることだった。

豊沢川。奥羽山脈の奥ふかくを水源とし、東流して北上川に合する。大した水量はなく、だらだらと網の目のごとき浅い川なので、沿岸の農民は、

——もうぺっこ水があったら、舟が引けるべもの。

などとため息をつく。それだけに、子供たちは、むしろ徳川時代からここを遊び場にした。

夏なら水あび。男の子も女の子もまるはだかで川のなかを走りまわり、きらきらと飛沫を散らした。浅いから寝そべっても溺れないし、石は丸くて痛くない。なかには石をVの字状にならべて魚獲りにいどむ者もあったけれども、これはなかなかむつかしかった。河原はひろびろとしているので、男の子には、石合戦の戦場となった。

秋には、ままごと。女の子の遊びである。薄を束にして人形をこしらえ、家から欠け鉢を持参して夢の食卓をわがものとした。冬はもちろん雪合戦だが、お正月の凧あげも、ここでやれば他のものと糸がからむことがなかった。

ただし親たちは、

――あの川には、行ぐな。

と言うことが多かった。

ことに街の中心部の、生活水準が上の家の親はそう言った。いくら水量が少ないとはいえ、この川は、水源がすぐそこなのである。

水源は、くりかえすが奥羽山脈のなかにある。距離に対して高低差がありすぎる。雨がふれば増水というより鉄砲水になるのは当然の物理的法則だった。実際それに呑まれて永遠に姿を消した人間は、子供も大人も、それこそ徳川時代から数えきれぬほどあったのである。

　政次郎も、

「賢治には、行かぬよう言え」

　とイチにたびたび命じた。政次郎自身、おさないころ母のキンにおなじことを言われたのだ。

　ましてやいま、賢治にはろくな友達がいない。捨三、源一というような札つきの悪童どもと連日人生の貴重なひとときを費消して顧（かえり）みることをしないという。もともと親にとってはどんな友達も、わが子を横取りする人さらいのように見えるものだが、それを差し引いても情況が悪すぎる。

「賢治はな、よその子とは命のおもみがちがうんだじゃ。川では何が起こるかわからね。家で本でも読ませておきなさい」

　入学して三か月後、不安は、的中した。

†

　豊沢川は、色変わりの季節をむかえていた。

　薄野（すすきの）の色が、変わりつつある。昨年からの枯れ株がげんなりと黄色の茎葉（くきは）を垂らすのと、新しい株があおあおと葉をのばすのが入りまじり、いちめんのまだら模様。ほかの季節にはない、独特の川辺の風景だった。

しかもそれら新しい株は、しばしば子供たちの背丈をこえる。

彼らは迷路にとびこんだ気になるのだろう、その日はさんざん鬼ごっこをしたらしい。がさがさ、ちゃりちゃり、おたがい見えがくれに駆けまわりつつ、

「お前が、鬼だ」

「つかまえた！」

「つかまってね！」

「卑怯（ひきょう）だぞ。嘘つくな」

子供の遊びは、すぐに変わる。鬼ごっこに飽きると、誰かが、

「枯れ草は燃えるが、青草は燃えねぇべ」

などと知識を披露した。その日そこには賢治のほか、例の捨三、源一、さらにはあの成績優等な三治のひとり、秀治の姿もあったという。

「燃える？　燃えね？」

首をかしげたのは、その秀治だった。

「ほんとだべが」

「ほんとだじゃ」

「なしてだべ」

「枯れ草には水気がねぇが、青草には水気があるからだと」

「ほんとだべが」

「おら、マッチ持ってる」

と言ったのは、源一だった。

ふところに手を入れて出すと、手には安全マッチの赤い小箱がある。箱のなかには、白い木の軸の上半分に赤い頭薬をぬりつけた着火用の道具が五、六本ころがっていた。親にないしょで持ち出したのだろう。

全員、一瞬ためらったあと、

「やってみるか」

「ああ」

「だいじょうぶだ。すぐに消える」

源一はマッチをすり、青草に近づけた。

その横の枯れ薄に火がついた。ぱちぱちと音が爆ぜ、吸いこまれるように光が消える。黒煙がたちのぼる。意外と目にしみたのだろう、子供たちは顔をそむけ、咳をした。ふたたび顔を向けたときには炎は見あげるほどになっている。

「消せっ」

と命じたのは、賢治だったという。

「消せっ、消せっ。ハンドで消せっ」

ハンドとは、子供用の筒袖羽織のこと。全員がそれを身につけていた。ふつうの羽織は袖丈がだらりと長いけれども、これはシャツの袖口のように短いので、手をひっこめることができない。つねに手が出ているからハンドというわけで、賢治が案じた言葉だった。

賢治には、造語癖がある。

あるいは造語をみんなに使わせるだけの指導力がある。あとで話を聞いたとき、政次郎は、

（あの賢治が）

などと首をひねったものだが、この仲間では、じつは賢治がリーダー的存在なのだった。

むろん腕力では捨三、源一にかなわない。彼らはときに賢治を殴ったし、泣かせたりもした。それでも集合場所はどこにするかとか、つぎの遊びは何にするかとかいう重要案件の決定のさいには、たいていの場合、賢治がみんなを従わせたという。

（雄弁か）

と、政次郎は思ってみた。賢治はつとに他児のおよばぬ読書経験があり、語彙力が

ある。その雄弁が仲間に耳をかたむけさせたのだろうと推測したのだ。

しかし実際は、これは親のひいき目にすぎなかったらしい。

――賢さんは、きかねぇ。

というのが真実だった。要するに耳を貸さないのである。金もちの家に生まれた自尊心がそうさせるのか、あるいは家でさんざんキンやヤギに甘やかされて育ったせいなのか、ひとたび、

――こうする。

と言ったら何があっても意見を枉(ま)げなかった。なるほど無敵だろう。大人の世界もおなじだが、議論に勝つのは弁の立つ人間ではない。話を聞かない人間なのである。

とにかく、枯れ薄の火である。全員、すばやく筒袖羽織(ハンド)をぬいで、

「そりゃっ」

「そりゃそりゃそりゃっ」

ばさばさと火を圧殺しにかかったが、火はかえって天を衝き、雲をあぶり、水を流したように裾野をひろげた。

青草は燃えない、などは嘘だった。枯れ草も青草ものみこんで炎はいよいよ版図をひろげ、刺激性の強い黒煙をひろげる。誰かの前髪がちりちりと焦(こ)げた。まもなく、
ジャン

ジャン

という金属音が街のほうから聞こえた。

半鐘（はんしょう）が鳴ったのだ。がらがらと音を立てて大人たちが手押しポンプをころがして来る。前後に横木のついた大八車のようなものが、それぞれ木製のポンプをのせて三台。なかには助っ人とおぼしき大工ふうの男も四、五人いる。みな血相を変えていた。

「誰のいたずらだっ」

「吸引管（すいこみくだ）を川さ入れろ」

「腕木をやれっ」

大人がふたりずつ大八車にとびのり、シーソーよろしくポンプの腕木を上下させる。やはり木製の放水口からは電信柱ほどの太さの水が出たが、距離は三、四メートル。大した役には立たなかった。

暮方（くれがた）になり、ようやく鎮火した。

消防活動が功を奏した、のではなかった。燃えしろがなくなったのである。枯れ草も、青草もみな灰になってしまった。たまたまそこは川中（かわなか）の島だったため、延焼はせず、街には被害がなかったが、島には二、三軒の粗末な小屋があり、そこには人が住んでいた。彼らはたまたま留守だったけれども、家はもちろん柱の一本にいたるまで焼けて灰になったのである。

　子供たちは、逃げた。

　大人が来る前にちりぢりになった。が、おなじ日の夜にはもう、政次郎は、町内の寄合で、

「犯人のひとりは、宮沢さんちの賢さんだずよ」

　と聞かされた。捨三、源一があっさり白状したらしい。政次郎は仏頂面で、

「まさか」

　翌朝、朝めしのとき。政次郎は、床柱（とこばしら）を背にして座した。部屋にはずらりと脚のみじかいお膳がならんでいて、左右から向かい合うよう一家整然と正座している。

　政次郎にいちばん近いのは、左に喜助、右に賢治。全員、いただきますのかわりに、

「なむあみだぶつ」

　と三度となえて箸（はし）をとった。膳の上には白いごはん、味噌汁、それに山東菜（さんとうな）の当座漬。

　いつもなら、誰もが無言の時間だった。あけはなした障子戸から雀（すずめ）や四十雀（しじゅうから）の声が聞こえないのは、外が雨だからだろう。しとしとと音もなく庭土をぬらし、巴旦杏（はたんきょう）の葉をぬらし、土蔵の漆喰（しっくい）壁をぬらした。政次郎は、漬物をこりこりと嚙（か）みながら、

「賢治」

「はい」

賢治は、ただちに箸を置いた。背すじをのばし、体ごと政次郎のほうを向く。父親に呼ばれたのだから当然の反応である。政次郎は飯碗(めしわん)をとり、ごはんを口に入れ、ゆっくりと嚙んで呑みこんでから、

「きのう荻堀で野火があったな」

「はい」

「お前か」

「知らねす」

即答した。政次郎から目をそらしもしない。政次郎は内心ちょっと狼狽したが、顔には出さず、

「よろしい」

話をおしまいにした。賢治はふたたびお膳に正対し、箸をとり、飯碗をイチにさしだして、

「お願いいたします、お母さん」

二杯目を要求したのだった。

政次郎、無言。

ふたたびこの話題を持ち出すことをしなかった。気圧(けお)された、わけではむろんない。ましてや賢治を信用したのでもない。どこからどう見ても嘘をついているのだが、

(不問に付す)

そう決意したのだった。こんな小さなことで賢治の未来に傷をつけるなどということは、

(考えられん)

焼け出されたという川中の島の貧民には、あとで安浄寺の住職にいくばくか金をあたえてもらうことにしよう。原資はむろん政次郎が出す。それを世間への顔立てとする。

「……それでいい。それで」

政次郎は、庭を見てつぶやいた。巴旦杏の木が、あおあおと緑の葉を茂らせている。

賢治はその日、下校後の外出をしなかった。しかし二、三日後にはもう家に帰るや、家でおとなしくトシやシゲの相手をした。

「行ってまいります」

家をとびだして、例の悪童と遊ぶようになる。豊沢川へも行くようになった。

†

こんな生活も、三年後に変化した。

賢治は、四年生になった。あいかわらず学校から帰るや、

「行ってまいります」

玄関にカバンを放りだして出て行ってしまうのだが、そこにはもうひとつ、

「行ってまいります」

の弾んだ声がかさなるようになったのである。

トシだった。玄関には、ふたつのカバンがしばしば「人」の字のごとく、たがいを支えつつ立つことになる。

「あれは毎日、どこさ行ぐのだ？」

或る日、政次郎はイチに問うた。イチは、二年前に生まれた四番目の子の清六（せいろく）を背中におぶって、その鼻先で鈴を鳴らしてやりながら、

「川や山へ、と」

「神社の境内（けいだい）とか、城跡とかには行かせねのが」

「ええ」

「ばか」

政次郎は、顔をしかめた。川では溺れる。山では迷いこむ。結局は人の目のある市街地が、

（いっとう、安全なのだ）

というのが政次郎のたどりついた結論だった。実際、二年前には、あの豊沢川が増水して賢治の同級生ふたりが帰らぬ人となっている。賢治はたまたま家にいたのだ。

イチは戸惑ったように、

「石が」

「はあ？」

「街には、石がねぇと」

イチの言うところでは、この二つちがいの兄妹はいま、めずらしい石を集めるのに熱中しているのだという。

ことに賢治の傾倒ぶりはすさまじく、雨ふりの日はトシといっしょに畳の上に蒐集品をばらまき、腹ばいになって何時間もながめているらしい。肌理のまっすぐな緑色の四角い石。宝石のような赤一色だが砂粒のように小さい石。ただの灰色の河原石にしか見えないけれども、その割れた断面は金粉をぱらぱら埋めこんだような石。

とりわけ気に入った石はすすんで近所の大人にも見せたので、最近では、

――石っこ賢さん。

と呼ばれているという。

「はあ」

政次郎は、われながら間抜けな声をあげた。親しまれているのか、ばかにされているのかわからない。石や砂など、政次郎には、この世の無価値なものの代表なのである。

ため息をつき、舌打ちをして、

「なすてまだ、そんな遊びを」

「何でも担任の八木先生が、授業の合間におっしゃったんだそうで。花巻は、鉱物研究者には宝の山だって」

「ああ、八木」

政次郎は、その教師の名を記憶していた。

会ったことはないが、好意を持っていた。八木英三、まだ二十歳。正式な免状を持たぬ代用教員で、東京の早稲田大学へ入るべく勉強しながら教えているとか。

昨年も、やはり賢治の担任だった。そのときはフランスの作家エクトール・マロの童話『家なき子』のまだ出たばかりの日本語訳を、じつに六か月かけて朗読したとい

う。その痛切かつ臨場感あふれる読みくちに生徒たちは水を打ったように沈黙し、ときにすすり泣いた。賢治もいたく感動したらしい。政次郎はそれを聞いて、

（努力家だし、進取の気性に富んでいる）

そのおなじ八木先生が、ことしは別のところで賢治に影響をあたえたらしい。

「ふん」

政次郎はぷいと顔をそむけ、

「子供(わらす)のことだ。すぐに飽きる」

家を出て、店にもどった。心のどこかに安心がある。石ころだろうが何だろうが、悪童どもと隊を組むよりは、トシと遊ぶほうが、

（賢治には、いい）

そんなことだったろうか。トシは二年生だけれども、一年生のときの成績はすべて「甲」。かつて政次郎がそうだったように。あるいは賢治がそうであるように。賢治もようやく悪童どもと遠ざかり、その価値に真にふさわしい相手を見つけたのだ。

その日の夜。

政次郎は座敷でちびちび晩酌しながら、耳をすました。となりの部屋では子供たちが寝ているはずだが、妙にくぐもった小さな声がする。シゲは声が高いから、

（賢治と、トシか）

どうやら賢治が童話を聞かせてやっているらしい。トシはときどき、

「それで、その召使いは？」

とか、

「えーっ、うふふふ」

などと相槌を打っている。部屋はまっくらなのだから、本の朗読ではない。すでに知っている話の再話か、もしくは、

(賢治が、一から作ったか)

トシが、ひときわ大きな声をあげた。賢治が、

「しっ」

と制止する。もう十一時だった。

あすも学校があるのだ。政次郎は腰を浮かしたが、またすわり、腸の負担にならぬよう杯をなめるようにして酒を飲んだ。

子供のやることは、叱るより、不問に付すほうが心の燃料が要る。そんなことを思ったりした。

†

数日後、賢治は、トシとふたりで歩いていた。

例によって放課後である。ふたりとも、母にたのんで縫ってもらった麻ぶくろを首にかけ、家の前の道をずんずん東へ向かっている。道ばたの人家がまばらになると、正面に、ささやかな土手があらわれる。のぼれば空がぐっと下降し、視界がひらける。

北上川がのびのびと川幅をひろげている。賢治はこの瞬間が大好きだった。

（ああ、気持ちいい）

賢治は、左へ体を向ける。

川を右手にながめつつ、土手を北へさかのぼるのだ。横をトシが歩いている。背が低いので、ほとんど小走りになっていた。川岸はここのところの日照りで水が引いて、褐色の河床があらわれている。

十五分ほど行くと、風景が変わる。河床の色がにわかに青白くなる。もちろん天然の色なのだけれども、ほかのどの川にも見られない人工的な、硬質な、清潔な感じが、

――夢のような。

と、賢治には思われるのだった。ところどころ円形ないし棒状の穴があいていて、泥水がたまっているのもかえって立体美を増している。大人はどうしてこの価値に気

づかないのだろうと賢治はふしぎでならなかった。

兄妹は、土手をおりる。

青白い河床をふみしめて、川のほうへ歩(あゆ)んでいく。賢治はいちいち穴へばしゃっと手をつっこんで、

「なーい」

「なーい」

大きな声をはりあげる。トシもまねして、

「なーい」

「なーい」

いくつめかの穴で、

「あったじゃ!」

目をかがやかせたのは、賢治だった。

穴から手をぬく。手には鶏卵ほどの大きさの丸石がひとつ握られていた。本来は灰色なのだろうが、いまは濡れて烏色(からすいろ)だった。大人の目には、ただの河原石にちがいない。

賢治は、あたりを見まわした。一間(けん)ほど向こうに人間がすわれるほど大きな石をみとめると、飛ぶようにして行った。

大きな石の前に立つ。

手のなかの石を、あらためて両手で持つ。

顔をぐいっと右へそらす。そらしたまま、ごつごつと思いきり叩きつけた。こまかい破片が目に入ったら、

——失明するかも。

というのは、教室で八木先生がくりかえし強調したことだった。何度目かの衝突で、
ごとり
と鈍（にぶ）い音がひびき、手錠がはずれたかのように賢治の両手が左右にわかれた。

右手に一片、左手に一片。石がふたつになったのである。賢治は顔をもどし、ふたつの断面をまじまじと見おろす。

「なあんだ」

期待はずれだった。その石は芯にいたるまで表面とおなじ色、おなじ質だった。まっすぐな肌理も、きらきらした金粉もありはしない。

ぽいと放り出そうとして、視界のすみに何かをとらえた。

もういちど右手の断面へ目を近づけた。きれいな平面をなしているその上のほうに、扇というか、西洋婦人のスカートを逆立ちさせたようなというか、そんな形状の

もりあがりがある。

色がやや濃い。爪の先ほどの大きさながら、周縁部が、のこぎりの歯のようにぎざぎざしているのが見てとれる。

「貝」

賢治は、つぶやいた。いつのまにか背後からトシがのぞきこんでいて、

「え？」

「これは化石だじゃ。蠣殻のかけらだ。大発見だ」

「蠣殻が、なすてすごいの？」

「昔々、ここが海だったことのあかしだがら。川には牡蠣はいねんだじゃ」

「うみ！」

「んだ」

「すげなハ、お兄ちゃん」

「きょう一個目だ」

「一個目だ」

「幸先がいいぞ」

「いいぞ」

トシが、頬を桃色にして復誦する。ほんものの海をまだ見たことのない兄妹が、脳

裡にあざやかに海を見た瞬間だった。

賢治はその石を、首にかけた麻ぶくろへ放りこんだ。麻ぶくろにはこの二、三日に集めた石がすでに入っているため、かちりと乾いた音が立つ。この音はむしろトシの偏愛するところだった。手をのばしてきて、賢治のふくろを握りつぶしたり、上下にふったりしている。

賢治が、はずみで、

「ゆくゆくは、おらとお前で石売りをやるべ。宝石や化石を売るんだ」

妹をよろこばせる気だったのだが、妹はにわかに麻ぶくろから手を離し、下を向く。

「……トシ？」

「お兄ちゃん」

「何だべ」

「まっごど、石屋さんをやるつもり？」

足もとには、河床の水たまりがある。水面（みなも）にうつる妹は、おこったような、泣き出しそうな顔だった。

風のさざなみが顔をこわす。賢治はつとめて明朗に、

「どうした、とつぜん」

「ゆんべ」

トシは顔をあげ、賢治を見つめた。賢治はどきりとした。

（ああ）

思いあたるふしがある。きのう夕食のとき、父がふと思いついたという感じで、

「おい」

賢治を呼んだ。賢治は箸を置き、両手をひざに置き、体ごと政次郎のほうを向く。

父はめしを食いながら、

「賢治。お前は将来、何になる」

はじめてではない。父はこの質問を、むかしから折々した。賢治はそのたび、

「偉くなります」

とか、

「お父さんのような、りっぱな質屋になります」

などと大人ごのみの返事をしたのだが、この夜にかぎっては顔を伏せ、ささやくように、

「……むやみに偉くならんでもいい」

父は、耳ざとい。すぐさま、

「そんな意気地のないことでどうする」

「寒いときには……」

「聞こえん！」

賢治は顔をあげ、きっぱりと、

「寒いときには鍛冶屋になればいい。暑いときは馬車屋の車夫になればいい」

「ばか！」

こういうとき、父は、暴力をふるう型の人間ではない。

ただ、舌が異様になめらかになった。お前は苦労が足りないからそんなことを言うとか、鍛冶屋も馬車屋もよほど働いてわずかの収入しかないのを知っているのかとか、名士には名士の義務があるとか、ましてやお前は長男なのだとか、そんなことを切れ味のいい口調でまくしたてた。

その語彙の豊富さときたら、賢治には、ほとんど、

（海のような）

うらやましく思われるほどだった。名士というのは質屋にはそぐわない感じだが、これはたぶん、花巻での教育活動のことが頭にあるのだろう。父はかねてから地元の軍医、弁護士などとともに、夏期講習会というのを毎年ひらいていることで有名だった。

夏期講習会は、一種の知的合宿である。東京から浄土真宗の著名な僧侶や知識人を

まねき、数日間、花巻西郊の大沢温泉に滞在してもらい、講義してもらう。聴衆と寝食もともにしてもらう。費用はほとんど全額、父がひきうけているようだから、たしかに父はただの商人ではなかった。富を社会へ奉還していたのである。

女たちは、沈黙した。

うっかり賢治をかばったりしたら、むしろ賢治がいっそう難詰されるであろうことを六歳のシゲですら理解していたのである。賢治は結局、

「そんな腰ぬけには、宮沢家のめしは食わせん」

と言われ、お膳をとりあげられた。そのことをトシは言いたいのだ。

「ああ、あれか」

賢治は、照れ笑いした。トシから目をそらし、青白い河床を見やりつつ、

「ゆうべは、うんと叱られたな」

はははと笑った。われながら芝居くさい。トシは母親のような口調で、

「なすてあんたなごど言ったのす？」

「え」

「あんたなこと言ったら叱られるって、言う前にわかってるべじゃ」

「なすてがなあ」

賢治は、空へつぶやいた。ごまかしではない。ほんとうにわからないのである。鍛

治屋、馬車屋がどういう商売かもじつは見当もつかなかった。あのときはただ、

（お父さんを、不愉快にしたい）

その一心だったような気がする。父がきらいというよりは、

（おらも、もう十一歳）

年齢が意識されたことはたしかだった。成長とは、打たれると知りつつ出る杭になることなのかもしれない。

トシは、利発な子である。ごまかされたと思ったのだろう、上の唇をひるがえすような表情になって、

「ふん」

その場へぺたんと尻を落とした。そうして両ひざを両腕でかかえて、

「お兄ちゃんは、いいなあ」

「おい、おらは叱られて……」

「お兄ちゃんにしか聞かねのす、お父さんは。『将来、何になる』って」

「へ」

賢治は虚を突かれ、トシの前にしゃがみこんで、

「お前は、聞かれねのか？」

トシは、ゆっくりと首をふった。

（まさか）

賢治はひどく罪の意識をおぼえて、早口で、

「へ、へば、おらが聞くべ。お前はどうする。将来は」

「質屋」

即答した。賢治もただちに、

「むりだじゃ」

「なすて？」

「お父さんは、おらに質屋を継がせるんだ。お前はほかをやれ。何にでもなれる」

トシは十(とお)も年をとったような目をして、きっぱりと、

「おらが店を継ぐ。へだば、お兄ちゃんは大好きな石売りになれる」

（それは）

賢治は一瞬、胸がおどり、そのことにまた罪を感じた。妹ひとりを犠牲にするのは心苦しいが、そもそも質屋を犠牲というのも父に対して申し訳ない。八方ふさがりの心だった。自分が毎日どうして他の子供よりいいものを食べ、清潔な着物をつけ、まっしろなノートを使うことができ、田畑の仕事を手伝うことなく石あつめに熱中していられるのかは、この年になれば察し得るのだ。混乱の末、賢治は、直前まで思ってもみなかったことを口走った。

「お前は、どこへも嫁に行くな。おらといっしょに家にいろじゃ」

「ふたりで質屋を？」

「質屋は、おらが。お前はいっぱい話をつくれ」

「話」

トシが、ぽかんと口を半びらきにした。

すうすうと音が立ちそうなほど黒い洞だった。賢治はむやみやたらと手ぶりを加えて、

「おらが夜、ふとんで話してやるような、あんな話をお前がつくるんだ、トシ。百も、二百も。そうして一冊の本にして、みんなに読んでもらう。フランスのマロっていう人みたいに」

「え、ええ、おらが」

「お前なら、なれる」

賢治がぽんと肩をたたくと、トシの目がにわかに光りはじめた。

†

石あつめは、その後もつづいた。

トシは飽きてしまったのか、家で本を読むようになったけれども、賢治はやはり毎日のごとく川や山を渉猟（しょうりょう）した。ときには同級生と遊ぶ日もある。トシと本を読むときもある。しかし基本的にはひとりで石、石、石を追い求めるまま五年生の春をむかえた。

或る日、賢治が魚屋の前を通ったとき、店先の棚に目をとめて、

「あ、さんまが来たのすか」

と言ったら、魚屋のおかみさんが仰天して、

「あの賢さんが、石の話をしなかった。あしたは雪だじゃ」

と亭主の袖をひっぱったという。こんな話を聞くにつけ、

（だいじょうぶか）

と、政次郎ははらはらしている。ここまで来ると、もはや好奇心などという生やさしいものではなく、何かしら病的な、

（執着（しゅうじゃく）か）

案じつつ、しかし同時に、この頭のいい長男の、

（助けになりたい）

とも思うのだった。

われながら矛盾しているが、このころにはもう政次郎も納得している。父親である

というのは、要するに、左右に割れつつある大地にそれぞれ足を突き刺して立つことにほかならないのだ。いずれ股が裂けると知りながら、それでもなお子供への感情の矛盾をありのまま耐える。ひょっとしたら質屋などという商売よりもはるかに業ふかい、利己的でしかも利他的な仕事、それが父親なのかもしれなかった。

とにかく、石である。

（助けよう）

思い決めたら、ただちに実行するのが政次郎である。関西出張の帰りに東京へ寄り、大きな本屋でいろいろと鉱物学の入門書を買いこんで汽車のなかで読んだ。ぶつぶつと声に出して読んだのでほかの乗客には迷惑だったろう。それから、たまたま花巻の町会議員になったので、その人脈を利して学者の家の門をたたいた。その上で、或る夜、

「賢治」

咳払いして、思いきって切り出したのだ。

例によって夕食どきである。賢治は日中は家にいないし、夜も宿題がふえたから、父子でまとまった会話ができるのはこの片時しかないのだった。賢治は箸を置いて、

「はい」

「花巻が、なすて宝の山か知ってるが」

「え?」

「え? ではない。石の種類が豊富な理由だ。お前には興味ある話だろう」

われながら、どうしても叱り口調になってしまう。賢治はよほど意外だったのか、うさぎが巣穴から外をうかがうような目つきで、

「存じません」

「教えてやるべが」

政次郎は、付焼き刃の知識を披露した。花巻は地勢的には南北に走る二本の山脈のあいだに位置するが、その二本は、じつは生まれ年がうんとちがう。西の奥羽山脈は新生代、東の北上山地は古生代と中生代。

いうなれば小学生と老人みたいなもので、地中の様子もまったく別。それを北上川がそれぞれの山から支流をあつめて南下してくるものだから、花巻の人は、いわば労せずして地質時代を一網打尽にできるわけだ。

「わかったか、賢治」

話しながら、

(わかった)

と痛感したのは政次郎のほうだった。

地質学のことではない。自分はつまり、

（うらやましいのだ）

賢治が。あるいは、そんな一銭にもならない純粋な世界にのめりこむことのできる子供の毎日が。

実際、この一か月間のにわか勉強はなかなか楽しいものだった。政次郎が知識をすっかり吐き出してしまうと、賢治はぺこりと頭をさげ、

「ありがとうございます」

食事にもどった。特に感想などは言わなかった。政次郎はなかば放心したけれども、食事のあと、

「お父さん」

賢治のほうが呼びかけてきた。

押入れの前に立ち、来てほしそうな顔をする。政次郎が行くと、賢治はくるりと背を向け、押入れの襖をあけて、なかから黒い風呂敷づつみを出した。

こちらを向いて正座し、畳の上に置く。むすび目をとく。あらわれたのは、百個ほどの石の山だった。

みなよく洗ってあるのだろう、砂や土の飛散はない。政次郎は卓上の石油ランプを手にとり、近づけてみた。反射する色はさまざまで、なかには鑢（やすり）でよくよくみがいたのか、油を塗ったような光を放つものもある。石という簡単な語ひとつの内容が、

（これほど、豊かとは）

胸の動悸がおさまらない。が、口では邪険に、

「ばか」

「え？」

「これでは集めただけではないか、賢治。何千、何万あったところで山のりすの巣のどんぐりとおなじだべ、何の意味もね。これをまごと有用たらしめるには、台帳が要るのだ」

「台帳……」

「もう作ったか」

「いいえ」

「作れ」

政次郎の意識は、完全に商人にもどっていた。質屋とは、かなりの部分が地味な帳簿仕事なのである。金銭の出入りはもちろんながら、たとえば客から預かった質種も、京都で仕入れた古着も、いちいち筆と紙で記録する。一点一点について番号をふり、名前をつけ、いつ、どこで、誰から手に入れたかを書く。

類似の品と特にちがう点があれば念入りに書く。そうしてはじめて物品（もの）は分類、整理が可能になり、単なる物品をこえて役に立つ武器となるのだ。ちょうど人間集団に

おいて、単なる烏合の衆にすぎないものが、目的と、機能と、体系とをそなえた「組織」となるがごとく。

「わかったか、賢治」

立ったまま、政次郎は声を投げおろした。

賢治は、真剣な顔でうなずいている。叱られるのが嫌だから、ではないだろう。心から興味があることは首肯のふかさにも見てとれた。

いつのまにか、トシとシゲが賢治のとなりに正座している。兄とおなじ表情で何度もうなずいている。賢治は真剣な顔のまま、

「台帳は結構です。んだども」

思いもよらぬ方向へ話を進めた。

「んだども台帳をつけるにしても、お父さん、現物との対照はどうします。お店の品なら面倒がねえべ。番号を書いた小さな紙を、着物なら襟へさしこめる。時計ならこいよりで結びつけることができる。石には無理だじゃ」

「むむ、それは」

政次郎は、ことばにつまった。見当もつかぬ。

(どうすべ)

もっとも、こういうときは対処法がある。賢治にむつかしい質問をされたとき、政

次郎はいつも、そんなのは馬鹿でもわかると言わんばかりの澄まし顔をして、

――お前はどう思う?

言い返すのが条件反射のようになっているのだ。

賢治は、まじめな子だ。そのまま考えだしてしまう。その隙(すき)にこっちは内心でじっくり案を練ればいいのである。今回も、

「お前はどう思う?」

通用しなかった。賢治はまるで三歳児のように目をかがやかせて、

「便利なものがあるそうです」

「な、何だ」

「標本箱」

最初から話をここへ落としこむ気だったのだろう、賢治はすらすらと説明した。標本箱というのは手のひらに載るほどの小さな紙箱で、上ぶたはなく、底に罫が引いてあり、番号、名前、蒐集の日時、場所、情況などが書きこめるようになっている。書きこめば、石のひとつひとつを文字によって識別することができるわけだ。

小箱とは別に、大箱も市販されている。小箱がきっちりと縦五列、横四列におさまる大きさ。これを使えば大箱そのものが台帳の機能を果たすともいえる。もっとも自分は、手間をいとわず、あらためて一冊の帳面にそれをずらりと書き出すつもりだ

が。

「お父さん、買ってください」

賢治は立ちあがり、にわかに顔を寄せてきた。政次郎はぷいと横を向いて、

「あ、ああ」

「理科の勉強だじゃ。学校でも役立つ」

「…………」

「お父さん」

「…………」

半月後、政次郎は、古着の仕入れのため京都へ行った。

仕事のあいまに京都帝国大学ちかくの実験器具製作会社の代理店へ入り、われながら蚊の鳴くような声で、

「標本箱を、五百ください」

「はあ」

「それを入れる大箱も。あるかぎり」

値段は予想どおり、紙箱のくせに信じがたいほど高価だった。大学にしか需要がないせいだろう。

(仕方ね。あい仕方ね)

鉄道便で花巻へおくる手続きをしながら、政次郎は、何度も自問した。これで子供のただの石あつめに目的と、機能と、体系とがそなわる。賢治の肥やしになる。ほんとうになるか。むしろ賢治を、

(だめにするか)

答は、わからない。

理解ある父になりたいのか、息子の壁でありたいのか。ただ楽しくはある。窓の外の夜空を見ながら、政次郎は、気づけば鼻歌をうたっていた。

†

賢治はその後、いっそう素行が悪くなった。

家ではイチやトシと口をきたがらなくなった。標本箱はちゃんと使っていたし、石の採集もやめなかったが、ときには例の捨三、源一らと、

――のどが渇いた。

というそれだけの理由で他人の畑へしのびこみ、瓜をぬすんだりもした。

学校でも、悪かった。

例の八木先生が早稲田に受かり、退職したことも一因だったのかもしれない。習字

の時間に反故(ほご)をあつめ、まとめて教室の引戸の上にはさんでおいて、引戸をあけた先生の頭上にどさどさと落とした事件の主犯は賢治だった。ほかの生徒が、

——やめろじゃ。

制止しても聞かなかったという。

大すきな綴方(つづりかた)（作文）の時間ですら邪気満々のいたずらをした。先生が黒板に、

北風

という二文字を記して、

「この題で作文せよ」

と言ったときのこと。

賢治は、筆がはやい。北風が立つと冬が来る、枯れ葉が落ちて雪がふるというような定型的、優等生的な文章をさらさらと書いたあげく、最後の最後に、
北風吹けば疝気(せんき)がおきる。

と付け加えて提出した。

疝気とは、下腹の痛みのこと。個性的というより蛇足である。

「宮沢あっ！」

担任は、激怒した。伝統的な花鳥風月詠に徹すべきところを、これはまた何という尾籠な文句だろう。

わざわざ家まで来てイチを叱った。イチは、平謝りした。このときだけは政次郎に、

「きつく叱ってください」

と訴えたけれども、政次郎は小声で、

「そういう年齢だ」

†

五年生修了時、賢治の成績はすべて「甲」。

幾多の悪行にもかかわらず、まったく下がることがなかった。六年生の春をむかえてほどなく、校長・菊池竹次郎がじきじきに家へ来て、政次郎に、

「お父さん。賢治君の将来ですが」

「はい」

「進学させませんか」

むろん、盛岡中学校へのそれである。旧名、岩手中学校。三十キロほど北の県庁所在地にある。政次郎自身、かつて行きたくて行くことができなかった県下の最高学府。

（このときが、来たか）

校長は、丸めがねをかけている。「善意」と大書したような顔をして、政次郎の返事を待っている。功績がほしいというよりは、ほんとうに一教育者として勧めているのだろう。この人は、賢治の一年生のときの担任だったのである。

政次郎はうつむいて、

「考えてみますじゃ」

われながら、蚊の鳴くような声だった。

3　チッケさん

その日の、夜。

またしても夕食どきである。この情況での家族会議には、やや、

（飽きた）

という気もしつつ、ともかく政次郎は、

「賢治」

食事をやめさせ、菊池校長の話をかいつまんで伝えて、

「聞こう。お前のこころざしを」

賢治は、ほっぺたが林檎（りんご）になった。話の中身がよほど誇らかだったのか。それとも政次郎が頭ごなしに態度をきめず、まず賢治の意思を確認したことが想像外でありすぎたのか。ほとんど即答という感じで、

「勉強を」

「だめだ」

声をおしかぶせたのは、向かいの席の喜助だった。鼻にしわを寄せ、痰がしがみついたみたいな塩辛声で、

「質屋には、学問は必要ねぇ。中学なんぞより店へ入れ。店の手伝いをしろ、お前の父親とおなじようにな」

政次郎を横目で見てから、賢治へつづけた。旧幕時代の事実上の家祖・宮沢宇八がどれほど苦労して呉服屋をいとなみ、財をなしたか。それを孫の喜太郎がどれほどあっさり蕩尽したか。喜太郎の弟である自分があらためて古着を売り、質屋をつくり、宮沢家を再興させたのがどれほど奇跡的なことだったか。

「長男は、生まれた刹那からちやほやされる。都会の淫風にそまる。わしの兄がそうだったじゃ。盛岡もむかしは落ち着いたいい街だったのが、近ごろは……」

喜助は、来年には七十になる。話がながい。唇から入れ歯をなかば飛び出させつつ訓示をえんえん垂れつづけるのを、

「お父さん」

政次郎は、手で制した。そうして賢治へ、自分でもおどろくほど優しい声で、

「いいよ」

「えっ」

賢治が顔をあげ、となりのトシと顔を見あわせた。喜助がするどく、

「日本はもう一等国なんですじゃ」

四年前、つまり明治三十七年（一九〇四）二月、日本はロシアに宣戦布告した。日露戦争の勃発である。賢治は一年生だった。日本は旅順を攻略し、奉天を占領し、敵の精鋭バルチック艦隊を潰滅させたなどと結果だけをならべると容易に勝利したみたいだが、実際は戦費がぎりぎりで、内地の負担がすさまじかった。

たとえば、税金。桂太郎内閣は、

——挙国一致。

という美しいスローガンをかかげ、非常特別税という名目で増税ないし新税の導入をおこなった。酒、砂糖、醬油、織物から石油にいたるまで、あらゆる必需品の消費行動において国民の金をさらったのだ。

市町村も、同様だった。

国債の購入を奨励し、勤倹貯蓄を奨励し、事あるごとに醵金をもとめた。政次郎のような裕福な戸主がまっさきに目をつけられたことは言うまでもないが、賢治なども、学校で先生に呼び出され、

「お前なら、義捐金募集ができる」

などと言われた。おもてむきは勧誘だが、実際はむろん強要だった。賢治はしばしば夜に家を出て、ほかの何人かの上級生とともに近所の家を一軒一軒まわり、

「亡くなった兵隊さんのご家族のため、よろしくお願いしまあす」

などと頭をさげた。賢治の班でもっとも多額の寄付をしたのはもちろん宮沢家だったけれども、あるいはこれも、学校が賢治に声をかけた大きな理由かもしれなかった。

すなわち日露戦争とは、全員参加の戦争だった。

四十年前の維新のいくさは武士のみのものだったし、十年前の日清戦争はもっぱら軍人と政治家のみが担当したが、しかし今後は、

――みんなで、やる。

それが新しい常識になった。二度とむかしには戻らないだろう。あるいは話は逆かもしれない。国民全員が参加したから、みんなが犠牲を厭わなかったから、日本はロシアに勝ち、世界の一等国になり得たのかもしれなかった。

「だから、お父さん」

と、政次郎はつづけた。おだやかに、しかし強い意志を込めて、

「だから日本国民は、これからは、おのれの職分に身を入れるのでは足りないのす。科学を知り、産業を知り、政治を知り、世界を知らなければならね。新聞を読み、雑

誌を読み、むつかしい外国の書物を読まなければならない。そうでなければ国に貢献することはできない。小学校では間に合わんのす」

喜助は、なおも納得しない。しきりと首をひねって、

「しかしなあ、お前、何も質屋が……」

「質屋もつぶれます。学問がなければ」

「どういう意味だ」

「技術は、日進月歩なのす。今後は見たこともない農具ももちこまれるごったし、手のこんだ模造宝石もあらわれるでしょう。鑑定ひとつにも素養が必要になる。ましてやうちは、ただの質屋じゃない。地元の名士でもあるんだじゃ。人の手本にならなればなハ」

議論しながら、政次郎は、ちらりと賢治のほうを見た。

賢治は肩をちぢめ、下を向いてしまっている。雨の去るのをただ待つだけの軒下の旅人のように。

（しっかりしろ。お前のことだぞ）

政次郎は、どなりつけようとした。ところが喜助の声が、

「政次郎」

ふいに調子を落としたので、顔が自然にそちらを向いた。喜助はかたりと箸を置

き、やれやれと言わんばかりに首をふって、

「お前もなあ、言いだしたら聞かねからなあ」

降伏宣言である。案外あっさりとしたものだった。世代の差をわきまえたのか、それとも年齢のせいで辛抱がきかなくなったか。政次郎は、

「ありがとうございます」

そして賢治へ、

「がんばれよ」

その瞬間、

（これが、明治の父親だじゃい）

自己満足が、噴水のように脳ではじけた。

この子はこの家に生まれて幸せだとつくづく思った。自分ほど理解がある父親がどこにあるか。子供の意を汲み、正しい選択をし、その選択のために金も環境もおしみなく与えてやれる父親がどこにあるか。

実際のところ、いっときは喜助とおなじく、賢治を、

――進学させせまい。

と心決めしたこともあったけれども、結局みずから覆した。現在という前金を支払って未来を買い取る「教育」の価値は、高潔な親にしか、

（わからね）

賢治は、まだうつむいている。

悲しい出来事に遭遇したかのごとく小さく背をまるめている。政次郎はその姿をもう頼りないとは思わなかった。ただ単に、父が進学をあきらめた当の学校へ行くことが申し訳ないだけなのだ。むろん行くには試験がある。まだ行けると決まったわけではないけれども。

「賢治」

声をかけた。

返事は、となりのトシから来た。

「お父さん！」

「何だ」

「おらも、おらも、中学さ行ぐ！」

政次郎は苦笑いして、

「女は行けないよ、トシ。かわりに女学校がある」

女学校は、男子の中学校と同一ではない。学問の府というよりは良妻賢母の養成機関で、炊事、裁縫、芸事などをおもに学ぶ。高校、大学への進学も想定されていない、というより、そもそも女子は入れないのだが、

「行ぐ。行ぐ」

トシは囃すように言う。政次郎は上機嫌のあまり、

「ああ」

うなずいてしまった。喜助がすかさず、

「おい政次郎、そいつは……」

「いいじゃねぇすか、お父さん。未来の話だじゃ」

政次郎はそう言うと、いちばん遠くのイチの席へ、

「きょうはもうぺっこ、酒を飲むべが」

イチは、ちょっと驚いた顔をした。お銚子のおかわりは、腸のわるい政次郎にはめずらしいことなのだ。

「わかりました」

と言ってイチが腰をあげ、座敷を出て行ってしまうと、賢治はようやく顔をあげて、政次郎へ、

「ありがとがんす」

瞳の色が、きらきらしている。ようやく実感が湧きだしたのだろう。

†

翌年三月二十六日、賢治は、小学校を卒業した。

修身、国語、算術、日本歴史、地理、理科、図画、唱歌、体操、操行、すべて「甲」の成績であり、その優秀の故を以て校長・菊池竹次郎より賞品を授与された。身長百三十三・九センチ、体重二十九キロの体格は「強」の評価を受け、脊柱の診断も「正」。頭脳はもちろん、身体のほうも、

――きわめて健康。

という公的な保証を得たことになる。考えられるかぎり最高の卒業生だった。

おなじ日に、四年生ではトシがやはり模範生の表彰を受けた。政次郎は町会議員の会合で、くちぐちに、

「よほど立派なご教育をしておられるのですなあ」

「さすがは宮沢さん」

などとお世辞を呈されたし、近所の人には、

「貧乏人から吸った金で」

陰口をたたかれたようだった。むろん政次郎は気にしない。努力で地位を築いた者

にとって、人のねたみは、そのまま新たな努力の糧になるのだ。

同年、三月三十一日。

賢治は、イチとともに盛岡へ出た。

紺屋町の三島屋という旅館に泊まりこみ、盛岡中学校を受験した。「算術」と「国語及び作文」の筆記試験に合格し、体格検査、口頭試問とすすみ、四日の午後、合格発表がおこなわれた。

賢治は、合格した。

受験者三百三十四名のなかの百三十四名にみごと名をつらねたのである。

翌日が入学式、その次の日が始業式。あわただしいことこの上ないが、こうなれば、賢治は旅館を引き払わなければならない。遠方出身の学生は、寄宿舎に入るのが決まりなのだ。

——寮に入ります。

という内容のイチからの電報を受け取ると、政次郎はただちに店を喜助にゆだね、背広を着て、

「行ってまいります」

律儀に挨拶だけはして、飛ぶように駅へ走った。

汽車に乗り、盛岡駅で降り、三島屋へ行く。あるじに母子の行き先をたずねると、

「ついさっき、荷物の送りをお申し付けになって、出て行かれましたよ。ええ、お代もいただいております。黒壁城に入られるそうで」

祝い顔で言う。政次郎は、

「黒壁城？」

「中学校の寮ですよ。正式な名前は自彊寮ですが、門が黒ぬりだから、みんな黒壁城って呼んでる」

政次郎は人力車を呼んでもらい、そこを出た。

中津川にかかる与の字橋をわたり、左手に県庁、裁判所を見て左へまがる。すぐに右へまがると壁のまっしろな大きな建物があって、

「中学校でさ」

と車夫が言うので、

「校舎じゃない。寮だ」

寮は、さほど遠くなかった。

黒く塗られた門をとおりぬけ、木造の寮舎の玄関前に立つ。見あげれば建物の壁は白く、この点では黒壁城でも何でもなかったが、三階も四階もつくれそうな規模にもかかわらず窓の配置からして二階建てらしいのは、内部の天井がそうとう高いのに違いなかった。横幅も、

（ながい）

下足番へ刺を通じ、なかへ入る。

靴をぬぎ、スリッパをはいて廊下へ上がる。やはり天井ははるか天にある感じだった。廊下を右にまがれば、すぐ左側に、舎監室と書かれたドアがある。

きいと軋みを立ててドアをあけ、おずおずと、

「宮沢です」

足をふみいれた。

床は、つやつやとした板張りである。奥にはガラス窓があり、陽光がやわらかく流れこんでくるが、その手前には、酒樽ほどの大きさの円形のテーブルが置いてあった。そのテーブルをかこむよう三人が椅子にすわり、ちょうど話しているところである。

三人とも、こちらには気づかない。政次郎がもういちど、

「宮沢です」

われながら声がかぼそい。質屋の客にはとても聞かせられないほど。

（気おくれか）

悔やんだのと、三人のうちのひとり、背を向けていた制服の学生ががたりと椅子から立ちあがって、こちらを向いて、

「ああ」

黒い制帽をかざしたのが同時だった。きらりと閃光を放ったのは制帽のひたいの部分、中学校の「中」の字をかたどった帽章だろう。

「誰だべ」

反射的に口に出して、

（あっ）

賢治ではないか。

政次郎自身、はじめてまのあたりにする姿だった。制服の地は紺色で、東北の気候に適応させたのか、もこもことした小倉織り（こくらおり）である。襟は詰め襟。ボタンは四つ五つあるようだが、色が黒なので目立たなかった。

ズボンも、やはり小倉織り。この子の脚はこんなに長かったのかと思うと、政次郎は、

（話がちがう）

さけびたい衝動に襲われた。父親に何のことわりもなしに息子をこんなに成長させるとは何ごとか。賢治はもっと頑是（がんぜ）ない子のはずなのだ。そもそも制服というのは何たる乱暴な装置だろう。よその子とまったくちがうはずの賢治の体を、心を、あたかも手足を切りそろえるようにして規格化する。何かの部品でもつくる気なのか。

「お父さん」

賢治は、はにかんでいる。

まんざらでもなさそうに白い歯を見せている。政次郎は正視できなかった。チョッキのポケットから大きな銀時計を出して、

「やあ、もう三時か」

パチンとふたを閉め、ポケットにしまう。われながら意味のない芝居だった。賢治の左奥、円形のテーブルのかたわらに立っているのはイチである。ふだんの彼女に似合わない、みょうに気どった口ぶりで、

「こちら、舎監の佐々木先生」

テーブルの右の男のほうを手で示した。男は栗色の、靴ブラシのような口ひげを指ではさんで撫でつけながら、

「佐々木経造と申します」

勿体をつけて一礼して、

「舎監長の山県先生がご不在のため、僭越ながら、私より入寮心得を説明していたところでした」

話しかた自体は堂々としているが、政次郎にというより、組織内の上下関係に対して口をきいている感じがある。ひょっとしたら、この男、

（軍隊あがりか）

直感しつつ、

「賢治を、よろしくお願いします」

頭をさげたら、佐々木舎監は、ろくに答礼することもせず、

「この寮にはいま五十五人の学生が生活していて、部屋は十六あります。宮沢には二階、十二番の部屋に入ってもらう」

「は？」

政次郎は、耳をうたがった。わざと小首をかしげてみせて、

「先生、いま、宮沢とおっしゃいましたか？」

佐々木は胸をそらして、

「中学校では、みな呼びすてです」

政次郎は、沈黙した。何か言い返したりしたら、いじめられるのは、

（賢治だ）

政次郎のめがねは、丸めがねである。

二年前、町内の店へあつらえに行ったとき、店のあるじが、

——つるは、鉄がいいですな。

とか、

――レンズは小さいのが流行でしてね。顔が大きく、堂々と見える。

などと小うるさく助言するので、

「めがねというのは、飾りじゃねべ。読み書きの便利のためのものだ。つるは軽い鼈甲のもの、レンズはいちばん大きなもの」

一喝した。その軽くて視野の大きいめがねが、いま、

（あ）

にわかに白濁した。

レンズの内側がくもったか。ちがう。目の玉そのものが熱い何かに覆われている。それが窓からの光をふくらませ、視界をにごらせたのにちがいなかった。

政次郎は、めがねの内側に指をさし入れた。

目をつぶり、まぶたへ指をめりこませた。ふたたび目をひらけば世界は明澄さをとりもどし、佐々木は口ひげを撫で、賢治は希望あふれる目をしている。政次郎は洟をすすり、佐々木へふかぶかと頭をさげて、

「五年間。……賢治を、よろしくお願いします」

われながら、挨拶というより懇願である。父親であるということは、ここでは何の役にも立たないのだ。自分はもう無力なのだ。その意識が、たぶん、政次郎の目を熱くした。なみだを浮かべさせた。

政次郎はイチに目くばせをすると、きびすを返し、逃げるように部屋を出てしまった。廊下をあゆみ、玄関を出て、ふたたび黒い門をとおりぬける。

花巻よりも激しい街の雑踏をイチとふたりで歩きながら、政次郎は、

「どっちだ」

何度もつぶやいた。自分が賢治を置き去りにしたのか、賢治が自分を置き去りにしたのか。イチは何も言わなかった。これだから女はだめだと思った。汽車はつつがなく花巻に着いた。

†

翌朝。

政次郎はふだんどおり行動した。

起床し、顔をあらい、着るものを替え、仏壇の前に正座した。

「なむあみだぶつ」

と称名をとなえ、正信偈（しょうしんげ）という親鸞聖人（しょうにん）自身のことばを朗唱し、また称名をとなえた。おつとめが終わると立ちあがり、ちょうど入ってきたイチへ、

「賢治の膳は、用意しろ」

命じようとして、口をつぐんだ。われながらあまりにも、

(感傷的かな)

迷いつつ突っ立っていると、イチがさっさと仕事をしてしまう。きのうとおなじ数の膳を座敷へ運び、ならべてしまったのだ。

トシが来て、めいめいの座ぶとんも敷いてしまう。膳の上には身欠きにしんの煮つけが置かれ、山東菜の当座漬が置かれ、味噌汁が置かれ、ごはんの碗が伏せて置かれた。

いったん座敷を出て、ふたたび飯櫃(めしびつ)をかかえて入ってくるイチへ、

「必要ねぇじゃ」

「え?」

「賢治は、いねべよ」

「あっ」

イチは立ちどまり、目を見ひらいた。体が勝手に動いていたのだろう。

「申し訳ながんす。申し訳ながんす」

その場にすわり、飯櫃を置き、手近な膳をつかんで運び出そうとした。浪費はこの家では人類最大の罪なのである。政次郎は立ったまま手をさしのべて、

「まあ、いい。置いておぐべじゃ」

しかし家族全員が来て食事をはじめると、政次郎は、どことなく落ち着かない。いちばん近くが空席という情況そのものに慣れていないし、やはり食べものの無駄も気が置ける。しかし何より、

（縁起が悪い）

政次郎は、胸のざわつきすら感じたのである。

なぜなら賢治は出征したのではない。巡礼の旅に立ったのでもなく、沖へ漁に出たのでもない。たかだか夏休みの帰省まで四か月ほど家をあけるにすぎず、その四か月もまず身の危険はない。わざわざ陰膳など据えたりしたら、かえって、

（厄を、まねく）

夕食では、席がえを決断した。

あたらしい席順は政次郎ひとりで決めた。もちろん政次郎の位置は不動である。床柱を背にして本尊のように座敷全体を見わたせば、おのずから縦の二列が目に入る。左の列、いちばん手前は喜助だった。これも従来と変わらないが、その向かいの、これまで賢治の席だったところは、

「お前も、男の子なのだから」

と政次郎が指名して、次男の清六をすわらせた。たった六歳の、小学校にも入っていない子がいきなり第三位におどり出たのだ。清六の奥には、

見えた。
清六より年上である。ことにトシはわりあい体が大柄なので、いっそう清六が小さく
と女の子がひかえる。トシは十二歳の小学五年生、シゲは九歳の二年生、どちらも
シゲ
トシ

ふたたび左の列にもどれば、喜助のとなりには喜助の妻、つまり政次郎の母のキン。その奥にイチ。イチの奥には三女クニが寄り添っているが、まだ三歳、正座がむつかしいため、ただひとり尻をぺたりと座ぶとんに押しつけている。このごろは歯も生えそろっていて、人参や蓮根などもやわらかく炊けば食べるようになった。

すなわち現在、この家には八人の家族が住んでいる。

かつて婚家を追い出され、この家であっけらかんと暮らしていた政次郎の姉ヤギは、いまは再婚して宮城県で暮らしている。今後しばらく人数の増減はないだろう。

政次郎はひとりひとりに指示を出し、全員が席についたところで、手を合わせ、

「なむあみだぶつ」

と三度となえて箸をとった。

全員、政次郎に倣(なら)う。

しんとして食べはじめる。うつむいていると、ものを噛んだり、味噌汁をすすった

りの音しか聞こえないけれども、その音でさえ朝とは、

（ちがう）

はっきりわかる。席がえの効果は大きかった。

しばらくして喜助が、念を押すように、

「政次郎」

「はい」

「賢治が帰省してきたら、席のならびは……」

「元通りにします」

「卒業したら？」

「いずれ、この席に」

政次郎は、おのが膳をあごで示した。賢治がいずれ店を継ぎ、嫁を取り、健康な長男が生まれれば、政次郎は隠居になる。喜助の席へ、

（降りる）

ふと笑みがもれそうになった。その日が待ち遠しいようでもあり、来てほしくないようでもある。どっちにしても、

（まだまだ）

政次郎は、そう自分に言い聞かせた。

まだ三十六歳である。人生の先はながく、仕事は多く、女子供はずらりと目の前にならんでいる。この無力な人々を飢えさせぬという気高い義務を果たそうとすれば、賢治ひとりが去ったくらいでさみしいだの、心に穴があいただのと管を巻いているひまはない。自分は家長なのだ。責任者なのだ。賢治など、まだまだ宮沢家の盛岡支所長にすぎないのである。

政次郎はいちばんに立ち、

「さあ、行ぐぞ」

ひとり座敷を出て行った。きょうの仕事はまだ終わりではない。これから古着のほうの上客が来ることになっている。背後では新聞をひろげる音が立ち、喜助がぶつぶつと記事を読む声が聞こえた。この時代の老人にはありがちなことだが、喜助は終生、黙読ができなかった。

†

二、三日すると、政次郎は、おのが心の変化に気づいた。

ほかの子供へ目が向くようになったのだ。

まず気になったのは清六だった。賢治という鍵に万一のことがあったとき、この合

鍵は、

（宮沢家の未来の扉を、あけられるか）

その目で見ると、まことに、

（心細い）

いらいらさせられた。

むかしからそうだった。たしか四つのころと思うが、清六はときおり、近くの親戚へあそびに行くことがあった。外祖母にあたるサメという年寄りと仲がよく、お手玉を教えてもらったり、おとぎ話を聞かせてもらったりしたようだが、奇妙なことに、サメが、

「うんと食べろじゃ」

とお菓子を出しても決して手をのばさなかったという。

「子供なんだから。さあさあ。お父さんお母さんには私がしゃべっとぐがら」

といくら勧めても石になったまま。ようやく口をひらいたと思ったら、

「甘いものは、煩悩が起きるから」

サメはあきれて、

「宮右（政次郎の家の通称）の子は、年寄りみたいなことを言うんだなエ」

と自分自身が年寄りのくせに大笑いしたという。政次郎はそれを聞いて不機嫌にな

り、イチを呼んで、

「どういうことだ」

唇をへの字にした。なるほど政次郎はそう清六に言ったことがある。煩悩という仏教由来の語ももちいただろう。しかしそれはあくまでも、

――よその家で、ものをもらうな。

という一般論ないし自己防衛の指導にすぎず、サメのごとき長いつきあいの親戚にはあてはまらない。むしろ少しくらいなら食べてお礼を言うほうがいいのである。ふだんは食べないものが食べられて一石二鳥ではないか。

現に、賢治も、以前はその家でぼた餅なんぞを食っていたらしい。融通がきかぬというよりは、

「清六は、おのれの頭でものを考えぬ子なのではないか」

政次郎が言うと、イチは首をひねって、

「まだ四つですじゃ」

「ばか。三つ子のたましい百までと言うではねえが。このまま大きくなったら何もできない人間になる」

この疑念は、いまはいっそう強くなっている。というのも政次郎は、賢治が盛岡へ行ってしまって三か月ほどのち、

「活動写真を見に行ぐべが」

清六をさそったことがある。

夕食のあとだが、まだ戸外はあかるかった。朝日座という芝居小屋へふたりで行ってみると、たまたま「親鸞聖人御一代記」というのを打っていて、

「これはいい。これを見るべ」

政次郎は入口で金を払い、まっくらな部屋へ入り、畳敷きの客席に正座した。となりに清六をすわらせた。正面の白い幕につぎつぎと映し出されるのは、親鸞の木像や、富士山に角を二本つけたような優美な山や、いかにも凶悪そうな顔をした若い僧など。

幕の横からは音楽も聞こえる。どうやら格子窓がしつらえられていて、その向こうにラッパ、クラリネット、小太鼓くらいの楽隊がひかえているらしい。まことに下手くそな演奏で、幕の絵とも合っていなかった。

弁士もなかった。帰るみちみち、政次郎は、

「せっかく親鸞聖人のありがたいご一生をうつし出すなら、もっと聖人のたましいを理解しなければ」

などと本気でおこったけれども、六歳の清六は、うつむいて何も言わない。さだめし疑問の点もあっただろうと思いなおし、やさしい声で、

「清六。お前にはあの話がわかったかい」

いろいろ解説してやった。あの頂上がふたつの山は筑波山であること。親鸞はいっとき常陸国で布教したことがあり、きっとその山を見たにちがいないこと。凶悪な相の若い僧はたぶん親鸞の息子の善鸞であろうこと。

「しじゅう雨がふっているように見えたのは、あれは雨じゃね。フィルムの傷が大写しになったんだ。この花巻へ来るまでにフィルムはあちこちへ持って行かれ、映写され、手荒にあつかわれる。きれいな絵を見たいなら、やはり東京へ出なければならねえべな」

われながら献身的だったけれども、清六は道を見つめながら、

「はい」

「はい」

くりかえすばかり。政次郎は業を煮やして、

「何だ、お前。さっきから気のない返事だ。もうぺっこ、こう、感じるものがあったべ」

「……はい」

清六は、活動写真ははじめてではない。

去年の夏あたり、賢治とふたりで見に行ったことがあるはずだった。あるいはフィ

ルムの傷の話なども知っていたかもしれないが、それならそう言えばいい。何を考えているかわからないというよりは、

（そもそも、やはり、何も考えていない）

もっとも、これを従順と呼ぶならば、政次郎もそうだった。おさないころは喜助の言うことを、はい、はいと聞き、それ以外の会話をした記憶がない。清六だけを責めるのは、

（すじちがいかな）

ここでも政次郎は、父親だった。決断と反省の往復である。

†

これに対し、にわかに従順の殻をやぶったのが長女のトシだった。

ことに食事中に発言するようになった。賢治が盛岡へ去り、最年長の子供となったことで精神の何かに火がついたか。あるいは賢治のいない喪失感をことばで埋めようとしたのか。発言は、おもに家庭環境への批判だった。

或る夕は、箸を置いて、

「静かに勉強がしたい」

と言いだした。

「おらももう五年生だ。学校の宿題もふえたのに、おなじ部屋でシゲやクニがぎゃあぎゃあ言うから打ち込めない。それを『静かにしろ』と叱ってくれないのは、おじいさん、なしてすか。お兄ちゃんのときは言ってたのに。冬になると火鉢のそばにも来させてたべ」

べつの夕食どきには、

「裏庭の北の蔵に入れておいた本、あれはおらのす。おじいさん、どうして何も言わずに売り払ったのすか」

喜助はもちろん言い返す。前者に対しては、

「女というのは、勉強しても生意気になるだけだ。分(ぶ)をわきまえろ。そんなひまがあったら雑巾(ぞうきん)の一枚も縫うがいい」

後者に対しては、

「小説などくだらん。仏典を読め」

後者には、トシはことに食いさがった。これがわが子かと疑われるほど目をつりあげて、

「小説じゃねぇのす。童話です」

「おなじだろう」

「ぜんぜんちがいます。巌谷小波という人の本は道徳的で、芸術的にも本格といわれています。おじいさんは何も知らねなハ」

相手どるのは、もっぱら喜助である。さすがに政次郎と直接ぶつかるのは政次郎へというより、家庭の秩序への畏れがあるのだろう。政次郎はこういう場合、議論が激化する前に、

「もうやめろ」

トシのみを一喝した。トシはただちに、

「すみません、おじいさん」

頭をさげ、ふたたび箸をとるのだが、それでも目はまだ爛々と前方の畳をにらんでいる。

「そんなことでは、嫁のもらい手がなくなるべじゃ」

などと口では言いつつも、政次郎はふと、

(惜しいな)

と思わせられることがある。トシがもしも男の子だったら、そうして賢治より先に生まれていたら、ゆくゆく喜助や政次郎をもしのぐ商才を発揮したかもしれない。商才というのは、その何割かは、口舌ときかん気で成っているのである。

†

次女のシゲは九歳、二年生になった。

しもぶくれで目の小さい、典型的な日本の女の顔だちだった。性格もその容貌を裏切らず、おおむね素直で、おとなしい。ときどき、

「お姉ちゃん。ねえ、お姉ちゃん」

などと勉強のじゃまをしてトシの怒りを買ったのも、邪心ではなく、姉の関心を引きたいが故のようだった。

トシも、そのことはわかっている。

だからふだんは、かわいがった。ときどき街の本屋へシゲを連れて行ってやったりしたのは、もしかしたら、賢治が清六を活動写真へ連れて行ってやったのと同様の心理からかもしれなかった。もちろんシゲは、食事中に口をきいたりしない。ましてや、

——おじいさん。

などと喜助に議論をふっかけたりはしない。九歳のわりには長時間の正座にも耐えられるし、魚の食べかたもきれいで、かえって政次郎の印象はうすくなりがちであ

る。生活能力があるために目立たないというのは、挟まれっ子の宿命かもしれない。

†

まだ正座がむつかしいため、ただひとり尻をぺたりと座ぶとんに押しつけている三女のクニは、三歳である。

が、

「そろそろ、行儀を教えなさい」

という政次郎の言にしたがってイチが正座の練習をさせたところ、いやがって庭へ逃げてしまった。

ほかの子なら首ねっこをつかまえて叱りとばすところだが、政次郎は苦笑して、

「まあ、まだ早いか」

われながら甘い。末っ子だからというよりは、顔だちのせいかもしれなかった。何しろ西洋ふうというか、すっきりしているのである。輪郭はしもぶくれから遠く離れ、うりざね顔にちかい。眉は細いし、鼻すじの通りっぷりも迷いがなかった。何より肌が白かった。将来どこの馬の骨とも知れぬ男に、

(くれてやるのか)

と、いまから悔しい白さである。もっとも、

「これは良縁を呼ぶ顔だなハ。話によれば、十五、六でもとつがせるべ」

とは、これは政次郎ではない、イチのせりふである。イチは打算的な女ではないし、子供たちを溺愛してもいたが、こういうときには政次郎もはっとするほどの世間智を発揮した。

†

イチは明治十年（一八七七）一月十五日、花巻に生まれた。

花巻には、政次郎の家とはべつに宮沢家がもうひとつある。通称宮善。政次郎の宮右とは江戸時代に枝分かれしているから血のつながりは薄いけれども、とにかくその宮善のほうの当主の宮沢善治、サメのあいだの長女としてイチはこの世にあらわれた。

——色の白い子だ。

というのが、赤んぼうの彼女を見た親戚のいちばん多い第一声だったという。当時の日本はまだ憲法がなく、内閣がなく、国会がなく、ただ維新あがりの太政官政府があるのみで、その政府も不安定だった。鹿児島で西郷隆盛が不平士族を擁して公然と

反政府をとなえている、その西郷にすら手こずっていたのだ。

イチは、すくすくと大きくなった。

ものごころついたときには家事をしていた。この家はこのころ裕福ではなく、女中がなかったため、炊事、裁縫、洗濯などに追われっぱなしだったのである。イチののち三人の弟とひとりの妹が生まれると、これに子守が加わった。肌はいつしか日焼けが冬でも落ちなくなり、誰も「白い」とは言わなくなった。

小学校へは、行くことがなかった。

——女には、教育はいらん。

という父の方針ももちろんあったが、イチ自身、行く気がなかったらしい。それが世間の常識でもあった。

最終学歴は寺子屋である。家事のあいまに読み書きの初歩をならっただけ。嫁いだ相手は、おなじ花巻の、質屋兼古着屋の息子で、小学校での成績が最優秀だった男。

政次郎二十二歳、イチ十九歳だった。

奇縁というべきか、こちらの家にも女中はなかった。ただしこちらは経済的困難のせいではなく、思想的確信のためだった。前半生でさんざん苦労した当主（当時）の喜助が、

——浪費は、いかぬ。

という主義をつらぬいていたのである。そうしてイチの夫は、喜助には従順だった。

結婚の翌年、賢治が生まれた。

以後、トシ、シゲ、清六、クニと生むたび多忙さは増大した。あいかわらず女中はなかったし、喜助はしばしば晩めしに刺身をもとめたのである。それでもイチはただひとつ、娘たちを毎朝、学校へおくり出すさい、

「ちょっと」

と鏡台の前にすわらせ、うしろへまわり、ひとりひとり髪を梳いてやることは省かなかった。そのための櫛も、象牙製の、少しいいものを使った。

こんな働き者の妻に対して、政次郎は、

――ありがとう。

に類することばをかけたことがない。

かけようと思ったこともない。ただ芸者あそびはしなかった。妾を持つこともしなかった。それに、ほかの男がしばしばするように、親戚や議員仲間などの前で、

――うちのやつは、何もせんで。

などと悪口を言うこともしなかった。政次郎はその財力と名声を、もっぱら家と街のためだけに使った。

†

八月、賢治が帰省した。事前の連絡がなかったので、最初に店へ挨拶に来たときは、

「おお」

政次郎は、絶句した。制帽をかぶり、制服を身につけた姿にまだ慣れないというのもあるが、それ以上に、

（四か月で）

あの寮の舎監室での別れからたった四か月で、これほど背丈がのびたのか。これはもう男の子ではない。ただの、

（男）

と、不覚にも、そのことに怯んでしまったのだ。

その夕から、食事の席順はまた変わった。

政次郎から見て左の列は従前どおりだが、右の列は、いちばん手前が賢治になり、それから清六、トシ、シゲの順になった。

「なむあみだぶつ」

を三度となえると、一同、あとは無言だった。

政次郎は何も言わなかったし、トシもおとなしく箸を動かした。喜助も、イチも、きのうとおなじ顔である。だが座敷の空気がどことなく落ち着かず、さわさわと音を立てて砂が舞っているようだったのは、これはもちろん、暑さのあまり戸を開放したせいばかりではない。

（みんな、賢治の話が聞きたいのだ）

食事が終わり、膳がすべて片づけられると、まず堪忍負けしたのはトシだった。衣ずれの音も盛大に賢治のかたわらへ膝をつき、

「お兄ちゃん、中学校はどんなところ？」

この一言がきっかけだった。ほかの三人の子供もあつまり、賢治をかこむよう畳の上に尻を落として、火がついたように、

「勉強むずかしいすか？」

「いつも何食べてるのす？」

「友達はいるのすか？」

質問攻めにしたのである。

賢治はもちろん制服姿ではないが、部屋のまんなかに胡座をかいていて、まるで大黒柱のような存在感があった。着物は、袖も裾もみじかくなっている。

「せぐな、お前たち」

などと言いつつ、政次郎もその輪にいそいそと入る。賢治はハハハと笑うと、

「んだば」

咳払いをして、話しはじめた。

それは政次郎にとって、おそらく子供たちにとっても、異国の話のようだった。中学校は盛岡の中心部、内丸（うちまる）と呼ばれる旧城郭内にあること。寄宿舎が「黒壁城」と呼ばれるのに対し、その校舎は「白堊城（はくあじょう）」と呼ばれること。

木造ながら二階建ての洋風建築で、壁がまっしろに塗られていること。落成時にはわざわざ東京から文部大臣が視察に来て、

――地方の中学校には、不似合いである。

と眉をひそめたという逸話があること。

校内には決まった時間割があり、その点では小学校とおなじだが、中学校には夏時間（サンマー・タイム）という制度があること。四月のころは始業は八時だったけれども、七月一日から七時になったこと。二学期には八時にもどること。

「へーえ」

「へーえ」

と感動詞を連発する輪のなかに、気がつけば、イチもキンも加わっている。政次郎

気がある。
何かをくりかえさず、堂々と、そのくせ清六にもわかるよう諧謔をほどよく含んで活
と、むしろ話しぶり自体のほうに満足している。ぐずぐず言いよどまず、無意味に
（うむ）
は話の内容よりも、

語をつかまえてきて聞き手を啞然とさせるきらいもあるが、ともかくも、
コーヒーの味を形容するのに「はくちょう座」と言うなど、ときおり突拍子もない
（成長した）
に悦に入っていると、とつぜん賢治が、
これなら質屋の客もあしらえる、古着の上客にも調子を合わせられる。そんなふう
「お父さん」
「えっ」
「何かありますか、お父さん。聞きたいことは」
（ある）
内心、即答した。
何より聞きたいのは佐々木舎監のことだった。あの栗色の、靴ブラシのような口ひ
げ。わざわざ父親の前で息子を「宮沢」と呼びすてにした尊大な態度。あいつに残忍

な仕打ちを受けていないだろうかというのが、政次郎の、この四か月のもっとも大きな不安だったのである。

が、聞かなかった。

聞くのは父の沽券にかかわる気がした。われながら頭がかたすぎる。と、そこへ、

「おら、ある！」

元気に手をあげたのは、政次郎のとなりのトシだった。さっきから興奮しっぱなしなので、声が少ししゃがれている。

「何だべ」

賢治が水を向けると、トシは、

「先生は、こわい？」

「こわいよ」

賢治はふっと目を細めて、

「佐々木先生っていうのがね。寮の舎監なんだども、学校では体操の授業も担任してる。一日中、顔を合わせるんだじゃ」

政次郎は、息をのんで聞き入った。賢治いわく、佐々木は軍隊あがりだという。

(やはり)

在隊中、大けがをしたらしく、それが原因で除隊したが、いまも歩くと背が丸ま

り、鶏のように首が前後するのは後遺症なのかもしれない。単なる体の癖かもしれないが、とにかく学生はそのさまをとらえて、

——チキンさん。

とか、

——チッケさん。

とかいうあだ名でこっそり彼を呼んでいた。体操の指導は独特だった。もっぱら突っ立って号令をかけるだけ。蹴ったり殴ったりしなかったのだ。やはり後遺症だったのだろう。

「そんたな先生の、どごがこわいのす?」

と口をはさんだのは、シゲだった。あるいは小学校にはそれよりも厳しい教師がいるのかもしれない。賢治はいっそう剽軽な口調で、

「寮での指導のうるさいごど」

話をつづけた。

自分はいま、二階の十二番の部屋で寝泊まりしている。同室者は二年生がふたり、三年生がふたり、そして五年生の室長で、つまり一年生は自分だけだから雑用をすべて負わされる。ランプのホヤそうじとか、雑巾がけとか、使い走りとか。

あんまり頭にきたので、或る朝、ふとんを上げないで山へふらりと遊びに行ったと

ころ、帰ってきたら寮の入口で自分を待っていたのは上級生ではなく、

「チッケさんだったじゃい」

と、賢治は、そこで極端になさけない顔をしてみせて、

「おら、廊下に正座させられてな。チッケさんにどなられた。『二等兵は、正しき二等兵であれ！』『へいへい、』にトゥーへい、と等をやたらと強調したのは、それが佐々木舎監の口調なのだろう。弟妹たちは爆笑して、

「もっと、もっと」

と話をせがんだ。どうやらあの憎体な男は、賢治にとって、若干の欽慕の対象でもあるらしい。

（まあ、よかった）

ほっとしたとたん、胸中の土に、たちまち新たな心配の芽があらわれる。学生の本分に関する心配だった。

「成績は、どうだ」

政次郎が口をはさんだとたん、トシが身をのりだして、

「やっぱり一番！」

賢治はきゅうに顔をくもらせ、

「いや」

声が低いのは、かならずしも体の成長のせいばかりではないようだった。

翌年三月、第一年次修了。席次は、百四十三人中五十三番だった。国語、文法作文、英語、英習字、博物（鉱物）はよかったものの、算術が足をひっぱった。一年を通して百点満点中五十点をも取ることがほとんどなかったのである。

4　店番

四年後の大正三年（一九一四）三月、第五年次修了。

賢治は、盛岡中学校を卒業した。

席次は、八十八人中六十番。第一年次のときとくらべると落第、退学、除籍等のため生徒数は半分ほどに減っているが、席次はそのぶん上がるどころか低落し、下から数えるほうが早くなった。第一年次修了時にはまがりなりにも上位三割五分ほどの位置にいたのが、卒業時には、下位三割にしずんだのだ。

苦手の算術は幾何（きか）と三角法（三角関数等）の二科目にわかれ、どちらも悪かったのは是非もないにしろ、得意のはずの国語、文法作文、英語関連ものきなみ八十点をこえなかった。物理や法制経済も平凡以下。博物（鉱物）の科目は第一年次のみに配当されるため、点数かせぎの資（もと）にならない。賢治のこの五年間は、成績の点では、はっきりと失敗の五年間だった。

それでも賢治は、心根（こころね）がまっすぐなのだろう。卒業式が終わり、ふたたび花巻の家

へ帰るや、まず店のほうに来て、

「すみません」

政次郎へ、帳場格子ごしに成績表をさしだした。

　政次郎はそれを片手でうけとる。ごっ、ごっという賢治の洟をすする鈍い音を聞きつつ目を落とす。ほどなく、めがねを指でくいと持ちあげ、

「世間のひろさがわかっただろう」

成績表を突っ返し、しかしそれ以上、何も言うことをしなかった。われながら温情あふれる措置だった。落第、中退という最悪の醜聞が避けられたという安心の故でもあるが、それよりも大きいのは打算だった。

　この失敗は、純粋に合理的に考えて、政次郎の利になるのである。もしも上位に入られでもしたら、賢治のことだ、

――進学したい。

　と言いだすに決まっている。中学校の上にはもう仙台の二高（第二高等学校）か、東京の一高（第一高等学校）か、あるいは明治、法政、早稲田、慶応といったような私立大学しかない。私立大学というのは法律上は大学ではなく、その一段下というべき専門学校という位置づけだが、どちらにしろそこまで行ったら、政次郎の目にも、

――質屋に学問は必要ねぇ。

の域に入るのである。政次郎は、ゆっくりと立ちあがった。

賢治はこっちを見あげたまま、ごっ、ごっと洟をすすっている。政次郎は顔をしかめ、声を落として、

「家さ行げ。はやくイチに顔を見せてやれじゃ」

「はい」

「四月に入ったら、すぐ手術だ。ゆっくり休んでぐんだじゃい」

†

その病気がわかったのは、三か月前。

前回の帰省のときだった。花巻駅を出たところの広場でイチとトシが待っていると、汽車がとまり、制服制帽すがたの賢治がこちらへ歩いて来たが、その足どりはまっすぐではなかった。右足がしばしば左足にぶつかり、左足がときどき右足のさらに右へと流れる。そのつど上半身がぎこちなくかたむく。ごっ、ごっと鈍い音を立てて洟をするのが人間以外の動物のようだった。

「なじょした。賢さん」

イチが賢治の体をささえると、賢治はぎゅっと目をつぶり、おのがのど、を指さし

て、

「熱い。熱い」

「お兄ちゃん！」

「毎晩ちっとも眠れねぇのす。頭がぼうっとすて、何が何だか」

イチは、こういうとき果敢である。そのまま賢治を手近な診療所へつれて行った。

医者はきのうきまで教室で勉強していたような若い、ひょろひょろした男だった。

聴診器の小さな円形の集音盤を胸にあてたり、大口をあけさせて奥を見たりして、

「はてな」

首をかしげたが、賢治に上を向かせ、鼻の穴をのぞいたところで、

「肥厚性鼻炎です」

聴診器をはずし、本を読みあげる口調で説明した。鼻のなかの粘膜がむやみと分厚く、固くなったため、息の通りが悪いのだという。

要するに、極度の鼻づまりである。のどの熱さも睡眠不足もそこから来たものだった。のどの熱さというのは、鼻から外へ出られなかった鼻汁がじかに雨下したのをあびて、炎症を起こしたのである。

「命にかかわる話ではありません。が、ここまで肥厚が進んでしまうと自然治癒は期待できない。麻酔をかけ、手術で切除するほか全快の手段はありません」

イチが即座に、

「あすにでも」

「ここでは無理です」

若い医師は首をふり、聴診器を机に置いて、

「盛岡の大きな病院でなければ設備がありません。それに手術後は様子を見るため、半月ほど入院してもらう必要がある。息子さんは年末年始の帰省中なのでしょう。ぐずぐずしてたら、中学校は新学期がはじまってしまう」

一瞬、くやしそうな顔をした。手術がしてみたいのだろう。イチはうなずき、医師のほうへ、

「そしたら、卒業したら」

そんなわけで、三か月後。

卒業後、賢治は、また盛岡へ出たのである。

入院先は、私立岩手病院。こちらの医師は、あの花巻の診療所のそれより遥かに年をくっている。

——天保うまれだ。

といううわさが真実なら、七十はこえている勘定だった。その医師へ、こんどは政次郎が頭をさげて、

「先生。先生。賢治をよろしくお願いします」

老医師はにべもなく、奇しくもあの若い医師とおなじ口調で、

「命にかかわる話ではありません」

手術は、成功した。

よほど麻酔がきいたのか、あるいはこれまでの不足をとりもどしているのか、ベッドごと病室へ運ばれて来ても賢治はぐうぐう鼾(いびき)をかいていた。

賢治の手足は、こんなときも、ふとんの下でほぼ気をつけをしている。ごっ、ごっという洟の音はもうしなかった。

ベッドの向こうには、イチが立っている。夫婦ふたりの看病だった。

「旦那様」

と、イチは上目づかいに政次郎を見て、

「あすから、付き添いはどうしますか」

尋(たず)ねたのは、むろん十二年前のことが頭にあるのにちがいなかった。あのとき政次郎はほとんどイチに病室へ来させず、ひとりで賢治のめんどうを見た。賢治はまだ小学校に入る前だった。そうして政次郎自身が、賢治の全快後、腸カタルで一生の苦悶を得たのである。

その後遺症は、いまもつづいている。政次郎は即答した。

「私が、付き添う」

イチはあっさり、

「はい」

あらがってもむだだと思ったのか、それとも今回は伝染性の病気ではないので、

——だいじょうぶだろう。

と安心したか。老医師もこの申し出を聞くと、

「いいでしょう」

かんたんに許可を出したのである。

賢治は、めきめきと回復した。

個室から四人部屋に移されたその日にはもう自分で便所へ行くようになり、二言目には「お腹がすいた」と言うようになった。

脈をとるため、若い看護婦にきゅっと手首をにぎられたりすると、まっ赤になってうつむいた。雪間（ゆきま）の草のようなもので、こんな小さなしぐさにも若さがつややかにみなぎっている。

三日目の夜、消灯時間になった。もう賢治は、

（だいじょうぶだろう）

安逸が、心にきざした。政次郎は立ちあがり、

「おやすみ。私は家に帰るよ」

言おうとして口をつぐみ、

「賢治」

「……はい」

「寒いな」

「ええ」

「ぺっこ出るべ」

看護婦の許可をもらい、ふたりで廊下に出た。われながら思いきりが、

(わるい)

渡り廊下から別棟へ入り、湯わかし部屋に入る。今回は洋間だった。木の床の上にテーブルが置かれ、椅子が置かれ、それを取り囲むようにして戸棚のたぐいが置かれている。テーブルの横には、ふつうの火鉢よりも背が高いいわゆる椅子火鉢がふたつ。

四月というのに、どちらも火がおこっていた。それぞれの火鉢に置かれた鉄瓶が、しずかに湯気をふいている。政次郎は椅子にすわり、

「楽だなあ」

火鉢の上で手をもみつつ、芝居がかった口ぶりで、

「お前もよほど体力がついた。今回は楽だよ。前のときはこんにゃくで腹をあたためたり、わらべ歌を歌ったりしてやったものだが……どうだ賢治、おぼえているが?」

賢治はテーブルの向こうに突っ立ったまま、

「おぼえています」

「おすわり」

「はい」

腰かけた。政次郎はやや気がなごんで、

「退院したら、何が食いたい。林檎か。鮨(すし)か」

賢治は目を落として、

「退院したら……」

「退院したら?」

目を落としたまま、

「進学したい」

「だめだ」

笑みを消し、ぴしぴしと、

「あんな成績で何を言うが。いや、かりに一番の成績だったとしても進学はあり得ねべ。お前は質屋の子なんだじゃい」

最後の一句を吐いたとたん、賢治の顔が、ふかい翳に覆われた。父親はいま、息子に仕事を全否定されている。

（ばかめ）

政次郎は立ちあがり、

「私は帰る。もう寝ろ寝ろ」

翌朝、病状が一転した。電報を受けて政次郎が急行したところ、賢治はベッドの上でえびのように腰をまげ、呼吸があさくなっている。政次郎は、

「賢治」

頭の上へ手をかざした。それだけでもうはっきりと感じ取れるほど熱が高い。ベッドの向こうの老医師が、いかにも不本意という口調で、

「チフスが疑われます」

政次郎はかっとなり、つばを飛ばして、

「疑うだけなら私にもできる。そんな曖昧な見立てではこまります。十日で退院という話はどうしたのです」

だいたい手術は成功だったのか。ほんとうは何か重大な失敗をしたのではないか。そこまで言おうとしたけれども、政次郎はことばを呑みこんだ。質屋というのは金の力を盾にして客を服従させる商売だが、医者というのは命にかこつけて患者とその家

族を支配する商売なのである。

（たちが悪い）

政次郎は、その日から病室にふたたび泊まりこんだ。さすがにわらべ歌は歌わなかったが、ひたいの布をしぼり、汗をふき、粥の匙を口もとへ運んでやった。

まるで五歳児に言い聞かせるように、

「元気を出せ、賢治。だいじょうぶだ。私がついてる」

「はい、お父さん」

賢治は、すなおに笑みを返した。病気に長所があるとするなら、それは人と人をへだてる心の垣根をあっさりと取り払い得ることだろう。

（あのときと、おなじだな）

充実の看病は、しかし長くつづかなかった。政次郎はあのときと同様、数日後、にわかに体調が変化したのである。

気づいたのは、夜だった。患者の家族用の控室でふとんを敷き、ねむりに就こうとすると、脇腹がしくしく泣いている。

（いつもの、あれか）

かまわず目を閉じた。夜ふけになると、焼け石をうめこまれたような激痛になっている。もう眠れない。

「…………」

声が出ない。あぶら汗が、鼻ににじむ。いつものあれを遥かに超えていた。ふとんの下でうずくまったまま腹に手でふれると、肉の奥に、しこりがある。

(看病づかれか。賢治のチフスが伝染したか)

いろいろ考えることで痛みをまぎらわそうとした。夜があけると、それは見た目にも明らかな瘤になっている。それでも政次郎は、

(私より、賢治だ)

むりに起きあがり、賢治の病室へ向かうのだった。

賢治の回診のとき、老医師に告げた。老医師は、

「なぜすぐ言わなかった。ここは病院なんですぞ」

などと色をなしたりせず、その場で政次郎に腹を出させ、二、三度ざらりと手でなでただけで、

「チフスでしょう」

べつの病院にすぐ入院できるよう紹介状を書いてくれた。その日の午後には、だから政次郎は、

「達者でな、賢治」

と、告げることになる。

「お父さん、お元気で。僕のことは気にしねぇで」

「ありがとう、賢治。私は、私は……」

「何です」

「私は、お前の看護を全うし得なかったじゃ。すまん」

「気にしないでけで、お父さん」

気にしないでけでも何も、原因は賢治にあるのだ。政次郎はみょうに悲しくなって、

「生きて会おう」

「はい」

ふたりとも病人のくせに、突っ立って辞を交わす。政次郎はもう、

(賢治が逝くか、私が逝くか)

今生の別れを確信している。両手で賢治の両手をつつんで離さない。だまって見ていたイチが、

「行きますべが、旦那様」

足早に、先に病室を出て行った。

†

政次郎は、それから二十日ほども入院した。痛みも腫れもなかなか引かなかったけれども、薬がきいたか、絶食療法が功を奏したか、ひとたび引きはじめたら嘘のように消えてしまった。結局、病因はわからなかったけれども、とにかくこれなら、

——退院して可なり。

ということで、政次郎は、生きて家の戸をひらいたのである。みちみち立ち寄った花巻城の城跡では目にしみるほど桜が満開だったし、こいのぼりも上がっていた。花巻は、五月になったのである。

数日後、賢治も帰宅した。

感動の再会というほどでもない。政次郎は二、三日静養させたのち、ぶっきらぼうに、

「店番してみろ」

「やんたじゃ」

とは、賢治は言わなかった。

小さく首肯するだけだった。やはり彼は彼なりに父の病気への責任を感じているのにちがいなかった。いや、責任というより、

(負い目かも)

政次郎は、そう思った。そのほうが好都合だった。息子の親孝行というのは、煎じつめれば、資金を積み立てるという正の行為ではない。負い目の借金を返すという負の域の行為である。それで家業に気が向くなら、それはそれで何も言うことはない。

翌朝、政次郎は、賢治を帳場にすわらせた。

「まあ、気楽に」

肩をぽんぽんと叩いてやり、うしろの部屋へしりぞいた。

座ぶとんを敷き、あぐらをかき、ふすまを細くあけて見れば、賢治の背中はしゃんとして、まだ誰も来ていない客用の土間に正対している。左右と前をきっかりと帳場格子にかこまれているため、ちょっと囚人に見えなくもない。五月というのに底冷えがするのは、土間の三和土が夜のうちに吸いこんだ冷気をしんしんと吐き出しているのにちがいなかった。たいへん物理的な意味において、質屋というのは、春でも寒い商売なのだ。

客は、来ない。

イチに淹れさせた熱い茶をすすりつつ、政次郎は、

（農夫が、来ればいい）

そんなふうに打算している。

もともと質屋では、五月には農夫はあまり来ないのである。前年の収穫を食いつくすには早い上、これから代掻き、田植え、水の出し入れと一年でいちばん仕事が多くなる。いくら何でも、質屋などへは来るひまがないのである。

逆にいえば、来るのはよほど深刻な客である。子供の病気か、自分の病気か、もしくは去年の作柄が自分のところだけ極端によくなかったか。そういう客を、

（さあ賢治、どうさばく）

からり。

通りに面した戸がひらいた。

東向きの戸なので新鮮な陽光がさっと射しこんでくる。逆光で一瞬わからなかったが、その客はずんずんと賢治の前へ来て、挨拶もなしに、

「なんぼだべ」

格子ごしに、稲刈り鎌をさしだした。

政次郎は、目をこらした。継ぎのある平袖の野良着にあねさんかぶりの手ぬぐい姿、近在の農家の嫁にちがいないが、まだ二十そこそこと見えたのは政次郎も少しおどろいた。この年ごろの女が来るのは、五月でなくても異例である。深刻の度はとび

きり高いのかもしれなかった。賢治は、

「はいはい」

と政次郎の口まねで応じつつ、両手で鎌を受け取った。受け取りつつ客を見あげて、

「なしてお金が必要なのすか？」

「夫が、カリエスに」

「それはそれは」

鎌の刃から柄にいたるまで天眼鏡でくまなく見て、

「三円でどうだべす？」

客はふかぶかとため息をついて、

「カリエスに」

それは、この地上でもっとも恐ろしい病名のひとつだった。結核菌などの作用で骨が、ことに背骨が、あたかも虫歯のように溶けてしまう。重症なら起きあがることもできない上、寸分の狂いもなく死にたどりつく。賢治はあっさり、

「んだば、三円五十銭」

「乳のみ子がふたりも」

「あと五十銭」

数度の値上げの末、賢治は鎌を机に置き、質札と五円二十銭を手わたした。客は悲しそうに一礼し、蹌踉として出て行った。

とうとう政次郎はふすまをひらいて、

「甘いなあ」

賢治の横にすわり、にこにこと言った。最初からきびしく叱ったら、いよいよこの仕事が、

（きらいになる）

そう配慮して、ほとんど幼児に対するごとくに、

「いまごろあの女はな、賢治、ぴょんこぴょんこ跳ねて家への道をたどってるよ。何しろお前が出したあの金だば、あたらしい鎌を買ってもお釣りが来る。その質種は、もう引き取りには来ねべじゃ」

政次郎は、稲刈り鎌をごとりと手にした。刃がべったりと錆びている上、ぐらぐらと柄から落ちかけている。

「すみません」

賢治は、うなだれた。政次郎は鎌を机に置き、ていねいに、

「そもそも三円という最初の値がもう高すぎるべ。こういう道具は秋にはきっと必要になるのだから、一円五十銭、いや、一円二十銭にしても相手はきっと呑んだところ

だ。もの自体も難がある。まあ、このへんは経験だから、いま気にすることはない。それよりも心しておくべきは、賢治」

「はい」

「こちらから、客に何かを聞いてはいけない」

政次郎は、これだけはぴしりと言った。

客というのは善人ではない。政次郎はそう説いた。少なくとも賢治の考えているような単純な弱い者ではない。彼らは彼らなりに、一銭でも二銭でも、

――取ってやる。

という切実な熱意でもって店の戸をひらいている。

その意味では、店をつぶしに来ているのだ。実際、あの若い農婦にしても、夫がほんとうにカリエスを病んでいるかどうか知れたものではない。酒で有り金をなくしたか、あるいは彼女自身が意外に着道楽か、そんな可能性もじゅうぶんある。貧乏は人を善良にするなどというのは最近にわかに世にあらわれた社会主義者による根拠のない宣伝文句にすぎず、現実は、むしろ逆のことが多いのだ。

そういう異心をふくんだ人間に対して、

――なぜお金が必要です。

などと問うのは、弁明の機会をあたえること。

「おらだに攻撃の機会をあたえることなのす、賢治。ましてや『三円でどうです』などと値つけの可否まで聞いてしまったら相手はきっと値を上げに来る。あわれみを乞い、飢餓をうったえて事を厄介にする。金額は一方的に告げればいいんだじゃ」

「すみません」

賢治は、ひたいが机にぶつかりそうである。政次郎はいよいよ声をやわらげて、

「私たちは弱い者いじめをしているんじゃね、ただ店をまもっているのだ。店をまもり、自分をまもり、妻子をまもる。それは何も特別なことじゃねべ。天子様がひとしく国民にさずけてくださった当然の権利だじゃい。世間が質屋を何と言おうが、そんなのを気にしてはいけね。どんな商売にも影の面はあるものなのだよ」

賢治は、ふいに顔をあげて、

「すみません」

光ある目が、まっすぐ政次郎を見返している。

ことばに力がこもっている。政次郎はこれまで父親として、十数年、賢治の「すみません」に接している。

何千回となく聞かされている。あらゆる感情の微妙な変化をそこに察知できるようになった。今回のそれは、さっきまでとはまったくちがう。

(反抗か)

反抗というより、拒否だろう。賢治の頭脳は、これ以上、質屋に関する情報をつめこまれるのが耐えられないのだ。

ほんの二、三年前は、

(そうではなかった)

政次郎は、落胆した。たしか中学三年生のときだったと思うが、冬休みの帰省のとき、賢治はたまたま政次郎が風邪で寝ていたのへ、

「お父さん。店番をやってみます」

みずから言いだしたものだった。

政次郎は見ていないが、どうやら賢治は帳場にすわり、本を読んでいたらしい。そこへ来たのが斎藤宗次郎という近所の書店のあるじだった。この人はキリスト教の信者だが、いろいろと独自の奉仕活動をするので、政次郎は、

——先生。

と呼んで尊敬していた。

むろん賢治とも見知りである。その斎藤が、賢治に質札をさしだした。賢治はうやうやしく両手でそれを受け取ると、

「先生。先生が質受けすか?」

斎藤はうんと渋面（じゅうめん）をつくり、

「私のでね。養母のす」

賢治はそのやりとりを、晩めしのとき饒舌にものがたった。まるで落語のようだった。イチやトシが声を立てて笑ったが、このときばかりは政次郎も、

「こら、お前たち。行儀が悪いじゃ」

とは言わなかった。政次郎自身、あやうく相好をくずすところだったのだ。あれはいったい、

（何だったのか）

政次郎は、わからない。

しょせん子供の気まぐれだったか。ただ大人の世界をのぞき見したいだけだったか。もしくは、ひょっとしたら、

（本などを、読んだからか）

政次郎は、そう推測してみた。賢治は中学在校中、寮や図書館でたくさんの本を読んだのである。

読んだのは、エマーソンやベルクソンなどの哲学書。ツルゲーネフやトルストイなどの文学書。進歩的な総合雑誌「中央公論」なども読んだというから社会改良を夢みる過激な思想にもふれただろうが、個々の内容はいま問題ではない。問題はその読みかただった。政次郎の見るところでは、賢治はおそらく、それらを音読はしなかった

だろう。

つまり、黙読。

ほかの大部分の生徒と同様、机に向かい、ランプの灯をともし、うつむいて活字との無言の対話をつづけたのだ、もしもそれを対話と呼べるなら。

何しろ相手は活字である。けっして怒らないし、どなりちらさないし、嘘をつかないし、ごまかさないし、こっちを混乱させるため故意にわけのわからないことを言ったりしない。こっちから一方的に中断したとしても抗議しない。

或る意味、そこにあるのは、主人と使用人の関係なのだ。そういう対話にあんまり慣れすぎてしまったら、人間というのは、こんどは生身の人との対話が苦痛になるのではないか。あるいは、

（ばかばかしく）

そうしてそういう苦痛な対話の最たるものが、賢治にはたぶん、帳場での客とのそれなのだろう。

相手は生身の人であるばかりか、生活を賭けて、ときに生命そのものを賭けて来る。彼らは怒る。どなりちらす。嘘をつく。ごまかす。こっちを混乱させるためあらゆる詭弁を平気で弄する。活字とはそれこそ清流と溝川ほどの差があるのだ。だとすれば、賢治は、質屋がいやなのではない。

学問がしたいわけでもない。もっと単純に、この帳場から、

（逃げ出したい）

それだけなのだと政次郎は思った。人との会話から逃げ出したい。或る意味、新人にはありがちな心事だった。

賢治は、いま。

まだ政次郎を見つめている。反抗ないし拒否のまなざし。何しろ十九歳の若者である。筋力同様、視線も強い。政次郎は応戦しなかった。横を向き、やさしい声で、

「きょうは、もういいよ」

あとは政次郎が帳場にすわった。賢治はどこかへ行ってしまった。

午後になると、予想どおりのことが起きた。さっきの客から聞いたのだろう、おなじ村から五、六人の老若（ろうにゃく）の農婦がつぎつぎと来て、

「なんぼだべ」

格子ごしに、稲刈り鎌をさしだしたのだ。

政次郎は、ためしに話を聞いてみた。夫はみなカリエスだった。もちろんすべて一銭もわたさず撃退したが、このまま賢治にあとを継がせたら、

（店は、つぶれる）

政次郎はそっと両手で顔を覆った。しばらくもの思いにしずんでから、ため息をつ

くと、

「らちが明かん」

帳場を立ち、通りへ出た。きょうは閉めようと思ったのである。店にも客をこばむ権利がある。

のれんに手をかけ、おろしたとき、

「あら、お父様」

ふたりの声が、左から来た。

そちらを向くと、トシとシゲが立っていた。ちょうど家へ入るところだったらしく、玄関の前で横にならんで目をまるくしている。

「お父様、もう店じまいすか」

と言ったのは、トシだった。制服すがたである。小学校を卒業後、花巻高等女学校へ進学したのだ。進学にさいしては、祖父の喜助はもう、

――よろしい。

とも、

――だめだ。

とも言わなかった。言うだけの気力がなかったのだろう。いまは四年生、もう十七歳になったけれど、その切れ長の目の小癪(こしゃく)な感じは小学生のころと変わっていない。

政次郎はそっけなく、

「ああ」

「お兄ちゃんは？　お店の番をしたんだべす？」

「ああ、まあ」

その曖昧な調子から、トシは何かを察したのだろう。遠慮がちに、しかし決して小さくない声で、

「お兄ちゃんは、学問が」

「うるさい」

「進学をおゆるしになったらどうすか。お兄ちゃんは情が厚いから、お父さんに二度も看病してもらって、命を助けてもらって、だから無理に言い出せないんだじゃ」

「うるさい」

政次郎は、顔の横で手をふった。議論に乗るつもりはなかった。ここは天下の公道である。人の往来を気にしたせいもあったけれど、より根本的には、

（負けるかも）

その恐怖があることを、政次郎はなかば自覚していた。トシは小学校を首席で卒業し、高女でも一貫して首席の座をゆずらぬ上、最近はその言語的才能がますます水際立っている。この長女とやりあって、万が一、沈黙を余儀なくされでもしたら、父の

沽券は、男の沽券は、下がるどころの話ではないのだ。

「もう家に入りなさい、トシ。女はぺらぺらしゃべるものではねぇじゃ」

「帳合いは？」

と聞いたのは、トシの横のシゲだった。

この次女も、やはり制服を身につけている。この春から姉とおなじ学校へ上がったのだ。一年生、十四歳。姉にくらべて万事目立たないことは相変わらずだが、しかし高女への入学後はときおり、こんなふうに口をはさむようになった。背のびをしたい時期なのだろう。帳合いの何たるかも知らないくせに、

「やったのすか、お父さん」

「おお、んだな」

政次郎は破顔一笑、あごをしゃくって、

「いい思いつきだ、シゲ。さっそく賢治にやらせてみよう。呼んできてけで」

「はあい」

シゲにやさしいというよりは、トシへの当てつけ。われながら子供じみたことではあった。

賢治が来ると、ふたりで帳場へ入り、帳合いにとりかかった。賢治はここでは無能ではなかった。政次郎がソロバン珠（だま）をはじいて述べた数字を帳簿のそれと見くらべ、

おなじなら、

「正なり」

ちがうなら、

「ちがいます」

小学生程度の算術とはいえ、反応は迅速かつ正確だった。意欲も見られる。やはり賢治の質屋ぎらいは、その本質は、客との談判にあるのだろうと政次郎は思った。

†

梅雨がすぎ、夏になった。

政次郎はことのほか食欲が落ちた。もともと腸カタルの後遺症で夏には粥しか食べられないのだが、ことしは病気の影響だろう、粥はほとんど水になり、果物などは見るだけで腹がしぶるようになった。

それでも、精力的である。或る日、賢治へ、

「大沢温泉へ行かねが」

「大沢温泉？」

「例の講習会だ。ことしもやるんだじゃい」

大沢温泉とは、花巻近郊の温泉である。あの子供たちの遊び場だった豊沢川を西へさかのぼり、奥羽山脈にふみ入ったところで湧いている。そこの宿屋のひとつを借りきって、学生、教師、その他の知識欲あふれる人々を対象に講習会をおこなうのが政次郎の毎夏の文化事業なのだ。

十五、六年前、この会が発足したときは、政次郎は何のかかわりも持たなかった。学生、教師、その他の知識欲あふれる人々がみずから都会より講師をまねき、歴史や科学などを学んだのである。講義のあとは講師も聴衆もいっしょに風呂へ入り、酒を飲み、夜も語らう。まあ合宿のようなものである。

その合宿を七日も十日もすることで都会との差を埋めようという行事はしかし、発足後、年を経るごとに聴衆がだんだん減っていった。当然だったろう。会の規模や性格上、ひとりあたりの会費はけっして安くなかったのである。

窮状を聞かされた政次郎は、

「たいへん結構なことをしておられる」

とその趣旨(しゅし)に全面的に賛成し、鷹揚(おうよう)な口調で、

「よろしい。費用は全額、私が出しましょう。事前の宣伝費、講師への汽車賃や謝礼金はもちろん、聴衆すべての泊まり賃、飲食代も持たせていただく」

翌年から、盛会になった。政次郎はたちまち文化界の大立者になったのである。政

次郎はイチに自慢した。

「しかつめらしい顔をした先生たちも、小学校しか知らぬ私がいねばハ、勉強ひとつできねぇだじゃ」

催し(もよお)は、政次郎の色にそめられた。

或る年から、仏教講習会になった。もともと政次郎は浄土真宗の信仰があつく、朝夕の称名は欠かさなかったが、それはいまから約十年前、弟の治三郎が死んだのをきっかけに、ほとんど過信の域に達していた。

治三郎は、田舎(いなか)にはめずらしい写真家だった。

――金もちの、道楽だべ。

などと村人から陰口をたたかれつつも、全国に数十台しかないという写真機をかついで県内県外をとびまわった。明治二十九年（一八九六）、三陸沿岸を記録的な大津波が襲ったときには現地の惨状をつぶさに撮り、新聞社に提供したこともあった。家のなかでは、賢治の名づけ親でもあった。賢治の「治」はこの叔父にもらったのである。

その治三郎が、二十八歳で病死した。政次郎はそのとき三十歳だった。ほかの何には耐えられても、あとに生まれた肉親が先に旅立つという逆縁は、

（それだけは、耐えられぬ）

その思いが政次郎をさらなる求道者に、というより仏教の勉強家にしたのである。

そんなわけで、大沢温泉の講習会は、つねに僧侶をまねくことになった。宗派はもちろん、政次郎の奉じる浄土真宗大谷派。あの京都の東本願寺を本山とする、いわゆる「お東さん」だった。

或る年は暁烏敏、或る年は楠竜造という具合に全国に名をとどろかす、僧侶というよりは近代的思想家というべき人がつぎつぎと来て、田舎の水準をはるかに超える話をした。ほかにも近角常観、多田鼎など。こんな豪華な顔ぶれは、

「東京でも、なかなか集められねえよ」

と政次郎はイチに言ったけれども、これはもちろん謝礼をはずんだのである。そうでなければ彼らもわざわざ花巻などで七日も十日も時間をつぶすはずがないというのが政次郎の自慢であり無念だった。三年前に呼んだのは、特に有名な宗教者だった。島地大等。

これはお東さんではなく「お西さん」、つまり西本願寺を本山とする浄土真宗本願寺派のほうの僧侶だが、西本願寺の近代的改革に尽力した島地黙雷の養子ということで、いわば、

――親の七光り。

というような世評があった。そういう人は、

（いばるのか。いばらないのか）

みょうな興味を抱きつつ、政次郎は、講演の直前、控えの間へ挨拶に出た。

「島地先生、本日より七日間よろしくお願いします」

「ああ、よろしく」

島地先生、にこにこ顔である。謙虚な性格なのだろうか、それとも謝礼の金額が頭をよぎったのか。政次郎のとなりには、賢治がちょこんと正座している。その頭をぽんとたたいて、

「これは私の長男で、宮沢賢治と申します。私とともにご講義をありがたく聞かせていただきます」

賢治はこうべを垂れ、

「よろしくお願いします」

島地は愛想よく、

「これは利発そうな若者だ。何をしている？」

「盛岡中学の三年生です。いまちょうど帰省中で」

「名門だね」

「ありがとうございます」

「賢治君は、お父さんのあとを継ぐのかね」

他意はない。よくある世間ばなしである。賢治はさらりと、

「はい」

「お父さんは、りっぱな人だ。君は幸せ者なのだよ」

「肝に銘じます」

その三年後が、ことしである。

ことしの講師は、無名だった。盛岡にある報恩寺（ほうおんじ）住職・尾崎文英（おざきぶんえい）。さすがの政次郎もう全国級の有名講師はさがしつくしてしまったのだ。報恩寺はお西さんどころか浄土真宗ですらなく、曹洞宗（そうとうしゅう）の寺だった。講演期間も短縮されている。

講演の直前、例によって賢治とともに控えの間へ挨拶に出た。

「尾崎先生、本日より四日間よろしくお願いします」

「ああ、よろしく」

尾崎は、むっつりとしている。そういう性格なのだろう。三年前のあの如才ない島地大等とは、

（対照的だな）

胸のうちで苦笑いしつつ、政次郎は、賢治の頭をぽんとたたいて、

「これは私の長男で、宮沢賢治と申します。私とともにご講義をありがたく聞かせていただきます」

賢治はこうべを垂れ、

「よろしくお願いします」

講師は苦虫をかみつぶしたような顔のまま、しかし金主(かねぬし)の息子を疎略(そりゃく)にあつかうのも気がさしたのか、

「何をしている？」

「盛岡中学を卒業しました」

「いまは、何を」

「家事手伝いです」

「お父さんのあとを継ぐのかね」

政次郎は、ここで電撃的に割って入って、

「継がせます。まいにち店番もしております。最近はよほど慣れました」

「嘘です」

賢治はほとんど悲鳴をあげた。初対面の講師へすがりつくようにして、

「店番なんかしてねぇのす。私は能なしだじゃ。質屋は無理だじゃ。私には進学しかねぇのす」

涙声である。講師はさすが僧侶というべきか、動じる様子を見せず、

「人間には『しかない』ということはないよ」

「継げません。継げません」

「こら。賢治」

政次郎は腰を浮かせ、息子をむりやり講師から引きはがした。息子がぐいと体をこちらに向けたので、父子の顔は、ぶつかる直前で向かい合うことになる。

(う)

政次郎は、ひるんだ。

賢治の顔は、牛蒡のように痩せている。

チフスの疑いで入院していたころよりも肉が落ち、眼球が大きくなっている。ちょっとしたことで左右へきょろきょろ動くのが不気味というより異常だった。知り合いの医者からは、

――神経衰弱の気がある。専門家に見せるほうがいい。

とかねて警告されているのだが、政次郎はそのつど、

「正しい信仰、正しい生活、強い心。それでじゅうぶん」

一笑に付している。

(まだまだ、こやつ、心が弱い)

政次郎は立ちあがり、手を取って立たせ、

「さあ賢治、先生はご講演の前に瞑想にふけられる。行ぐべ」

引きずるようにして控えの間を出た。ぐったりと賢治はしたがった。翌日から賢治は講習会に顔を出さず、部屋にこもり、四日間の日程はつつがなく終わった。

†

講習会が終わり、尾崎講師をぶじに盛岡へおくり出してしまうと、日本の政治は急激に展開した。

大隈重信（おおくましげのぶ）内閣が戦争参加を決めたのだ。

のちに第一次世界大戦と呼ばれることになるこの地球規模の戦争は、おもな戦場がヨーロッパ大陸だったため、日本国内にはさほどの緊張をもたらさなかった。十年前の日露戦争のときとくらべると、増税はなく、小学生の動員もなく、国民生活はほとんど変化しなかったのである。

いや、一部の人は激変した。

ヨーロッパで軍需物資が極度に不足したため日本の製品が売れに売れ、重化学工業会社や船運会社の株価がのきなみ急騰。いわゆる大戦景気だった。政次郎はこの兆候のあることを人づてに聞き、

（儲（もう）かる）

まだ高くならぬうち、数社の株を買い入れた。

政次郎には、べつだん決意を要することではない。あたるに決まっている富くじを買うようなものだった。新聞紙上を連日にぎわせる船成金、鉄成金、鉱山成金ほどではないにしろ、またたくまに数万円の金がころがり込んでくる。こんなにも貨殖の才ある自分の息子が、

(店番ひとつ、できぬはずがない)

政次郎は、そのことをまだ確信している。

†

この好景気の影響というわけでもあるまいが、出版界にも、ひとつの小さな事件が起こった。

島地大等『漢和対照 妙法蓮華経』がロングセラーになったのである。著者は、そう、三年前に政次郎が大沢温泉での講習会に招聘した、あの親の七光り的な、にこにこと愛想のいい有名人だった。

意外にも、これがはじめての著書のようだった。版元は東京神田錦町の明治書院と奥付にある。

――国語漢文は、明治書院。

――教科書は、明治書院。

などと称される一流出版社だった。その堂々六百ページあまり、分厚いがしかし小ぶりな縦長の判型（はんけい）の洋装本を政次郎は手にとり、ぱらぱらとページをめくってみて、

「なんだ」

本を閉じた。

仏壇の前の経机の上へ、なかば放り投げてしまった。これがほんとうに、長年の支援者を、

（遇する法か）

腹にすえかねる思いだった。

（あの坊主も、えらくなった）

この本は、著者自身からの献本ではなかったのだ。たまたま刊行を知った友人が送ってくれたもの。本来ならば見返しに自分の筆（て）で「謹呈」と書き、著者名を親書し、こっちの宛名を、

宮沢政次郎　学兄

などと大きく記し、さらに添え状の一枚もはさみこんで持参するのが礼儀ではないか。たかだか中央から本を出したくらいで人間はなぜみな思い上がるのか。漢和対照などと大仰なかまえを示しているが、こんなもの、単なる手引書にすぎないではないか。

数日後、座敷に入り、

「おっ」

政次郎は、声をあげた。

仏壇に向かって、賢治が背をまるめている。しのび足でうしろに立ち、のぞいてみると、あの手引書をいっしんに黙読している。政次郎は、

（ああ）

ほっとした。近ごろの賢治の言動は、ほとんど理解を絶していたのだ。

何しろ来いと命じても帳場へ来ないようになった。昼日中から庭のまんなかに突っ立って中空を見あげ、ぶつぶつ言うようになった。かと思うとイチやトシをつかまえて、

「農民は、あわれだ」

とか、

「心ある者は、農民の苦しみの側に立たねばならねぇじゃ」

などと、目を見ひらいて熱弁をふるうようになった。

とうとう正気を逸したか。頭の痛む日々がつづいたあとで、ふいに『漢和対照 妙法蓮華経』を読みふける賢治の姿に接したのは、政次郎には胸あたたまる救いだった。

何やら賢治が子供のころに戻ったような、そんな気がしたのである。あのころの賢治はまだしも理解可能だった。そうしていまでも、賢治のなかの仏教の灯は、

(消えておらん)

賢治が、気づいた。

ふりむいて、こちらを見あげる。政次郎はほほえんで、

「有益か?」

「あ、いや」

本を閉じ、そそくさと座敷を出て行ってしまった。

しばらくして来てみると、また読んでいる。黙読である。さっきと同様、仏壇に向かい、経机の上に本をひろげて。政次郎がうしろに立っても気づくことがないくらい、それくらい夢中になっていた。

(法華経になあ)

浄土真宗の正典は、無量寿経、観無量寿経、阿弥陀経のいわゆる浄土三部経であ

る。

賢治もよく親しんでいる。法華経すなわち妙法蓮華経はむしろ天台宗や日蓮宗の正依の経であり、宮沢家では重視しないけれども、

（まあ、いいか）

政次郎は、このさい気にとめなかった。もともとは法華経も浄土三部経もひとしく仏の説いた教えであり、或る意味、全仏教界の共有財産だからである。

それに実際、この本も、特定の宗派は念頭に置いていないらしい。開巻劈頭には、以下の文句が赤の活字で記されていた。

無上甚深微妙法
百千万劫難遭遇
我今見聞得受持
願解如来真実義

開経偈である。宗派を問わず、おつとめの最初にはかならず唱えられるもので、これは宮沢家でも例外ではなかった。賢治がこの本に興味を持ったのは、直接的には、すでに彼自身の血となり肉となっているこの二十八字が呼び水になったのにちがいな

かった。

むろん、政次郎は理解している。賢治はここでも、

（逃げている）

質屋という職業から。長男という境涯から。いっそう本質的なところでは、食うために稼ぐという人間行為の真の価値から。

仏教の本なら、あるいは父に、

――黙認してもらえるかも。

などと甘ったれているのかもしれない。

（十九にもなって）

政次郎は、大きくため息をついた。われながら、始末にこまる感情だった。

賢治は気づかない。黙読しつづけている。うなじは骨が浮き出ていて、耳だけがみょうに大きかった。

†

翌月の或る日。

店じまいのあと、政次郎は、庭に出た。

岩手の九月は、ときに晩秋である。まばたきをするたび空が暗くなる。政次郎は松の木のかたわらに立ち、西の空を見た。あたりは闇に覆われたというのに、そこだけ夕日のなごりが地平線から小さな泉のように湧き出している。天の温泉だった。その温泉のむこう、十万億の仏土を経た彼方には極楽浄土がある。

政次郎はそれを信じていた。この世でいっしんに阿弥陀仏を念ずれば、死んだあと、そこへ往生することができる。どういう思い煩いもなく、どういう体の不調もなく、永遠に円満具足でありつづけられる。……西の空は、すっかり濃墨に覆われてしまった。

それでもなお、ぼんやり眺める。

「お父さん」

賢治の声が、背後からした。ふりむくと、こちらへ或る距離まで近づいたところで賢治の足がとまってしまう。

「お呼びですか、お父さん」

「ここに来なさい」

政次郎は、大声を出した。賢治はまるで火の上でも歩くような足どりで政次郎の前に立ち、

「何のご用でしょう」

ことばの終わらぬうち、うつむいてしまった。また叱られると思ったのだろう。政次郎はきびしい口調で、

「進学しろ」

「申し訳ながんす」

賢治はすぐさまお辞儀をしてから、顔をあげて、

「……え？」

めずらしく、父に聞き返した。政次郎はそっぽを向いて、

「進学しろと言ったのだ。このまま何もせず家にいられても娑婆ふさぎなだけだ。若いうち、したいことは存分にしろ」

「え、んだば、お店を継ぐ話は……」

「沙汰やみだ」

賢治の反応は、激甚だった。その場に両ひざをつき、ひたいを庭石にぶつけるようにして、

「ありがとがんす。ありがとがんす」

「立て、賢治。お前には自尊心がないのか」

「ありがとうございます、お父さん」

放っておくと手も合わせかねない。政次郎は舌打ちして、

「寒い」

家の戸のほうへ歩きだした。小さな庭石をつたいつつ、

（これで、いい）

われとわが胸に言い聞かせている。このまま行ったら賢治は発狂するか、廃人になるか、あるいはあの本へののめりこみようを見ていると、

——出家したい。

などとも言いだすかもしれない。政次郎は僧侶を尊敬しているが、金はみずから稼ぐものと心得ている。わが子をお布施（ふせ）で食わせる気はさらさらなかった。

むろん、店を継がせることをあきらめたのではない。この譲歩はいわば徴兵猶予のようなもの。政次郎はそれを念押ししようとして立ちどまり、ふりかえったが、賢治はそれこそ阿弥陀仏にでも遇（あ）ったような目でこちらを見ている。政次郎は、何も言うことができなかった。

†

その晩は。

賢治は、めしを四度もおかわりした。せっせと箸を動かしつつ、人が変わったよう

になった。中学校のころの寮の思い出や近所のうわさなど、他愛ないことを熱狂的にしゃべりつづけた。

あの落語のような話術である。妹弟たちは大笑いした。トシは早くも察したのだろう、ふと話がとぎれたとき、両手をひざに置いて、

「ありがとがんす、お父様」

頭をさげた。

神妙な顔をしているが、その目は小生意気にきらきらしている。政次郎は鼻にしわを寄せ、

「何のことだべな」

トシは、もう聞いていない。賢治のほうへ、活気ある声で、

「どごさ行ぐの」

「え？」

「もう決めてるんだべ。どこの学校？」

「えっ、学校？」

十四歳のシゲ、十一歳の清六、八歳のクニがいっせいに声をあげ、首をかしげた。

トシが学校の先生のような口調で、

「お兄ちゃんはね、お父さんから、進学のおゆるしをいただいたのよ」

　と言ったけれども、政次郎は内心、

（そういえば、どこへ）

　われながら迂闊な話だった。

（まあ、いい）

　どうせ東京のどこかだろう。政次郎はそっと苦笑いした。いくら何でも仙台の二高、東京の一高までの高望みはしないだろうから、早稲田か、慶応か、それとも法律学校のようなところか。いずれにせよ私立であることはまちがいなかった。

「で、どこの学校？」

　トシがあらためて賢治に問うと、賢治はちらりと政次郎の顔をうかがって、しかし屈託なく、

「盛岡高農」

「え？」

「盛岡高等農林学校だよ、トシ。おらは鉱物学がやりたいんだ」

「鉱物……あっ、石！」

「土もだよ。田畑でたくさん作物が取れるようにするための土壌改良、肥料開発、みんな鉱物学に入るんだ」

「石も勉強するんでしょう？」

「もちろん」

「んだんだ。お兄ちゃん好きだったもの、むかしから。中学校のころも金槌(かなづち)を帯にはさんで山をさがしまわったって」

「なづがしいな」

「ごはん、もっと食うが？」

「うん」

「よそってあげるじゃ」

などという兄妹のみずみずしい会話を聞きながら、

（やられた）

政次郎は、呆然としている。まったく想像外だった。

高等農林学校は、文部省管轄。

いわゆる官立校である。高等学校とはちがう。あるいは普通教育機関とはちがう。法令上は実業専門学校。つまり実業学校の一種なのだ。

そのなかでも、盛岡高農はじつは全国で最初に成立した高等農林学校である。しかしながらそれは岩手の名誉でも何でもなく、むしろ不名誉のしるしだった。わざわざ学校をつくらなければならないくらい、それくらい毎年のように凶作に苦しむ後進県たるを意味するのである。

（またしても、農民のためか）

政次郎は、ペテンにかけられた気分だった。そうと知っていたら進学の許可など出さなかった。実業ならば商業学校もある、工業学校もある。どうしてそちらへ行かないのか。農民が富むということは、この岩手では、ただちに質屋が、

——痩せる。

このことを意味するのである。善悪の問題ではない。平等か不平等かという問題ともちがう。賢治はいまこの瞬間もその質屋の実入りでもって着物を着て、本を読み、めしをおかわりしているのである。そうしてその稼ぎは政次郎がまいにち地道に仕事をすることで得ているのである。中学校まで出たくせに、どうしてそんな簡単なことに気づかないのか。

十八年間たいせつに、たいせつに育てた結果がこれかと思うと人生がまったく無になった気がした。世間には自分よりも無責任な親がいる。めしを食わせず、勉強をさせず、殴る蹴るの暴行をはたらいて恥じるどころか胸を張る父親がいくらでもいる。それら畜生どもよりも、自分ははるかに、

（劣るというのか）

賢治は、ほがらかである。

「試験は来年の三月です。がんばります、お父さん」

と、話は先に進んでいる。トシやシゲは、

「がんばってね、お兄ちゃん」

政次郎は、

「落ちてしまえ」

とは言えない。いまさら後には引けぬということもあるけれども、それはそれとして、無念なことに、息子の失敗を願う親はいないのである。合格と不合格なら一議におよばず合格の岸へころがり込んでほしい。悲しむ顔は、

(見たくない)

われながら、お人よしにすぎる。痛いほど唇をかんで、

「がんばれ」

政次郎は、左のほうを見た。

左の列のいちばん手前には、父の喜助がすわっている。この人がもし、

——ゆるさん。

とでも一喝してくれれば話はふりだしに戻るのだが、しかし何しろ七十五歳、まるで蛸(たこ)をゆでたように体がすっかり縮んでしまった。去年の三月に長年つれそった妻のキンを亡くしてからは頭のはたらきも鈍っているようで、ときおりトシとシゲとクニの区別がつかず、イチをキンと呼んだりした。

何も言わず、刺身をくちゃくちゃ噛んでいる。唇のはしに涎がひとすじ光っていた。政次郎はため息をつき、めしを食い終え、ひとり庭へ出た。

†

翌年三月、盛岡高等農林学校の入学試験がおこなわれた。

志願者三百十二名中、合格者は八十九名。賢治は首席で合格した。三か月前から盛岡にのりこみ、時宗教浄寺に下宿して受験勉強にうちこんだ結果だった。短期間に発揮する集中力は、ほとんど瞬発力というべきすさまじさだった。

入学学科は、農学科第二部。土壌、肥料、農産物加工などに関する課程をそなえる、いわゆる農芸化学の学科だった。

四月になると、賢治は帳場へ来て、

「参ります、お父さん」

挨拶して出て行った。汽車に乗り、盛岡へ着けば、ふたたび寄宿舎生活がはじまるのである。

政次郎、四十二歳。この目の前のがらんとした土間を、いったいいつまで、

(まもればいいのか)

　自分はそんなに強い人間ではない。強く見せる義務にしたがっているだけなのだ。誰かにそう訴えたかった。

5　文章論

家を去ったのは、賢治だけではなかった。賢治とおなじ年、おなじ月に、あの口うるさい長女のトシもまた高女を首席で卒業し、東京目白の日本女子大学校（家政学部予科）へ進学してしまったのだ。生活は、学校ちかくの寮・責善寮ですることになった。

すなわち政次郎の家は、いっぺんにふたりの子供をおくり出したことになる。二年後の春には、次男の清六までもが盛岡中学校に合格し、

「行ってまいります、お父さん」

という挨拶とともに出て行ってしまった。せまい座敷でがやがやと五人の子供がおもちゃの奪い合いをしたり、言った言わないの諍いをしたりしていたころには、正直、

（なぜ、五人も）

天を呪うこともあったけれども、いまや朝めしの膳をならべているのはシゲとクニ

だけ。父の喜助も七十八歳で亡くなったので、政次郎とイチを加えても、たった四人になってしまった。

もっとも多かったころは九人いたのだ。家族の数が半分以下になると、時の経つ速さは倍以上になる。そのことを政次郎ははじめて知った。

或る朝。

シゲとクニが学校へ行ってしまうと、がらんとした座敷に立って、

（あ）

心が、棒のように倒れた。

倒れる音まで聞こえたような気がした。イチを呼んで、

「なあ」

「はい」

「もういいよ」

「え？」

「看板をおろす。質屋は、店じまいだじゃい」

淡々と決意を述べた。店はまだまだ繁盛しているし、体力の限界もむかえていないが、しかし自分はこれまでどれほど文化事業をやったところで、どれほど町会議員の仕事をしたところで、

——守銭奴（しゅせんど）。

などという評判をぬぐうことができなかった。金を貸した当の相手にののしられるならまだわかるが、まったく関係のない人にも、それどころか金をあたえた講習会の講師にまで陰口をたたかれるのは理不尽にすぎる。詐欺強盗で得た金ではないのだ。この世では、質屋というのは鬼ヶ島の赤鬼や青鬼とおなじ、そこにいるだけで退治されるべき異形の生きものなのだ。むろん、そんなことは最初からわかっている。わかった上でつとめてきたのだが、それももう限界だった。

それに、賢治のことがある。賢治はおそらく質屋という商売をそこまで悪とは思っていないにちがいないが、それはそれとして、向き不向きの問題はどうしようもない。いまさら息子に、

——「いい人間」と思われたい。

などとは思わないけれども、現実的に考えれば、このまま質屋をつづけるかぎり、たいへん物理的な意味において宮沢家には未来がないのである。おりしも賢治は三年生、来年の春には卒業してしまう。

「わかったべ」

政次郎が念を押すと、イチは、

「わかりあんした」

とは言わなかった。危機感あらわな生活人の顔になり、

「店じまいすか」

「んだ」

「お店は、清六に継がせれば」

「おなじこったべじゃ」

政次郎はみじかく答えた。清六はいま盛岡中学校の一年生であり、学校ちかくの玉井という人の家に下宿している。そこへは賢治もまた寮を出て住みついているから、つまりこの兄と弟はひとつ屋根の下にいるわけだ。

寝るのもいっしょ、食事もいっしょ。感化されないわけがない。それでなくとも清六はむかしから賢治への敬慕の念が篤く、けんかもあまりしなかったのである。イチはさらに、

「いますぐであんすか」

ほとんど詰問した。政次郎は舌打ちして、

「ゆくゆくの話だじゃ」

「質屋をよして、何をします」

「私が？」

「いえ、賢治が」

「生計(たつき)の道という意味か？」

「んだす」

「それはまんつ」

政次郎の返事は、さっきから邪険である。ぷいと横を向いて、

「関(せき)先生が決めるだろう」

関先生とは、関豊太郎(とよたろう)。

慶応四年（一八六八）東京うまれだから、政次郎の六つ上にあたる。帝国大学農科大学卒業後、数校を経て、盛岡高農の教授となった。

専門は農芸化学、とりわけ土壌学。教授の身分のまま三年間ドイツ、フランスに留学し、帰朝してまもなく、賢治が入学してきたのだという。

賢治は首席入学ということもあり、また元来が「石っこ賢さん」であるだけに、この指導教授にはずいぶん気に入られているようだったが、そこは何しろ実業学校だから、卒業後の身のふりかたは、

――お願いします。

と言いさえすれば先生のほうで決めてくれる。先生はその経歴から察するに、盛岡はもちろん、東京での人脈もさだめし豊富にちがいなかった。

名の通った会社の社員にでもなれば、ただ誠実であるだけで暮らしが立つ。着々と

月給がもらえる。あの賢治にはぴったりだろう。少なくとも、質屋の帳場で農婦を相手にことばの決闘をするよりは遥かに向いている。

「私の出る幕はねぇよ」

と政次郎が言うと、

「んだば旦那様」

イチが、ふいに声を大きくした。

「んだば、まず、あの子の料簡(りょうけん)を聞いてみてはどうです」

「料簡？」

「ええ」

「賢治の？」

「んだす。どのみち質屋をやらねのなら、好きなことで生きさせて。こんど帰省して来たとき……」

妻の口調が熱を帯びる。政次郎は妻を見て、

「冗談じゃねぇ」

顔をしかめた。こんなことだから、

(女は、だめだ)

などと思いつつ、

「好きなことを仕事にするなど本末転倒もはなはだしい。そんなのは謡や噺家の生きかただじゃ。堅気の人間には順番が逆だ。仕事だから好きになる、それが正しいありかただじゃい」

　そう言おうとした。

　が、口から出なかった。妻の目には涙がたまっている。叱られるのを承知でいどむ、その覚悟をありありと宿した瞳の色につい気が引けてしまった。

「……聞くだけは聞くべが」

　と、政次郎は言わざるを得ない。あとで何度も、

「ばか。ばか」

　つぶやいた。自分自身への呪いだった。われながら賢治の将来に干渉したいのか、したくないのかわからない。

（私も、年をとった）

　そんな気がしきりとした。

†

　つぎの帰省は、年末だった。

賢治は、清六とともに家の玄関の戸をあけた。心身ともに元気そうだった。翌日にはトシも東京から戻ってきたため、年があけると、座敷には、屠蘇を祝う膳が七つならぶことになる。

新年の挨拶を交わし、ひとしきり訓示を垂れてから、政次郎は、

「卒業したら、何をしたい」

賢治に問うた。

賢治はにわかに目をかがやかせた。前々から考えるところがあったのだろう、歯切れよく、

「セイイ工場を経営したい」

「繊維工場？」

聞き返したら、賢治はすこやかに首をふって、

「セイイですじゃ」

となりの席のトシに紙とペンを持って来させて、

製飴

と書いて政次郎へよこした。そうして、

「つまり飴をつくるのです。水飴じゃねぇすじゃ、ハードドロップスです。石のように固く、がりっと嚙むと砕けますが、嚙まずに口のなかで転がすと少しずつ甘い味がとけだして……」

「わがってる」

ぶっきらぼうに応じたのは、負け惜しみではない。仕事を兼ねて東京へトシに会いに行ったとき、銀座の薬屋で見たことがあった。

ショーケースに飾られた宝石のようなそれは一個二円もするイギリスからの輸入品だったが、最近は、それよりも安い国産品があちこちの社から出ていると新聞か何かで読んだ気がする。このごろは何でも国産化の時代なのだ。賢治はいよいよ身をのりだして、

「あれを機械で製造するのす。大量に、効率よく。そうすれば市価がおさえられる」

「すでに何社かがやっている」

「機械製造ではねぇす。女工たちが手で丸めている」

断言した。政次郎は目をまるくして、

「見学したのか？」

「決まってますじゃ」

賢治は胸をはって、

「そもそもドロップスの製法は単純です。砂糖を水にとかして煮つめ、薄荷(はっか)や果物の味をつけて冷やす。どろりと固まりかけたところで、切って丸めて、さらに冷やす。それだけの話なのです。だどもサラッとみかんか何かの果汁をまぜただけでは出来あがりの色が悪いし、べたべたとくっつき合って手に取りづらい。そこが国産品の弱点です。私のいま勉強している化学工業の知識は、その克服に大いに役立つのす」

立板に水の名調子でまくしたてるのを聞きながら、政次郎は、

(ここまで、ばかとは)

顔を覆いたくなった。典型的な金持ちの息子の夢ではないか。時代の流行に敏感で、柄が大きく、ゆたかな知識の裏打ちがあり、売る苦労を考えていない。

「もういい、賢治」

政次郎は箸をふって、

「世間をあなどるな。そんな雲をつかむような話に大金を出す資本家がどこにいると思っているのだ」

「え？」

「資金の話だよ。その工場を建てるための」

「そんな」

賢治は眉を八の字にして、

——心外だ。

という顔をした。

その顔ですべてを政次郎は察した。全額ただちに政次郎が提供してくれると思っているのだ。

ひょっとしたら工場長や機械技師や会計係まで調達してくれると思っているのかもしれない。政次郎は舌打ちして、

「お前のような人間は、実業には向かねぇ。学校にのこって研究生になれ」

「んだども、お父さん」

賢治は、引かなかった。新年早々、口論になった。世間を熟知しているのは政次郎のほうだったが、実業とは何ぞやといったような抽象的な主題へと論点がうつると、どういうわけか、分があるのは賢治だった。

理論に通じたというよりは、ただ単に、議論慣れしているだけだろう。賢治は商売はへたくそだが、商売論は上手なのだ。政次郎は何度かことばにつまった。苦しまぎれに、

「われわれは、阿弥陀の功徳で生かされている」

などというようなことを言ったら、賢治はむしろ嬉々として、

「それが浄土真宗のよくないところです。真理は法華経にある」

主題が仏教に移行した、ということは抽象の度がいよいよ上がった。イチがなかば腰を浮かして、

「賢治。ほら、もうよしなさい、ほら」

と伏せた手をあげおろししたり、あるいはトシへ、

「ほれ、トシ。何ぼさっとしているのす。はやく賢治に謝るよう言いなさい」

と言ったりしたが、トシは平然と膳のかまぼこを口に運んでいる。行きつくところまで行けと言わんばかりの態度だった。イチは腰を落とした。清六とシゲとクニはただおろおろと父と兄の顔を見くらべるだけ。

この口論は。

結局、中途半端に終わった。

「ごめんください」

と玄関のほうで声がして、年始の訪客が来たからだった。政次郎は立ちあがり、玄関へ出て、

「おお、杉田さん」

と町会議員仲間の名を呼ぶと、にこにこお辞儀をしつつ、

「ことしの正月は日本晴れでがんすなあ。何かしら良いことがありそうですなあ」

などと抽象的でも具体的でもない世間なみの挨拶をした。

着物のなかの背中は、濡れ紙を貼られたように汗まみれである。ひどい風邪を引いたような寒気がからみついて離れなかった。もしも元日のことでなかったら、この論争は、

(夜まで、つづいたか)

その日は、年始の客が絶えなかった。賢治は客に挨拶せず、ひたすら仏壇の前で法華経をとなえていた。

†

賢治とトシと清六は学校へもどり、ふたたび四人の家となった。

一月が終わりそうになっても、賢治からは何の連絡もなし。卒業まぢかというのに、

「どうしたのだ」

手紙で聞いたところ、数日後、返信があった。その文章は、

先日は折角と御考慮の上色々と御諭(おさと)し下され候(そうろう)にも係らず一一と御返答申し上げ誠に御申し訳(わ)け無之(これなく)存じ居り候　扨(さ)て本日関教授より他用の序(ついで)に卒業後の方針等

御尋ね有之(これあり)……

という調子の候文(そうろうぶん)で、どうということはない。昨年もらったトシの手紙の文章のよさ、調子のこころよさ、平俗な語のみを組み合わせて高級な哲理を説きわける叙述能力の高さとくらべると、まことに凡々たるものだった。

もっとも、その内容は、或る意味おそるべきものである。要約すれば以下のとおり。

先日はせっかくいろいろとお諭しくださったにもかかわらず、いちいち口ごたえして申し訳ありません。さて本日、関教授より卒業後の方針についてお尋ねがありました。

何でも稗貫郡(ひえぬきぐん)より学校へ依頼があったらしく、今春より三か年の予定で土性(どせい)調査をおこなうので「研究生として学校にのこり、従事しないか」というお話でした。給料は、郡から月二十円は出るそうです。また関教授としても調査中に良い就職口が見つかればそちらへ廻してくださるということです。父上のかねてお勧めくださっている研究科への残留にもかなう好条件ですが、しかし小生は、これを望みかねています。

なぜなら土性調査というのは、一種の地質調査です。土のつぶつぶを大きさごとに分類し、記録し、そのことによって土地の基本的な性格を知るというもので、現実的には単なる分析にすぎません。研究生というのも名のみ、要するにお手伝いです。もちろん化学工業とも別方面であり、実業に入るためには何の役にも立ちません。郡からの月二十円というのもあてにならない話です。

かさねがさね無理を申し上げますが、もし学校にのこるなら自費にて諸方会社の見学、またはいろいろな実験がしたいので、しばらくお助け下さればまことに幸甚です。

匆々

大正七年二月一日

賢治拝

父上様

稗貫郡とは花巻をはじめ大迫、内川目（うちかわめ）、外川目（そとかわめ）、亀ケ森（かめもり）、新堀（にいぼり）など三町十三か村をふくむ広域行政区域で、人口は計五万ほど。役所は花巻の、さほど政次郎の家から遠くない場所にある。

その郡役所が盛岡高農に土性調査を依頼したという事実そのものは、政次郎には、

（なるほど）

と思わせられることだった。全国的に見れば稗貫郡はやはり米や野菜の収穫が少ないし、そのことが人々にいちじるしく貧困を強いている。その改良のための科学的調査に国家がみずから手を貸してくれるのだから、地元としては悪い話ではない。政次郎のような貧困をめしのたねにしている立場の者ですら、動物的な衝動として、

（ぜひ、来てもらいたい）

そのさい関教授としては、賢治は恰好の人材なのだろう。何しろ「石っこ賢さん」である。おさないころから花巻とその周辺の山野をあさり歩いて知らぬところがなく、案内役に最適。賢治にとっても、心にかねがね抱いている、

――農民のために。

のこころざしを実行に移すまたとない機会のはずなのだ。

「おい」

と政次郎はイチを呼んで、手紙を読んで聞かせてやり、

「どう思う。私はこの話、受ければいいと思うが」

「…………」

「反対か」

「賢さんの気持ちが」

訳。つまるところは、

「んだな」

政次郎は、ため息をついた。たしかに問題はそこだった。賢治ははっきりと乗り気ではなかった。理由はいろいろと書いてあるけれども、政次郎の目にはすべて言い訳。つまるところは、

「給料が不満なのだ、あいつは」

まちがいなかった。月二十円というのは、早い話、大工の手間賃とそう変わらないのである。うっかりこの仕事を引き受けて、政次郎から、

——これでお前も一人前だ。もう仕送りはよすよ。

などと言われたら大工と同様の日々になってしまう。賢治の考える文化的な生活ができなくなってしまう。それを何より、

(恐れている)

賢治の理想はおそらくこの土性調査の仕事を引き受け、月給をもらいつつ、しかも仕送りが継続されることだろう。これまでどおり金持ちの息子でいることだろう。賢治はただ人生の結論を先のばしにしたいだけなのだ。

文中に記した「諸方会社の見学、またはいろいろな実験」などを本気でやるかどうかは知れたものではなく、もちろん製飴工場の経営にも挑んだりはすまい。工場経営の実現のためには気の遠くなるほど人との談判を積み重ねなければならず、その談判

はすべて銭のからんだ俗の俗、鼻をつまむほど生ぐさいものとなるからだ。

質屋の帳場でたったひとりの百姓の妻をもてあます賢治がみずから立ち向かうとは思われぬ。人との駆け引きという点では、賢治はしょせん、家のなかで父を相手に議論口をたたくくらいが関の山の男なのだ。

ふりかえれば、無心の手紙は、これがはじめてではなかった。

賢治は中学生のころから洋書を買うとか、友達が病気になったとか、思いつくかぎりの名目を立てて手紙で金をせびってきた。

嘘をついた、わけではなかったろう。もらった金はばくちをしたり、茶屋酒の味をおぼえたりのためではなく、ほんとうに洋書や友のために使った。ただそれらの必要に際して、

――倹約する。

という感覚が皆無だった。はっきりと浪費家なのである。このたびは就職がからんで話が複雑になったけれども、畢竟、手紙の要点は、

――金をくれ。

それだけの話にすぎなかった。手紙の措辞はていねいだった。

「…………」

政次郎はもう、口をきく気になれなかった。

手紙をたたみ、イチの胸におしつけた。イチが不安になったのだろう、こちらを見あげて、

「あの、賢さんは」

「仕送りはよす。月二十円で生きさせるべ」

「それは」

イチが顔色を変えるのへ、

「百姓よりはいい」

「んだども、賢さんは……」

「冗談だ」

ぶっきらぼうに言った。自分でもわかっている。こういう話は、ことわれない。賢治から金離れのよさを奪ったら、

(人が、去るのでは)

その心配をぬぐい去ることができないのだ。

子が子なら親も親。われながら甘やかしすぎだと思いつつも、乾いた雑巾をしぼるように、

「委細承知。そう書いて出す」

イチは安心したように、

「へば」

手紙をおしいただき、お辞儀をして、走るように座敷を出た。蔵のほうへ行ったらしいのは、行李へしまっておく気なのだろう。その物音を聞きながら、政次郎は、ふと南の壁に目をやり、

「……トシ」

東京でまなぶ長女の顔を思い出している。

†

じつを言うと、政次郎のトシへの評価は、このところ上昇している。

もともと容貌にかわいげがなかった。目はまるで怒っているかのように切れあがり、唇はあたかも相手のことば尻をとらえるかのごとく上唇（うわくちびる）だけが前に出ている。内面の矜持（きょうじ）がそのままあらわれた恰好だが、これがさらに東京の大学へ進んだのだから、

（嫁のもらい手が、なくなった）

政次郎は、心が砂袋のようになった。世間体が悪いということもあるが、この年になると、

（私が、死んだら）

そのことを憂慮せざるを得ないのだ。嫁に行かないとは食いものの供給元がないということ。ゆくゆく賢治が妻をめとることを考えると、トシをずっと実家に置いておくわけにもいかないのである。

ところが、いざ親もとを離れてみると、トシの生活は堅実だった。いくら寮生活をしているとはいえ、物価の高い東京で、しかも月々さほどでもない仕送りで、文句ひとつ言わぬどころか少しずつ貯金までしたのだから暮らし上手である。寮の仲間と不毛な議論にあけくれるようなことも、読まぬ洋書をやたらと買いこむこともしていないらしい。

賢治とは正反対だった。成績もつねに上位だし、炊事、裁縫、掃除なども交替でこなしているという。これならば東京の高級官吏の嫁になれるかも、などと政次郎はむずむずと欲の虫が騒がぬでもなかったが、それよりもふと、

（職業婦人は、どうだろう）

そんな夢も見るのだった。

御世は、もはや明治ではない。

大正である。デモクラシーの時代である。都会にはタイピスト、電話交換手、事務員、デパートの店員など、女ものの仕事もいろいろあるし、そういう新風俗をまった

く否定するほど政次郎は時代おくれではないつもりだった。いくら何でも平塚（ひらつか）らいてう流のあの無遠慮な婦人解放運動に共感するまでではないにしろ、ともかくも、わが手で金をかせぐのは悪であるはずがない。ことに、

（雑誌社か何かの、婦人記者に）

などと思いを馳せたのは、一通の手紙のためだった。

それは大学に進学して三年目、大正六年（一九一七）六月二十三日付のものだった。賢治の就職騒動の前年である。親のひいき目かもしれないが、トシの文章は、それこそ本屋の店先を日々にぎわせるどんな雑誌のそれよりも上手なように思われた。少なくとも、賢治よりは上手である。

　御手紙を一昨日有難くいただきました　皆様御変りなくいらっしゃるとの事でまづ〳〵安心致しました　私も相変らず元気で勉強して居りますから御安心下さいませ

（中略）

　帯と単衣物（ひとえもの）とは買ひましたからどうか御心配下さいません様に、帯は三円位、単衣は四円位、どちらもそれより少し安いものを求めました　今盛（さかん）に縫って居ります

（中略）

　学費は五日頃迄に拾五円御送り下さいませ　多分沢山残る事と思ひますが、今は十

二円あります　先づは　かしこ　とし

とまあ、本文そのものは大したことはない。政次郎への簡潔な挨拶と事務連絡に終始している。問題は、これに付けられた「別紙」だった。

「別紙」は政次郎ではなく、トシにとって祖父にあたる喜助にあてて書かれている。喜助はこのころまだ存命で、ただし七十八の高齢の上、中風でたおれ、一日の大部分をふとんの上ですごしていた。

寝たきりの生活が不満なのか、それとも死への恐怖の故なのか、喜助のふるまいは粗暴をきわめた。

「ばか」

などと連呼してイチの顔を平手で打ったり、シゲやクニを面罵したり。あるいは政次郎にまで暴言を吐いたり。そんなわけで、

――なかなか扱いかねているのだよ。

というようなことを政次郎がちょっと前便で書いたところ、トシは、よほど心がさわいだのだろう。このたびの「別紙」はじつに巻紙二メートル半におよぶ長いものだった。

別紙

人はどうせ一度は死ぬべきものに御座候　私もいつ死ぬものか少しも先きはわからず候　先きに死ぬとあとに死ぬとの区別こそあれ、死なぬ人は一人も御座無く候

（中略）

御祖父様何卒御願ひ申し候　只一日の御日暮しなりと、よく〳〵「私はよい事ばかりしただらうか」と御考へ遊ばされ下さらば誠に私はうれしく有がたく存じ候　御考へ下さる時に「ナニよい事ばかりでもないけれど人もこうして居る」とか「もっと悪い事する人もある」とか云ふ事は最も悪き邪魔者故これらは全く御考へにならず、只自分は今日怒りの心を起さなかったか、恨みや憎みをしなかったか、物欲しい、ああして貰ひたい、こうなり扱って貰ひたいと云ふ貪る心をおこさなかったか、等すべての御心持を少しの飾りもなく、云ひわけの様な卑怯な庇ふ心もなくよく〳〵御省み遊ばしてはいかがに御座候や（中略）

くだくだしく申し上げ候　生意気と御思ひ下さるかは存じ候はねど、真に御祖父様の御為がよい様にと及ばぬ心ながら思ひ候ひては、生意気をも何をも顧るいとまなく書き流し申し候　御父様より詳しき事共は御きき遊ばさるる様御願ひ申し上げ候

良薬は口に苦しとある通り、この様な事申し上げて御気にさわるかは知らず候へ

ど、只その人の気に入る様にのみ御機嫌をとり喜ばせ申すばかりがほんとの深切にあらずと思ひ候　よき食物やよき着物、住居に何不自由なくおおき申すと云ふ事は無上の孝行にはあらずと思ひ候　それらは只この短き間のからだを養ひ喜ばせるまでにて、死後の大事に比べてはあってもなくてもよき物と思ひ候　それよりもその人の気には入らずともほんとに大切なる死後の事に御気付きいたゞきまことの親様に救はれる様にあれこれ申し上ぐる方がよほど深切なる仕方と存じ候　私も大切なる死後の事一刻も早く心にきめる様にと思ひ居り候へど未だ確かな信心もなく、このまゝに死ぬ時は地獄にしか行けず候　何卒御一緒に信心をいたゞく様に致し度く候　先づは夏休みに帰るに先立ち申し上げ候　かしこ

六月廿三日　　　　　　　　　　　　　　　　　　　　とし

御祖父上様

要するに、臨終の床にある喜助に向かって、

――きれいに死ね。

と言っているのだ。

なぐさめ、いたわり、励ましのたぐいは一切なし。「きっと病気はよくなります」などという当たり前の気休めの文句さえも存在しない酷薄きわまる内容ながら、全体

の印象はやわらかく、むしろこの祖父への愛情、長年のいつくしみに対する感謝の念が惻々とにじんでいる。文章には素人である政次郎は、一読して、まるで手品を見せられたように目を白黒させたものだった。

それでも素人なりに、いくつか気づいたことはある。何よりの美点は、

（声に、出せる）

このことだった。ためしに朗読したところ、自分の声なのに耳ざわりがいい。だんだん気持ちよくなってくる。ことに「自分は今日怒りの心を起さなかったか、恨みや憎みをしなかったか、物欲しい、ああして貰ひたい、こうなり扱って貰ひたいと云ふ貪る心をおこさなかったか」などという畳みかけるような羅列など、ひとつずつの文句の長短がこころよい調子をなしている。絹の白布がさらさらと清流をくだって行くような和文の暢達がそこにあった。

お経や和讃とはまたちがう心地よさ。結局、政次郎はこの「別紙」を喜助に見せることはしなかったし、枕頭に座して朗唱してやることもしなかったが、三か月後、喜助がようやくお浄土へ旅立ったあともこの手紙をしばしば取り出し、仏壇の前で吟じ、もって追善供養の資としたのだった。

何度も読めば、さらに察し得ることがある。

政次郎はふと、

（これは、書き流したのか）

その疑問が、脳裡にきざした。

文中では「書き流し申し候」などと謙遜しているけれども、ほんとうは下書きをして、手を入れて、浄書になおも手を入れて……を繰り返したのではないか。この文章はいわば原石ではなく、推敲という名の錬磨を経た末の、

（貴金属）

そんな気がしてならなかった。そうでなければ例の調子のよさは出ないし、漢字とひらがなの配合の塩梅よろしさも単なる偶然になってしまう。何より話題そのものが右へ寄り、左へなびき、それにもかかわらず着実に前へ前へと進んでいく柳の枝のようなおもむきは生まれ得るはずがないのだった。

ほんとうの「書き流し」の文章はしばしば横道へそれたきり、最後まで帰って来ることがない。そのことは政次郎も経験があった。子供にもわかる平俗な語だけを組み合わせて高級な死生の哲学を説くという羽化登仙みたいな離れわざも、煎じつめれば、念入りな推敲なしには考えられない。政次郎はそこに人なみ外れた忍耐心、ないし執着のようなものも感じられた。どんな人間のいとなみも、忍耐や執着なくして成功はあり得ない。

もちろん、これを読むかぎり、トシの死の哲学には少しく浄土教の思想が入ってい

る。思想の独自まで讃えるわけにはいかないが、それにしても、

（学問とは、大したものだな）

政次郎は、ひさびさにその感を新たにした。父親というより、ひとりの好学の徒としての嘆息だったかもしれない。わずか二十歳でこれなのだから、今後さらに本を読み、練習をかさねたらどうなるか、たのしみというより冷や汗が出た。ほんとうに婦人記者になるかどうかは別として、とにかくここには、正真正銘の文才がある。

賢治は小学生のころ、石あつめか何かのとき、

——お話をつくる人になれ。

とトシに言ったという。他愛ない思いつきだと当時は気にもとめなかったが、いま思うと慧眼だった。いっしょに成長するというのは、つまるところ、相手のなかに自分にないものを発見する、その連続なのかもしれなかった。

†

賢治は、結局、学校にのこった。

仕送りが継続されることで安心したのだろう。政次郎の予想どおりだった。大正七年（一九一八）三月十五日卒業、四月一日にあらためて研究生として入学。半月後に

はもう土性調査のため、花巻近郊へ来た。

賢治からは、あらかじめ、

――今回の調査は、四、五日間です。おりを見て関先生と、おなじく研究生になった鶴見要三郎君と、三人でそちらへ行きますので。

という旨の手紙を受け取っていたため、当日の夜は鮨を取り、炊きたての白米をたんと用意して賢治たちを待った。

――贅沢している。

と思われるのも気がさして、しとねものの支度もした。しとねものとは米、小麦、蕎麦などの粉を水でねった料理の総称で、このときはひっつみの茹でたのに胡桃醤油をかけたものと、そばはっとうを入れた野菜汁。やっぱり贅沢になってしまったが。

関豊太郎教授は、案に相違して、飲むほうの人だった。

政次郎より六つ上、五十一歳。ふだんは政次郎が座している床柱の前の席を占めているが、あまり料理には手をつけない。いかにも東京うまれという感じの輪郭の小さな、そのくせ瞳だけは鹿のように大きくぬれぬれとしている顔をまっ赤にして、杯をかさねている。

政次郎は、下座から膝行して行って、お酌に精勤した。関先生はそれを受けつつ、

「や、これは」

とか、

「あしたには、盛岡に帰らねばならんので」

などと口では恐縮している。一種の社交家なのだろう。政次郎はにこにこと、

「先生のような有識の方がこの稗貫までお出張りくださり、土の吟味(ぎんみ)をしてくださる。まったくありがたがんす。地元有志のひとりとして、あつく御礼を申し上げます」

「や、これは」

「今回の調査は、どのあたりを？」

「豊沢、鉛(なまり)温泉、台(だい)温泉」

関先生はすらすらと言うと、杯を干し、遠慮がちにさしだした。政次郎はさらにお銚子をかたむけようとして、

「え」

手がとまった。

「先生、農地改良の下調べではなかったのですか？」

眉をひそめたのは、いずれも山中(やまなか)の地名だったからである。花巻の街の西のはずれ、というより疑問の余地なく奥羽山脈にふみこんで田んぼや畑など皆無に近い。関

先生は薄笑いして、

「農業は、田畑にのみ存在するわけではないのですよ。人造肥料のもとになる種々の鉱石はしばしば人も通わぬ幽邃の地から採掘されます。あるいは工業用土石が出るかもしれない」

「工業用土石？」

「たとえばセメントの原料になり得る粘土や、珪石や、石灰などです。石灰はむろん農業にも使えるが」

「ほう」

政次郎はうなずき、酒をついだ。

（おもしろい）

関先生の言うのは、要するに、近代的山師ということだろう。政次郎はそう解釈した。鉱脈の発見というのはいつの時代でも、どこの国でも、莫大な利益になる。もしもほんとうにセメント用の粘土でも出たならば、稗貫の経済は飛躍的に向上するし、政次郎自身もさらなる、

（富豪に、なれる）

つまり土性調査の結果をあらかじめ賢治に報告させるわけだ。それをもとに政次郎が判断して山の買い占めをおこなえば、あるいは採取権を取得すれば、それこそ質屋

の一軒など即座にたたんで惜しくないほどの金がころがりこんで来る。少なくとも飴づくりより、

（はるかに、いい）

政次郎は、おのが顔を意識した。

関先生をあおぎ見つつ、さだめし目をかがやかしているのだろう。左の席には、鶴見要三郎がいる。その後方には賢治がいる。政次郎は上半身をひねり、ちらりと目をやった。賢治もまた関先生をおなじ目で見ていた。

（父子だな）

政次郎は、心が浮いた。

もっとも、儲けの夢は夢として、実際の調査のありかたは気になる。息子の毎日を拘束しているのだ。

「ここ数日は、どのようにして？」

聞いてみると、関先生は、

「なに。山へ入り、地相を見て、土や石を持ち帰るだけですよ」

「だいぶん深くへ？」

「それはもう。鉛温泉の山のときなど、杣道（そまみち）もなし、けもの道もなし」

「どこを歩むのです」

「沢です」

疲れた、という顔つきを関先生は一瞬した。その表情をすぐに消して、

「沢とはすなわち谷であり、里と山奥をむすぶ天然の道だからです。岩盤の露出も見わたせるし、水流があれば土があつまる。標本採取の便もいい」

政次郎は、ぞっとした。

「ほんとうか」

賢治のほうを向いた。いまは四月である。東京や大阪とはわけがちがう。なるほど気温はやや高くなったが、岩手の沢には、それ故に、氷よりもつめたい雪どけ水があふれている。

「ほんとうです」

賢治は、屈託なく首肯して、

「とぎに腰まで浸かりますよ。体温がよほど奪われるのでしょう、はじめは何度もおしっこがしたくなる。さらに歩くと心臓が早鐘を打つ」

「それより危ういのは、もどり道だよ宮沢君」

割って入ったのは、鶴見要三郎。

さっきから、しきりと酒を飲んでいる。この年ごろの男子に特有の、勇気と軽率の区別のない言いかたで、

「山へ入り、沢をさかのぼれば、かならず別の沢との合流点にぶつかる。支流から一段、本流へ上がるのだね。ところが帰るときこの合流点でまちがえて別のほうへ行ってしまうと、里へ着けず、山をさまようことになる。熊に遭ったらお陀仏だよ。宮沢君、君はこれまで三度ほど、正しいほうの木に目印の布をしばりつけるのを忘れたよ」

「あっはっは。案ずるごどねえす。木立の姿、藪のかたち、水の色、おらはすべて景色でわかる。何しろ中学生のころから岩手山へ石を取りに……」

「それは危ういよ」

関先生はまじめな顔でたしなめると、視線をさげ、

「ひざはもう痛まないかい？」

「どうしたのだ」

政次郎が問うや、賢治はあっけらかんと、

「雪で崖からすべったのす。へんな方向へひねっただけです」

「じゃじゃ」

政次郎はもう、賢治にこの人生を勧めたことを後悔している。夏なら夏で台風が来る、鉄砲水がある。地盤がゆるんで巨石が落ちる。山の危険に休校はないのだ。

賢治も、飲んでいる。

鶴見と勝手に酌み交わし、あっはっはと笑いあっている。考えてみれば、息子の酔態を見るのははじめてだった。

子供のころとくらべると肌が黒ずみ、ひげの剃りあとがざらざらしている。政次郎はこの子がとつぜん、ひどく不潔な動物になったような気がして、口をつぐむと、ふたたび開くことができなかった。

三人は、もう政次郎は眼中にない。

地層の年代がどうだとか、校内の人事がけしからんとか、そんなことを話している。関先生はいよいよご機嫌になり、もっとよこせと言わんばかりに杯をぐいぐい突き出してきた。

政次郎は、ひどく業腹になった。それまでは、

(二十歳をすぎた子供のことに、親が口を出さずとも)

などと世間なみに自制していたのだが、イチが来て、三、四本のお銚子を置いて行ったのをしおに、

「賢治」

立ちあがり、賢治の膳の前へすわりなおした。賢治は目をしばたたいて、

「何です、お父さん」

「会社の見学は、しているのか」

賢治は、景気のわるい顔になった。ちらりと指導教授の顔をうかがってから、

「……してません」

「やっぱり」

関先生が、

「会社の見学？」

首をかしげたのへ、政次郎は、

「卒業前、賢治はずいぶん悩んだのですよ。工場経営をしようなどと考えてもいました。良い就職口があれば世話してくださると聞きましたが」

関先生は、めがねを指でもちあげて、

「賢治君は、なかなか立派な仕事ぶりです。調査もはじまったばかりだし、いましばらくお預けいただければありがたい」

「ならば、保証を」

「保証？」

「賢治の身分は、国家御雇い(おやとい)の研究生なのでしょう？　まがりなりにも役人の一種ということになるが、しかし私はいまだ辞令を拝見しておらぬ。これではいつ首を切られるか知れないし、将来どんな仕事をするにしろ、経歴を世に出せません」

言いながら、政次郎は、

(小学卒が、帝大卒に負けられぬ)

みょうなことを意識した。気圧されていたのかもしれない。関先生は、杯を宙に浮かせたまま点頭して、

「たいへん失礼をした。さぞやご心配だったでしょう。すぐに出させます」

「お願いします」

「しかしお父さん」

「何です」

政次郎が問うと、関先生はそっと杯を置いて、

「賢治君ならご心配なく。山歩きには慣れているし、それにこの調査は、いつまでも強行軍でもありません。ひととおり採るべきものを採ってしまえば、学校へ帰り、研究室のなかで分析と記録をやることになる。ぜんたい安全な仕事なのです」

意味ありげに苦笑いした。ちと偏愛がすぎやしませんか、そんなふうに言いたいらしい。政次郎はかえって胸をはって、

「そうですか」

場が、しらけた。

政次郎は自分の席にもどり、白いめしを食いはじめた。ひとことも口をきかない。ほどなく関先生が立ちあがり、

「行こうか、鶴見君」

声をかけたのは、いくらか酔いもさめたのだろうか。ふたりは玄関に下(お)り、通りへ出て、

「ご馳走様でした」

政次郎へ一礼した。政次郎も、

「またぜひお越しを」

ふたりは、旅館を取っている。ふたつ向こうの四つ辻をまがってしまうと、政次郎は、となりの賢治へ、

「飲みなおすか」

賢治だけは家に泊まり、あすの朝、ふたたび関先生たちと駅でおちあう予定なのだ。賢治はぎこちなく首をふって、

「あすは、早いので」

「そうか」

「お父さんは？」

「まあ、少し飲むことにする。お前は寝なさい」

むかしから長酒(ながざけ)の習慣はないのだが、賢治は疑問に思わないらしい。

「はい」

さっさと寝間へ入ってしまった。

政次郎は、ひとり座敷で酒を飲んだ。めしのあとだし、燗ざましだからまずい。ずいぶん経ってから政次郎は立ちあがり、寝間へつづく襖の前に立ち、すきまに目を寄せた。

ふとんは、ふたりぶん横にならんでいる。右が政次郎のもので、しわひとつなく無人。左には賢治が寝ていた。

掻巻の下であおむきになり、いきいきと鼾をかいている。しばらく動かないことをたしかめると、首をうしろへ向け、

「イチ」

小声で妻を呼び、膳をかたづけさせた。

政次郎はその場をはなれ、台所から庭へ出た。庭から店へ入る。ずんずん進んで帳場の手前、八畳の部屋にいたると、左手の壁ぞいには箪笥があった。政次郎はその前に立ち、最上段のひきだしを引いて、なかから縦にながい、手のひらほどの大きさの紙箱をとりだした。

紙箱には、

ミツワ人参錠

の字がある。政次郎はかさかさと片開きの上ぶたをあけ、なかから薬びんを出し、水なしで二錠服(の)んだ。

わりあい高価な売薬である。朝鮮人参を煮出した汁にいろいろの滋養成分をまぜてある。若いころ、病院で七歳の賢治を看病したあげく伝染のようなかたちで腸カタルに冒(おか)されて以来、もう十五、六年にわたり、店をあける前に服用しているものだった。

けさも服んだ。だから今回の目的はそれではない。単なる景気づけにすぎない。政次郎は薬びんのふたを閉じ、ひきだしに入れ、ぱたりと音を立ててひきだしを閉めた。

手には、紙箱がのこる。政次郎はもういちど「ミツワ人参錠」の字をしばし見つめてから、庭へ出て、もとどおり扉の鍵をしめ、台所から家に入った。イチがいぶかしげに、

「どうしたのす」

「薄荷糖(はっかとう)を」

われながら不自然な、怒ったような声だった。イチは早くも察したのだろう、破顔して、

「ええ、ええ」

戸棚から寄木細工の菓子器を出した。なかには白い、棒状のものがたくさん入っている。政次郎はそのひとつを指でつまんで口に入れた。舌の上がひんやりとして、それから濃厚な甘みが通りすぎる。薄荷の味をつけた三盆白のかたまりだった。政次郎は菓子器に右手をつっこみ、ひとつかみ持ち上げ、ざらざらとミツワ人参錠の紙箱へ流しこんだ。

紙箱がふくらむほど詰めこんだ。上ぶたをむりやり閉めたけれど、そのままでは浮いてしまう。

「ごはん粒で、くっつけるべが」

とイチは言ったけれども、政次郎は、

「虫が食う」

子供のように首をふり、台所をとびだした。

庭へ出て、ふたたび店のほうの家屋に入った。ずんずん進んで箪笥の前をとおりすぎ、帳場机のひきだしを引く。そこから緑色をした、正方形の、ふちのぎざぎざした紙を一枚つまんで出した。

紙には「壹圓」と書いてある。客に書かせる借用書などに貼付する収入印紙だった。政次郎はひきだしを閉め、家の台所へもどり、裏面をべろりと舌でぬらして、紙箱の上ぶたへ、側面にかかるよう逆Lの字なりに貼りつけた。

乾いたところで、箱をくるりと逆さにしてみる。上ぶたは垂れず、なかみは落ちない。

「よし」

政次郎はつぶやくと、座敷へ行き、寝間へつづく襖をそっと横へすべらせた。

寝間へ入り、うしろ手に襖を閉める。闇に目が慣れると、足もとに、ふとんのなだらかな山脈がある。賢治だった。さっきと姿勢はほとんど変わらないけれども、鼾はやや小さくなったようだった。

慣れぬ酒で頭が少しくらくらする。政次郎は賢治を起こさないよう、泥棒のごとき忍び足で、さらなる侵入を敢行した。

頭の上へまわり、しゃがみこむ。枕もとには背嚢(はいのう)がある。厚手の綿布でつくられた、方形にちかい背負い袋。なかにはおそらく、鏨(たがね)や金槌、ルーペ、古新聞、綿(わた)、ナイフといったような鉱物採集の必需品から、方位磁針、マッチ、麻縄、水筒など、命をまもる道具までがつめこまれているのだろう。

上部の口は、ひもでかたく結ばれている。それをほどき、口をひらくと、
ちりん
金属音がひびいた。

（わっ）

手をはなした。

心臓があばれまわっている。胸を手でおさえつつ賢治を見ると、賢治は、

「うーん」

のどやかに呻吟して、鼻のあたまを掻いただけ。

目をさます気配なし。政次郎はほっとして背嚢を見おろした。側面の金具に銀色の鈴が二個ぶらさがっている。熊よけだろう。こんどは鳴らすことのないよう政次郎は左手で鈴をにぎりこみ、右手一本で仕事をした。

右手には、例の、ミツワ人参錠の紙箱がある。いったん畳の上に置き、あらためて背嚢の上部の口をひらく。そうして紙箱をまた手にとる。

左手で背嚢をおさえて、入れる。なるべく下へ下へおしこむ。砂糖は心身の燃料である。多少はつらさが、

（減るだろう）

背嚢のなかは、案外、荷が少ない。政次郎はほぼ底まで突っ込んでしまうと、右手をぬき、ふたたび口のひもを結んだ。寝間を出て、座敷へふみ出そうとするとき、

（いつまで、こんなことを）

ため息をついた。われながら愛情をがまんできない。不介入に耐えられない。父親

になることがこんなに弱い人間になることとは、若いころには夢にも思わなかった。

†

翌月、関先生より、政次郎に手紙が来た。

……過般滞在中は鄭重（ていちょう）なるご招待にあずかり、あつく御礼申し上げます。小生、本日ふたたび稗貫の地へまいり、数日間の調査をおこなう予定です。いずれ拝趨の上、親しく御礼を申し上げる機会があろうかと存じます。
貴息・賢治君に対し、学校から別紙のとおり辞令が発せられました。同君帰宅の節、お渡しくださいますようお願いします。まずは要事のみ
　　　　　　　　　　　　　　　　　　　　　　　　匆々　敬具
　五月十三日　関豊太郎
宮沢政次郎殿

封筒には、たしかに辞令が入っていた。五月十日付。ただし職名は研究生ではなく「実験指導補助」で、ずいぶん身分が低いようにも思われるが、政次郎はそれよりも、

（また来るのか）

お客をするのは嫌いではない。酒も肴も惜しむ気はないけれども、ただ賢治が、

（山に）

そのことが、心の毬になった。

あの子はけっして屈強ではない。前回よりは気候がよくなったとはいえ、こう山野行がつづくのでは体がもたないのではないか。

研究室での安全な分析と記録とやらは、どこへ行ったのか。政次郎はその日一日、機嫌がわるかった。

†

十日あまりのち、賢治からも手紙が来た。

文章はごたごたしてわかりづらく、例によって言いわけに終始しているが、どうやら例の辞令に関して違和感のようなものがあるらしい。

大意はこんなところだった。

謹啓

……この辞令により得られる給金は、学校の庶務課より出るものですが、しかし来年、学校にのこる人にはこの辞令はあたえないという話です。これでは来年の希望者がなくなり、土性調査がとどこおりますから、今回、私の受ける金額（たぶん百五十円）のなかの半分ないし百円は来年の人へまわすようにしたいと思います。先生もじつは賛成のように思われます。

つぎに、私はこの調査中、稗貫郡より判任官待遇されるのだそうです。つまり正式な吏員になるわけですが、これは郡から見れば、かなりのお金がかかるということです。私への給金にくわえて土壌分析に要する費用、試薬等の購買費、さらには私の研究論文の印刷費（地図も入ります）までも予算に入れなければならないからです。

これでは参事会はとうてい通過できないものと存じますので、私としては、郡からの給金は百二十円を限度とするよう申し出るつもりです。

よって、たぶん今学年中には百数十円、ご補助をあおぐことと思います。

いつまでもご迷惑のみ相掛けること、まことに申し訳ないしだいです……来月もまた十日間ほど豊沢方面へまいります。

敬具

大正七年五月二十七日

宮沢賢治拝

父上様
外（ほか）みなみな様

参事会とは、稗貫郡の最高意思決定機関。という話です、のように思われます、のだそうです、と存じます等の述語をつらねた予断と憶測と勝手な忖度（そんたく）とを根拠として、賢治はつまり、

(百数十円もの、金を出せと)

政次郎はため息をつき、小切手を郵送した。

その十日後、またしても賢治から。

謹啓
……その後、学校では化学実験の手伝いをしています。仕事はまことにおもしろく、本日、たまたま或る実験で使用した白金線のくずを王水にとかし、その残渣（ざんさ）を調べたところ、白金の反応はなく、イリジウムあるいはオスミウムらしき反応を得ました。
このときとつぜん思い出したのです。かつて本県内で採取した砂金のなかに、白

色の、強酸に不溶な金属がふくまれていたことを。

だからこの残渣は、もはやイリジウム、オスミウム、またはそれらとおなじ白金族に属する稀金属である。私はそう確信しました。本県はこの稀金属の母岩である蛇紋岩の分布が最大ですので、かならずや、このことは注目されるでしょう。

ついては本件のさらなる考究のため三十円、さらに書籍の購入のため三十円、合計六十円を、たびたび恐れ入りますがお願いします。このような機会は一、二年すれば逸してしまうでしょう。

至急御返事願上候　　　匆々

大正七年六月六日　　　賢治拝

父上様

母上様

政次郎は、化学のことはわからない。元素や金属のこともわからない。だがこの手紙から明快にわかるのは、イリジウムやオスミウムなど、

(出やせん)

そのことだった。いくら予備的な知識があろうと、いくら専門的な環境にあろうと、賢治ごとき教授でも助手でもない「実験指導補助」がたまたま一度の実験で見つけられるほどの稀金属なら、とっくのむかしに誰かが見つけている。

あるいは実験などしなくても、本職の山師がじかに山から掘り出している。いったい賢治はこんな能天気な話をほんとうに信じているのだろうか。あるいは単に、金をせびる口実にしているのか。政次郎はむしろ、

(後者で、あってほしい)

政次郎は定期預金を解約し、六十円を送金した。

その晩、めしを食いながら、

「手紙はもう、願い下げだじゃい」

イチに苦笑いしてみせた。少なくとも、もう薄荷糖を背嚢にしのばせる必要はないのだろう。とにかくも、仕事がおもしろいなら口を出す必要はない。山歩きも最近はしていないのか。政次郎は正直、みょうに安堵もしたのである。

†

約一か月後、またまた手紙が来た。こんどは金のことではなかった。

拝啓

……私のほうも別段のことはありませんが、近ごろ少しく胃の近くが痛むので、あるいは肋膜かと思い、きのう岩手病院に行ったところ、左のほうが悪いようです。水がたまっている等の症状はないけれども、山歩きはやめよと言われ、水薬と散薬をもらいました。

たびたび陰気なことを申し上げ、まことに申し訳ありません。とうとう私も弱みを生じ終わりました。なおこのことは郡へはお話しくださいませんよう。

匆々

大正七年七月一日

賢治拝

政次郎は、

「あっ」

手紙を落としそうになった。

イチを呼んだ。手紙を読んで聞かせると、

「きゃっ」

左右のこめかみに指をおしつけ、その場にへたりこんでしまう。根太のたわむような沈黙がその場を支配した。

肋膜とはこの場合、肋膜炎のことである。

肋膜という肺の表面と胸郭の内側を覆う薄い組織が炎症を起こし、胸の痛みや息苦しさ、発熱などを引き起こす。ときに肋膜腔内に水がたまる。炎症の原因は、十中八九、(結核)

それが世間の常識だった。早晩かならず死ぬ。赤痢やチフスとは比較にならぬ深刻な事態。

「落ちつきなさい」

政次郎はイチの横にしゃがみこみ、手紙の或る一点をばさばさと人さし指で突いてみせて、

「ここに『別段のことはない』と書いてある。存外あっさり治るかもしれん。いや、そもそも医者の見立てちがいかもしれがべじゃ」

声をはりあげたが、イチは政次郎を見ていない。じっと畳のへりに目を向けて、

「……賢さんが。賢さんが」

「とにかく賢治はここに来る。ここが賢治の家なのだ。親が動じるわけにはいかね

べ」

政次郎は立ちあがり、仏壇の前にすわり、南無阿弥陀仏をとなえはじめた。それから記憶するかぎりの偈（げ）、和讃、回向（えこう）のたぐいを朗唱した。その日はもう店を閉めた。

†

賢治は、帰省した。

たしかに軽症にはちがいなかった。日常生活にさわりはない。しかし賢治に言わせれば、胸の痛みは引くときは引くのだが、

「苦しいときは、もう」

病名が病名である。政次郎は、

(無理は、させられぬ)

迷いの日々をすごしたが、或る日、賢治のほうから、

「学校は、やめようと思うのです」

それで政次郎も心がきまった。

「んだが」

賢治は稗貫郡役所へ行き、郡長・葛博（くずひろし）と会い、退学の意向を述べた。それから盛岡

へ行き、関先生の自宅をおとずれ、同様の申し入れをした。

大正七年七月のこと。朝には蟬(せみ)が鳴きさわぎ、夜は屋外で寝ても凍死しない。一年でいちばん山歩きに適した季節だった。

賢治は盛岡をひきはらい、ふたたび家事手伝いの身となった。盛岡の玉井家には、中学二年生である清六がひとりで下宿をつづけることになった。

†

半年後、十二月。

政次郎のもとへ、東京目白の西洞(さいどう)タミノという人から電報が来た。タミノは日本女子大学校附属女学校の国語担当教師であり、トシがふだん生活をしている同大学校の寮・責善寮の寮監である。その電文は、

――トシさんが、肺炎で入院しました。ご家族の上京をあおぎたく。

入院先は、小石川区(こいしかわく)雑司ヶ谷町(ぞうしやちょう)の永楽(えいらく)病院だという。政次郎はこの報に接して、

(結核か)

最悪の事態を想起したと同時に、

(またか)

ぎゅっと目を閉じた。

実際のところ、この二十一歳の長女は、この年から急に多病になったのである。はじまりは六月だった。気分がすぐれぬ日がつづいた。講義を休むには至らなかったものの、体操の授業は敬遠せざるを得なかった。十一月には世界的なスペイン風邪の流行に遭い、ほかの何人かの寮生とともに四日間、応接間に隔離された。

それが治ったと思ったら、今回の肺炎である。症状はよほど深刻なのにちがいなかった。東京の水が合わないのか、あるいはあの死生に関する痛烈な手紙を送られた祖父の喜助が、お浄土で、

(手まねきでも、しているのか)

東京へ行きたい、と政次郎はしみじみ思う。行けばトシの看病の役に立つ、その自信もある。しかしこのとき、政次郎よりも早く、

「行きます」

言ったのは、賢治だった。

研究生をやめてからというもの、病臥(びょうが)するわけでもなく、家業を手伝うでもなく、ただ読書と散歩と服薬の日々をじっとりと過ごしていたあの賢治が、じつに力強い声で、

「トシは、おらが面倒を見る」

その目のかがやきは、一瞬、ほんとうに一瞬、政次郎をして、

（妹の病が、うれしいのか）

そう疑わせるに足るものだった。政次郎は眉をひそめ、腕を組んで、

「だいじょうぶかな」

「え？」

「お前のほうが」

「このとおり」

賢治は左右に腕をひろげ、深呼吸してみせた。胸は元気だという宣伝らしい。賢治はまだ結核ときまったわけではないのである。

この場には、イチもいる。政次郎はそちらを見て、

「お前も行きなさい」

イチが即座に、

「旦那様のお世話は、どうします」

聞き返したのは、日々の生活という意味ばかりではなかったろう。いま行けば、十中八九、お正月には帰って来られないのである。

祝いの膳はどうするのか。お屠蘇の準備は誰がするのか。年始の客をむかえるには、羽織、袴なども出しておかなければならない。

シゲは十八、クニは十二、ふたり合わせても自分のかわりは、

——つとまらぬ。

そんなふうに主張しているかのごときイチの当惑顔だった。政次郎は、しばし黙考してから、

「宮善にたのむ」

宮善は、おなじ花巻にある宮沢家の分家。イチの実家でもある。三年前、当主の善治が専務取締役をつとめる花巻銀行が経営不振から取付さわぎを起こしたときは、家そのものが、

——つぶれるか。

という状態だったけれども、そのとき政次郎はずいぶんな援助をした。今度はこちらの困りごと。慣れた人手の二、三人はよこしてくれるにちがいなかった。

「私のことは案ずるな。病気がよほど軽かったら、どちらか片方が帰ればいい」

そう言ってやると、イチはさも申し訳なさそうに、

「んだば……仕方ありません」

声に、わずかに張りがある。

やはり本音では、トシの看病に行きたいのだろう。賢治とイチはその日のうちに花巻駅に行き、二十時二十六分発の急行列車で出発した。

到着は、翌日の午前中だろう。

6　人造宝石

朝の十時に列車が上野駅に着くと、賢治は、

（東京だ）

そのことに、心が跳ねた。

はじめてではない。二年前、盛岡高農の二年生だったころ、修学旅行で京都、奈良方面に行った。その途中、二泊三日で東京に寄って、西ケ原の農事試験場や高等蚕糸学校、駒場農科大学などを見学した。その後も夏休みを利用してドイツ語を勉強しに来たり、かんたんな父の用事を足しに来たりして、いちおう勝手はわかっている。このたびも、プラットフォームにおりたとたん、

「こっちです」

生まれてこのかた花巻をほとんど出たことのない母の手を引いて駅を出て、市電に乗った。1系統の車両に乗って上野広小路で5系統に乗りかえ、江戸川橋でおりる。

永楽病院は。

正式には、東京帝国大学医科大学附属医院小石川分院。まだ創設して一年あまりの最新の医療機関ということは聞いていたが、電車をおり、表門の前に立つと、イチはふるさとのなまり丸出しで、

「外国みたいだなハン」

絶句した。何しろ門のすぐ内側の門番所にしてからが一軒家ほどの大きさのある、金色の帯状の装飾をほどこした白亜の洋館なのである。もっとも、その奥の建物はたいてい横板張りの木造だった。大きいことは大きい。

ふたりは、門をくぐらない。

坂をくだり、崖下の路地をうろうろして、まずは旅館を見つけて荷物を置いた。雲台館などという近代化された館名を掲げるものの、実際は、むかしながらの旅籠ふうである。

「しばらく泊まります。一日いくら?」

と賢治が言うと、あるじは愛想よく、

「ひとり一円三十銭。よろしいか?」

「はい」

母と息子はそこで食事をし、あらためて病院へ行った。玄関を入った左のほう、内科外来の廊下で看護婦に聞くと、

「ああ、宮沢さんですか」

特に深刻ではない感じの笑顔を見せた。そうして、きれいな東京ことばで、

「チフスが疑われるので、平室ではなく、伝染室に入っていますわ」

「伝染室？」

「ほかの人にうつすのを防ぐ、別棟の、おひとり使いの部屋ですわ。ご面会には、先生のおゆるしが要りますけど」

「お願いします」

交渉は、みな賢治がやる。

ここでは賢治が家の代表なのだった。しばらく待つと医師の許可をもらって来てくれたので、賢治とイチは看護婦について外来病棟をとおりぬけ、病室棟をとおりぬけて、小さな建物へ足をふみいれた。伝染病棟である。入口で、

「これを」

看護婦にわたされたのは、白い予防着だった。

頭の上からすっぽりと着て、なかへ入る。右へまがって三番目がトシの部屋という。トシは寝台の上に横臥していた。

「あっ」

兄と母の姿をみとめると、急いで身を起こした。

(元気そうな)

というのが第一印象だった。こっちが何も問わぬうちに、

「お兄ちゃんまで来ると思わなかったじゃ。大げさよ。先生もチフスとかカタルとか、そんな深刻な病気じゃないから二、三日で平室へ移れるって。そうしたら入院料は安くなるから」

この世では、どういうわけか、病室での話しかたは一般社会のそれとちがう。よりいっそう朗らかに、よりいっそう子供っぽく、よりいっそう芝居がかりでなければならない。日常そのものが非日常という特殊な空間だからだろうか。賢治はまだ頭が切り替わらず、もごもごした口ぶりで、

「お金の心配はいらねよ。お父さんが用意してくれる」

「お父さん、うちにのこして大丈夫なのすか。ごはんの支度は? 着るものは? お母さんがいなかったら……」

「大丈夫だよ」

と答えたのも、賢治だった。イチは賢治の背後にかくれるような位置に立ち、口をつぐんでいる。まわりの雰囲気に気圧されたのか、それとも看護婦がはばかられるのか。

トシは、賢治しか見ていない。いちいち明瞭なことばづかいで、

「それとお兄ちゃん。なるべく早く、寮へ行ってけで。場所は学校で聞いて。学校はこの病院の門の前の坂を上がったところにあるわ。寮監の西洞タミノ先生によくよくお礼を申し上げてね。友達にもいろいろ入院の支度を手伝ってもらったから、んだな、お菓子を買ってさしあげたら」

ただし声音ににごりがあった。記憶のなかのトシの声はバイオリンに近いものだったが、いまの声は、さしずめ、

（砂を噛んだ、セロ）

のどに害があるのだろう。ふるさとのなまりに東京ことばがまじるのも、何か痛々しい感じだった。

「もういい、わがったじゃ」

トシの肩に右手をのせ、その手を背中におろし、

「あまり気が昂ぶるといけね。ゆっくりお休み」

さすりだしたところへ、べつの看護婦が入ってきて、

「先生にお会いになりますか」

「先生？」

「トシさんのご担当の、内科医長・二木謙三博士です。ここでは分院長のつぎに偉いので、副院長みたいなものですね」

「はあ、副院長……」

「ご病状を説明したいと」

「ぜひ」

と賢治は返事して、

「へば、また来るよ、トシ」

賢治は背中から手をはなし、母とともに伝染室を出た。

別棟の消毒室に入り、スプレーで消毒液を吹きつけてもらう。予防着をぬいで、渡り廊下をもどり、病室棟へ入った。

病室棟は、いわば本館である。

病院全体の司令塔。二階へ上がると患者はおらず、ちょっと学校のような雰囲気になる。事務室があり、図書室があり、研究室がならんでいる。そのなかのひとつ、
内科医長　博士　二木謙三
という札をかかげた部屋の扉を看護婦がノックすると、

「どうぞ」

二木博士は、賢治の父とおなじくらいの年ごろだった。

あらかじめ看護婦に聞いたところでは、東京帝大医科大学を卒業し、現在は助教授。このごろ文部省に移管された白金台の伝染病研究所の技師を兼ね、さらには東京市立駒込(こまごめ)病院の副院長をも兼ねているというから斯界の大物なのであろう。

いくら威張っても誰にも文句を言われないような人だが、よほど心の鍛錬をしてきたものか、ごく気さくに、

「トシさんの、お母さんと……ご主人？」

「兄です」

「そうですか」

椅子にすわったまま脚を組み、ドイツ語で書かれたカルテを見ながら、

「脈拍は九十から百十を往来し、呼吸は十八から二十。さしせまった状態ではありません。大便、小便、血液、いずれにもチフス菌は検出されておりません。ただ熱の出かたが明白にチフスなので、念のため、伝染室ですごしてもらっているのです」

「熱の出かた？」

「毎朝、三十八度前後。昼にも下がらず、夕方から上昇がはじまり、就寝時には三十九度前後。それ以上にならないかわり、平熱にもならない」

「チフス以外に、考えられるのは？」

と尋ねたのは、もちろん結核が頭をよぎったのである。

「わからない」

と、二木博士は明確に言った。賢治たちには目を向けず、あくまでもカルテをにらんで、

「ただトシさんは、先月スペイン風邪をやっている。あれはグラム陰性の小桿菌へモフィルス・インフルエンザ、いわゆるインフルエンザ菌によって罹患するのだが、快復しても熱があとを引くことは、ままありましてね」

「つまり原因は、インフルエンザ菌だと？」

「わからない」

「ああ」

賢治は、晴れやかな声をあげた。それでわかった気がした。自分もおなじ目にあったことがある。とつぜん高熱を発し、チフスの疑いと言われたが、結局のところ診断が確定しないまま熱がさがり、退院し、その後はつつがなく生活した。

「つまりは先生、熱が問題なのですね。熱がさがれば……」

二木博士はうなずいて、

「平室へ移ってもらいます。それで数日、変化がなければ、退院してよろしい」

結局、トシの言うことは正しかった。賢治は顔をあかるくして、

「ありがとうございます」

すわったまま頭をさげたけれども、イチが横から、

「あの、先生」

「何です」

「お支払いは、なんぼほど」

「お母さん」

賢治は口をへの字にして、これだから田舎者はこまると言わんばかりの上っ調子で、

「それは勘定係へ聞くべきことだじゃ。先生に聞いても……」

「いや」

二木博士はすらすらと、

「入院料が二円五十銭、看護料が二円五十銭、あわせて一日五円です。これに薬代や食事代、貸しふとんの代金などが入ります。勘定日は毎月月末。まとめて支払ってください。足りないようなら……」

「足りないようなら？」

「下町へ行けば、質屋もある」

チフス菌よりも、結核菌よりも汚いものに触れたかのごとく片頬を一瞬ゆがめた。

賢治は即座に、

「いりません」

その日の夜、賢治とイチは、トシに言われたとおりにした。責善寮へ行き、寮監・西洞タミノに挨拶した。二円ほどのお菓子をわたし、宿に帰り、枕をならべて仰臥した。

イチは、慣れぬ東京につかれ果てたのだろう。すぐに寝息を立てはじめた。賢治はなかなか眠れない。

胸が、

(苦しい)

寝返りを打っても息のしやすい姿勢がきまらない。ふとんは家のものよりも薄く、これでは、

(こっちの病気が、悪化する)

そのことを懸念したが、幸いにというべきか、東京の夜は、花巻よりも気温が高い。半睡半覚の状態のまま夜あけをむかえてしまったが、手足はとにかく、頭はいつまでも冴えかえっていた。

†

　翌日から、病人の世話がはじまった。

　解熱剤を飲ませてやる。風呂に入れないので体をふいてやる。三度の食事を食べさせてやる。食事はむろん病院から出るのだが、粥しかないので、梅干しをつぶしたり、さつまいもを裏ごししたりして入れて、少しでも栄養の幅がひろがるようにしたのである。

　これらの仕事は、むろんイチがした。

　賢治には、生活の手助けはできなかった。そのかわり、

（退屈だろう）

　と思いつき、気分のよしあしを聞いてから、枕に近いところに立った。

　花巻の家から持って来たアンデルセンを読んでやった。ただし読んだのは高名な森鷗外訳『即興詩人』ではなく、二年前、東京でドイツ語の勉強をしたとき自分で訳した原稿だった。

　そのほうが文のすがたは不恰好かもしれないが、口語体だし、聞きやすいかと思ったのである。作者名もドイツ語ふうに「アンデルゼン」と発音した。トシはとてもよろこんで、

「もういっぺん」

「もういっぺん」

五、六回も読んでしまうと、賢治のほうが飽きてしまう。手近な椅子にのっしと腰かけて、
「もういいべ、トシ」

「ううん、お兄ちゃん。おら元気が出る」

「わかった、わかった。ほがの本を買ってくるよ」

「ううん」

トシは首をふり、あいかわらず砂を噛んだセロの声で、

「んだば、お兄ちゃんが、お話つくってよ」

読む仕事のほか、書くほうの仕事もあった。

政次郎への手紙である。賢治には、べつだん命じられたわけではないのだが、賢治はほとんど毎日、ときには一日に二度も三度も、はがきや封書を投函(とうかん)した。

記事の中心は、もちろんトシの容態だった。飲んだ薬。食べたもの。医師の所見。看護婦の見解。とりわけ体温はつねに何度何分まで書きこんだ。ほかには病院への支払い額、もらった差し入れの報告、それにトシの寝巻などを、

――送ってください。

という依頼。われながら手紙というより、

(日報だな)

父からは、ときどき返事がある。賢治より上手な字の、賢治より巧みな候文である。そのなかには、

――お前の体調はどうなのだ。

という問いもあったけれども、賢治はそれに関しては、

ご安心願い奉り候。

のごとき定型句で押し通した。

しかしこういう読み書きの仕事など、ひっきょう、

（看病のうちに、入らない）

賢治は、四、五日後にはそう思うようになった。何か心がみたされないのだ。賢治はたびたび、

「お母さん。おらがやります」

仕事を奪うようになった。さすがに体はふかなかったけれども、ふいたパイル織りのタオルを桶に入れ、洗濯室へ行き、ほかの下着類とともに石鹸でざぶざぶ洗うことは賢治の役目となったのである。

病院は、全館スチーム暖房をそなえている。

タオルも下着も、かなり汗にまみれている。賢治はときどきそれを嗅いだ。りんごの実のようなにおいだった。

しかしこれは序の口だった。もっともトシをおどろかせたのは、便のしまつをしたことだった。

トシは、部屋の外へ出ることを禁じられている。そのため排泄も室内でしなければならなかったが、賢治はその器をもちだし、便所へすて、きれいに洗って消毒までしたのである。

家族がやるにはおよばない。少し余分の心付けをわたせば看護婦がやってくれるのだし、実際、看護婦はそうするよう何度も勧めた。

ついには、

「心付けは、いりませんから」

とまで言われたが、賢治は頑固に、

「いや、おらが」

このことは、たちまち病院内のうわさになった。或る看護婦は、

――男の方なのに、ご立派な。

と言ったけれども、便所のなかで、ほかの患者の家族と出会ったりすると、

――男のくせに。

と面と向かって言われたりした。

それとはべつの家族だが、横着な者があった。汚物を便所へもっていき、しかし奥の便器まで行くのも耐えられなかったのだろう、入口ちかくの手洗い場へすてた。銀色の蛇口にもこびりついた。そういう汚れを見つけると、賢治はかえって、

（この世を、よくする）

鼻息を荒くし、蛇口から何から、ぴかぴかに磨きあげるのだった。われながら、

（なんで、こんなに）

自分でもよくわからない。こんなに心が沸き立つのは、ひょっとしたら、生まれてはじめてではないか。

「賢さんは、負けずぎらいだからなハ」

などとイチはしばしば当惑顔で言うし、まあ負けずぎらいは事実だけれども、それよりも胸に浮かぶのは、

（お父さん）

政次郎の顔だった。いまこの瞬間もふるさとで質屋の帳場に座しているはずの、厳格な、しかしみょうに隙だらけの父親。その視線のとどかぬ場所にいるということが、心を躍（おど）らせ、手足をむやみと動かしているのは確かなようだった。

いうなれば、逃避。

より根本のところにあるのは、むしろ逃避よりも接近の精神だったかもしれない。

(あの人のやることが、おらもできる)

そのよろこび。自分には質屋の仕事も、世間なみの人づきあいも、夏期講習会の開催もできないが、家族の看護ならできるのである。

そう、かつて政次郎がしたように。……政次郎はこれまで、一度ならず二度までも、入院した自分をつききりで看護してくれた。

一度目は七歳のころの赤痢。二度目は中学卒業直後の疑似チフス。賢治には、自分の命は、とても即物的な意味において、

——父のおかげ。

という意識がすりこまれている。そうしてその政次郎ですら、ほかの患者の糞便の始末まではしなかったということは、いまの賢治は、

(お父さんに、勝った)

年は、とっくに越している。

三が日がすぎ、松がとれ、そろそろ小正月かという朝、

「あ」

トシが脇の下から菜箸のように長い体温計を出し、目をまるくした。

水銀の棒が、三十八度の目盛りに達していない。入院以来ほとんどはじめてのこと

で、たまたまそこにいた看護婦など、

「あらあら、調子わるいわ」

ガラス管を袖でぬぐったり、先端に息を吐きかけたりした。故障したと思ったのだろう。

†

下がりはじめたら、あっというまだった。一両日で朝は三十六度台後半になり、昼にも夜にも上がらなくなった。二木博士からは、

「食べられるなら、刺身を食べていいよ」

と言われたので、急いで近所の魚屋につくらせたところ、トシは三きれ口に運んで、

「うめなハ」

にっこりして、体調に何の変化もなかった。

これならば戦線は縮小していいだろう。賢治はそう思い、

「お母さん」

「何だい」

「お母さんは、先に花巻へ帰ってくなさい。お父さんのお世話をお願いしますじゃ」

「んだども、トシは……」

とイチが逡巡するのへ、

「おらひとりで看病します。退院まで」

「わがった」

案外あっさり承知したのはやはり家のことが、あるいは父のことが気がかりなのにちがいないが、それと同時に、

——賢さんなら、だいじょうぶ。

という安心感も大きいのだろう。賢治はいまや、粥づくりも、体の汗ふきも、イチのかわりにするようになった。イチは仕事をうばわれたのである。

「んだばお母さん。善は急げ」

その日のうちに上野駅へつれて行き、青森ゆきの夜汽車に押しこんでしまった。翌日、ひとりで病院へ行ってみると、病室には数人の看護婦とともに、看護長と二木博士がいる。

博士はちょうど診察が終わったところらしく、賢治に気づくと、

「君ともお別れだ」

白い歯を見せた。賢治は、

「え？」

「妹さんは、あす、この部屋を出ることになった。内科病室へ入るんだ。担当者もかわる。医局副手の望月朔郎君という、なかなか評判のいい男だよ」

内科病室、つまり平室。

賢治はトシの顔を見た。まるで灰色のヴェールをぬいだかのような、あざやかな笑みを浮かべている。

退院に向かう、大きな大きな一歩。賢治は、

「はあ」

気のぬけたサイダーのような返事をした。平淡な口調で、

「移り先は、一等室ですか」

この問いには、看護長がこたえた。もう二十年も看護婦をやっている感じの、小太りの中年の女である。申し訳なさそうに、

「いまね、ちょうど、あきがなくて。三等室です」

「三等室……相部屋でしたね」

「六人部屋です。ほかに五人。あきしだい二等室へ移ってもらいますが」

「二等室も、ふたり部屋でしょう？　個室がいい。一等室はどうですか」

看護長は、この患者の家族がかなりの出費にも耐えられることを知っている。ゆっ

くりと首をふりつつ、

「そこは、その、ちょっと長びいて」

これ以上は聞いてくれるな、という感じの口調だった。華族とか政治家とか、よほどの要人が入っているのかもしれない。

「そうすか」

賢治は、むりに笑った。

†

その晩。

月は、ほぼ満月だった。

トシは寝台の上で身を起こし、首だけを窓のほうへ向けている。窓からの白光がトシの横顔を照らしている。子供のころ、父親が二言目には、

――かわいげがない。

と嘆いた顔である。

（めんこい）

と、当時もいまも、賢治は確信している。ことに上唇のつんと上を向いた加減が好

きだったが、それはいま、花巻のそれより空高くから差しこんで来る月光を凛々(りんりん)とはじき返してつややかである。もっとも、子供のころは蒸したての酒饅頭(さかまんじゅう)のようだったトシの頬は、これはもう、軒先につるした凍(し)み豆腐のように痩せてしまったけれども。

トシが、気づいた。

窓から目をはなし、こちらへ向けて、

「なじょした、お兄ちゃん」

けげんな顔は、していない。むしろ視線をよろこぶというような、いかにも二十二歳の女らしい華やかな顔だったのだが、賢治はあわてて顔をそらして、

「ああ、トシ。いやね、手まわりの品はまとめたよ。あしたは朝いちばんに引っ越しができる。えがったべ。とうとうここを出られるんだじゃ」

「……お兄ちゃん」

「何した?」

「新しい看護婦さんへの心付けは、もう支度した?」

賢治は笑って、

「お前はまんつ深(ふか)用心だなあ、トシ。ちゃんとしたじゃ。んだんだ、さっき宿へ行ったらば、お父さんから電報が来てた。お母さん、ぶじに家に着いたど」

トシは、返事しない。

兄の目をじっと見ている。あたかも、

——嘘でしょう。

と言っているかのようだった。或る意味、たしかに、

(嘘)

そのことを、賢治はくっきりと自覚していた。ここを出るのはよろこばしいが、そのかわり、あすからは三等室で同室者との日々がはじまる。ふたりでしみじみ語り合うのは、

(今夜が、最後)

そう思うと、賢治の不器用さは、ばか話をしてしまう。われながら下手くそな噺家のごとき大げさな身ぶりでしゃべりたてた。

元日の朝、宿のあるじが羽織袴のいでたちで賀詞を述べに来たのは結構だが、その時点ではまだ五、六日しか泊まっていない自分たちへ「旧年中はひとかたならず」と神妙に挨拶したのがおかしかったこと。宿のまわりは雨がふると道がぬかるみ、畑の泥がながれこんで花巻よりも歩きづらいこと。歩いていたら犬に咬まれそうになったこと。屋台で買った焼き栗が小さい上にまずかったこと。

トシは、にこりともしない。そっけなく、

「知ってる」

「え」

賢治は口をまるくしたが、しばらくして、頭をかきかき、

「あ、んだが。寮も学校もこの近所にある。お前のほうが詳しいんだ。はっはっは、これは宇宙級の失態」

「それよりもお兄ちゃん、雨のなか散歩したのすか？　体はだいじょうぶ？」

叱責するような言いかただった。賢治は即座に、

「何ともねぇよ」

「まっごど？」

「んだ。肋膜は全快した。きっと結核じゃねがったんだじゃ」

賢治は、例のしぐさをしてみせた。左右に腕をひろげ、深呼吸したのである。だがトシは、

「ちがう。ここだばおらの世話で気が張ってるども、病院を出たらどうだか。背中がうんと曲がってるってお母さん言ってた。まっごど歩くのも懶いんじゃねぇのすか？」

頬が、熾った炭のように赤い。

それでなくても室内は、スチーム暖房がききすぎているのか、汗ばむほどに暑いの

である。賢治は何も言い返すことができず、ただただ、

（………）

おのが心臓の動悸を聞いた。きゅうに激しくとどろいたのは、鼻腔があのりんごの実のにおいに襲われたのである。

賢治は、血圧異常の人のようにくらくらした。トシはつづける。

「お兄ちゃんは、いつもそうだじゃ。自分より人のため。もっと自分勝手でいいのに。それくらい器の大きな人なのに。いつまでも、おらの世話なんか」

もどかしげに身をゆする。無意識のしぐさなのだろうが、賢治はさらに胸さわぎがした。

トシの体には、ことさら揺れの激しい箇所があった。寝巻のえりの合わせ目をすこやかに押し返し、かすかな衣ずれの音を立てている。トシはこの一か月の高熱により、腕や首など、かなり華奢になってしまったくせに、そこだけは、どういうわけかふくらみが増したようだった。

賢治は、目をそらした。

ひたすら満月を注視したが、それでも足りず、がたりと椅子から立ちあがり、

「だいじょうぶだじゃ、トシ」

妹に背を向け、口調はほがらかに、

「じつを言えば、ここ二、三日ほど、上野の帝国図書館へ本を読みに行っているんだ。もちろん歩いてさ。さすが日本最大にして、唯一の国家運営の図書館だじゃ。何しろ人でねぇぐ本を運ぶためだけにエレベーターがあるんだからね。おらの将来のため、勉強になる本がいくらもある」

「お兄ちゃんの、将来？」

「ああ。おら決めた。人造宝石を売る」

首だけ振り返り、夢中で説明した。

自分は利己的な人間になる。そうなれる。なぜなら自分は、図書館で、とうとう生涯を賭けるに値する事業計画を発見したからだ。その事業とは、どこにでもある鉱石を仕入れて、大規模な機械で、ルビーや、琥珀や、ダイヤモンドを合成すること。ちょうど三重県鳥羽では御木本幸吉という事業家が真珠の養殖に成功したというが、それとおなじことを鉱物資源でやるわけだ。

「まがいものを売るの？」

トシが困惑の声をあげたので、賢治は、

「それは模造だべ。おらがやるのは人造だじゃ。はっきり人造を謳うのだから道義上の問題はねぇ」

賢治はつづけた。天然石とおなじ色つや、かがやき、硬度、透明度をそなえ、かつ天然石よりも安いのだからかならず売れる。一世を風靡（ふうび）するだろう。こっちの利益は、真珠以上になるにちがいないのだ。

むろん、技術的には容易ではない。最初から理想を追うのは無理があるので、まずは地道に、研磨業からはじめようと思う。二、三百円の資本で足りるだろう。宝石をみがき、印材をみがき、ほかの金属製品をみがく仕事で地力（じりき）をたくわえ、それから宝飾品の製作にのりだす。宝石をうめこんだネクタイピン、カフスボタン、指輪、髪かざり等をつくって売り、それをしながら人造宝石の研究を進めるのだ。

進んだら、いよいよ大資本を投じて溶鉱炉を買う、工作機械を買う、各種の薬品を買う。

「どうだ、トシ」

と言ったときには、賢治はもう、ふたたび体ごとトシを向いている。

「トシが本復したら、おらは東京でひとり暮らしをして、その研究に打ちこむんだじやい。お父さんよりも財産を築く」

「失敗の見込みは？」

問われて、賢治は即答した。

「あるなハ。何しろ、世間知らずのおらのやることだからね。五分五分どころの話じやねぇべ。失敗したら、そのときは大道で露天商人でもやる気だじゃい」

「そんなのより」

トシは、瞳がうるんでいる。

ふだんの倍も目を見ひらいて、その上でゆらゆらと月光のかけらが散っている。三十万キロ以上もの遠くから放たれて地球にぶつかり、日本という島国を照らし、東京という一地域の、針の穴のような病院の窓をくぐりぬけて粉みじんになった黄水晶（シトリン）の硬質。

賢治はそこへ唇を近づけ、接吻（せっぷん）したい衝動をおさえて、

「うん、何だ？」

「それよりも、お兄ちゃん」

トシは洟をすすり、うつむいてしまう。ためらっているというより、おのれと対峙し、新しい世界へ踏み出そうとしている。そんな感じの沈黙だった。

賢治は、耐えられない。

口調は明朗に、しかしやや早口になって、

「何した。話せじゃ、お前らしくねぇ」

「お兄ちゃん」

トシは顔をあげ、戦いをいどむように、

「作家になったら」

「作家」

賢治は、無反応。

あるいは、反応のしかたがわからなかった。つづくことばは、なかば賢治を素通りする。

「おら、前から思ってた。お兄ちゃんだば向いているべ、文章を書く仕事」

「……しょ、小説？」

「うんにゃ。おとな向けより、童話のほうがいい。これまで聞かせてくれたお話、みんなおもしぇがったもの。ラッパ手が敵につかまったけどラッパから蛇が出てきて助かったのとか、弱いねずみが床下でいたちや蟻を相手に『弱い者に味方せんのか』って脅してまわって仕返しされたやつとか。お兄ちゃんは宝石なんかより、ネクタイピンなんかより、お話をつくってけねすか」

「ばか」

賢治は、声を荒らげた。われながらふしぎなほど腹が立って、

「あんなのアンデルゼンの亜流だよ。ただの座興だじゃ。何の価値もね。お前はおらの話をむかしから聞いてるから、耳が慣れてる。それだけだべ。話すと書くとは全然ちがう。まんつ、おら、子供のころ言ったはずだ。そういう才能があるのはお前だ。お前なら、おとな向けの小説だって」

「ううん」

トシは、首をふった。

いや、ふろうとして途中でとめた。トシの頭はこわれた人形のようにぎくしゃくと肩から浮きあがり、かえって心のありさまを鮮やかに示した。この子は、そのことに、たしかに心が、

（惹かれている）

賢治は、思い出している。小学生のころ学校が終わると、しばしばトシとふたりで北上川の川岸へおりたことを。川岸は日照りで水が引き、人工物のごとき青白い河床があらわれたことを。

いま思うと酸性の凝灰岩なのだろう。ところどころ穴があいて、水がたまっていて、なかから鶏卵ほどの石を出して割ると蠣殻のかけらが出たこともある。そういう遊びをしたあとで、賢治とトシはならんですわり、きまって将来の話をした。賢治はトシを励ましたものだった。

「質屋の仕事は、おらがやる。お前はいっぺ話をつくれ。そうしてフランスのマロっていう人みでに、一冊の本にして、みんなに読んでもらうんだ」

思い出しつつ、二十四歳の賢治はつづけた。

「やっぱりお前には文章の才能があるんだじゃ、トシ。そうしてお前はそれを知って

る。ほに、お前から手紙をもらうたび、おらは『かなわねぇ』って思うんだじゃ。ほんとうだ。お父さんも言ってた」

「お父さんが？」

「ああ。んだがら、お前が作家になるんだ。つまらん結婚なんかして家事と育児にあけくれるなら、そっちのほうがよほどいいじゃ。だいいち体にさわらねじゃ。いまはもう明治の世じゃねぇ。大正の世だ。女流作家はめずらしくねぇ」

「たしかに。体には……」

「さわらねじゃ、お兄ちゃん。なハ」

「んだば、お兄ちゃん。ふたりで書くべが」

トシが、言った。あんまり自然なながれだったので、賢治はつい首肯してしまうところだった。トシはこの思いつきによほど惚れたのか、顔をぐっと近づけてきて、

「んだ、そうするべ。お兄ちゃんはお兄ちゃんで本を出す。おらはおらで本を出す。ふたりの合著ってかたちでも……」

「お前の才だよ」

賢治は立ちあがり、そわそわと外套を着て、

「帰らねば」

「書かねぇの？」

「……」

「んだば、おらも書かね」

「まんつあした」

逃げるように宿へ帰った。

ひとり布団にもぐりこみ、南無妙法蓮華経(なむみようほうれんげきよう)をとなえつづけた。

†

退院にさいしては、東京の息子と、花巻の父親のあいだに小さなやりとりがあった。

原因は、二木博士の助言だった。

「退院おめでとう。もうここに来る必要はないよ。もっとも、トシさんは、今後どうするのかな。しばらくは疲労回復につとめるべきだが、それには寮に戻るのはよくない。寒い花巻に帰るのもおもしろくない。二週間程度でかまわんから温暖なところ、たとえば小田原(おだわら)あたりで静養したらどうかね」

賢治はなるほどと思い、政次郎へ手紙を書いたのである。

――お父さんも腸の調子がよくないと聞きました。どうですか。トシとふたりで休みませんか。二週間くらいなら、花巻の家は私がまもります。

政次郎の返事は、簡潔だった。

――まっすぐ帰れ。

賢治には、刃向かうすべもない。兄妹は上野駅から汽車に乗り、花巻へもどった。雪がふっていた。お正月には間に合わなかったけれど、桃の節句なら、トシは妹たちとともに家で祝うことができるだろう。

†

賢治とトシは東京から帰り、そのまま居ついた。

花巻の家は、六人になった。盛岡に下宿している中学生の清六をのぞいて、親子全員、ふたたび顔をそろえたのである。

いっときは四人まで減ったことを考えると、賑(にぎ)わしいといえば賑わしいけれども、何しろ六人中五人が十八歳以上。もはや親の手をはなれて就職ないし結婚しても不思議でない年齢ばかり。

(何ということ)

晩めしのときなど、政次郎は、上座から見わたしつつ慄然(りつぜん)とすることがたびたびだった。彼らの食いしろはみな政次郎ひとりの肩に乗っているのだ。食いしろだけではない。賢治の本代も、トシの薬代も、クニの学費も、シゲの着物代も、盛岡に住んでいる清六の生活費一切も。

政次郎はもう四十六なのである。人生五十年という。同年代の男がぼちぼち隠居のことを話題にしはじめる今日このごろ、政次郎は、隠居どころか扶養の義務が人生最大に達している。金食い虫にぞろぞろ脛（すね）の痩せ肉をかじられている。

桃の節句が終わり、三月も末になると、

「ごめんください」

東京から、珍客があった。

西洞タミノだった。日本女子大学校附属女学校の国語担当教師にして、トシの入院を最初に電報で知らせてくれた寮の寮監。東京みやげを持参して、

「トシさんは？」

政次郎は、

「となりの家で、養生しています」

タミノを案内した。となりの家とは何年か前、質種に取った着物やら時計やらの保管のために買ったもので、その一室をかたづけて、トシの病居としているのだった。

トシは南側の縁側に籐椅子（とういす）を出し、うつらうつらしていた。タミノの顔を見ると、

このときばかりは俊敏に立ちあがって、

「先生！」

「おめでとう、宮沢さん」

タミノは、笑顔で卒業証書をさしだした。トシは結局、三学期は全日欠席となり、試験も受けなかったが、それまでの成績がよかったため「見込み点」なる点数がつけられ、卒業がみとめられたのだという。

宮沢トシ

本校実学科家政学部に在学し、左の科目を学習し、まさにその業を卒えたり　より
てこれを証す

必修科目

実践倫理　倫理学　心理学　英語　体操

主専攻科目

家事　料理

自由選択科目

哲学概論　家庭物理　家庭化学　家庭博物　児童研究　生理衛生　経済学　国語

英語　礼法

各教授の証明に徴し、この証書を授与す
　大正八年三月二十九日
　　日本女子大学校
　　　校長　麻生正蔵

証書には、トシが履修、修了した科目がすべて挙げられている。

「ありがとうございます。先生」

個人史そのものである。トシの顔は、さみしそうだった。

翌年に入ると、ようやく回復がいちじるしかった。夏のまだ涼しいころ、政次郎は医師の意見をあおいだ上、

「盛岡に行ってみねが、トシ」

「盛岡？」

「何日間か、清六の下宿先へ泊めてもらうのだ。そうして洋服の裁縫をならうのだ。最新のイギリス製足ぶみ式ミシンを購入した学校があるらしがら、ためすといいじゃ」

「はい、お父さん」

トシは、よろこんで出かけて行った。講習はつつがなく終わり、帰花しても体調が

良好だったので、

(嫁がせるか)

とも考えたが、そんなことをしたら家事の義務が生じる。子供ができる。いくら何でも妊娠、出産、育児には耐えられないだろう。

そのかわり、秋口に、

「就職しないか」

「就職?」

これには、トシもおどろいたようだった。政次郎は、われながらご機嫌をとるような調子で、

「たまたま杉田さんに聞いだらば、花巻高等女学校に、英語教師の口があるそうだ。いや、もちろんお前の意思を尊重するが、母校でもあるし……」

杉田さんとは杉田虎蔵、かねてから親しい町会議員である。トシは目もとをほころばせて、

「ありがとがんす、お父さん。おら、世の役に立ちます」

トシはもう、すっかり人が変わっている。

以前のように何かにつけて議論をふっかけることはしなくなった。つねに政次郎の話を最後まで聞いて、

「ええ、ええ」

何かを拒むときも、まず、

「ごめんなさい」

と前置きしてから遠まわしな表現をした。四年間の東京ぐらしが性格を純化させたのか。あるいは年齢的な成熟のせいか。おかげで政次郎のほうも語気を荒らげるわけにいかず、われながら好人物になってしまったが、しかしイチの見かたは異なるらしく、或るとき、

「病気このかた、トシはどうも、たましいが抜けたみでで」

不安そうに訴えた。

「何を言う」

ことさら強くたしなめたのは、政次郎もぎくりとしたからである。

そのとおりかもしれなかった。何かの拍子に、以前の調子で、

「お父さん。女性も権利拡張の時代ですよ。いつまでもお母さんを頭ごなしに叱るなじゃ」

などと言われると、

「なまいきを言うな。トシ」

一蹴して、しかしその後はやや態度をあらためた。内心うれしかったのである。

†

こんなトシの柔軟化と入れかわるようにして、硬化したのが賢治だった。ことごとに刃向かうようになった。きっかけはたぶん、賢治が例の構想をもちだしたことだったろう。政次郎は一蹴した。

「人造宝石？　だめだだめだ。にわか山師もたいがいにしろ。まだしも製飴（せいい）工場のほうが現実味があったわ」

「んだがら、お父さん、まずハ研磨業をやるわけです。そうしてネクタイピンなどの宝飾にうつり、徐々に活路をひらいて……」

「世間をなめるな。ふつうは研磨業をやるだけで一生かかる」

子供のごとく身をよじった。こんなかんたんな話がこの年でなぜわからないのか、ふしぎで仕方がない。賢治はなおも、

「御木本幸吉は、人工真珠に成功しました」

「あれは真珠をやる前から外国人に野菜や卵を売りつけていた。根っから商人（あきんど）かたぎなのだ。お前もまずは、うちの流れものを捌（さば）いてみせろ。なかには人造などではない、正真正銘のダイヤモンドもある」

「だども、お父さん……」

「金は出さん」

とつっぱねると、賢治は口をつぐみ、ぷいと出て行ってしまった。政次郎はひとり、下を向いて、

「……だめだ」

数日間、賢治はまったく口をきかなかった。

朝の挨拶もしなかったが、或る日とつぜん帳場へ来たかと思うと、

「お父さん。おらは、信仰に生きます」

そうして街へ出て、

「南無妙法蓮華経。南無妙法蓮華経」

太鼓をどかどか鳴らしてまわった。

これは大さわぎになった。街中の友人知人が、

――坊っちゃんが、気がふれたよ。

と政次郎やイチに言いに来た。やめろと言ったら賢治はいよいよ派手にやった。家のなかでも唱えつづける。そのあげく、

「お父さん。おら、国柱会に入会しました」

「……は？」

賢治は、熱心に説明しはじめた。国柱会とは、東京の思想家、田中智学が創設した日蓮宗系の宗教団体である。

東京鶯谷に活動の本拠を設立したのはわずか四年前ながら、若者を中心に、急速に会員をふやしている。出家の必要がなく、雑誌や新聞やパンフレットを駆使する布教のしかたが先進的で、何より塞主自身の思想が、

「すばらしいのです。個人の救済より、社会の浄化を重視している」

賢治は、その本部へ手紙を書いたという。いわく、世界唯一の大導師は日蓮聖人にほかなりません。田中先生の著作はすべて何度も読み返して心の糧としております。入会がみとめられたあかつきには全身全霊を賭け、布教につくす所存であります。

本部からは、返事があった。

――これを本尊とせよ。

という趣旨の手紙とともに、一枚の曼陀羅が送られてきた。入会がみとめられたのである。

「それが、これです。お父さん」

賢治は紙の上と下を持ち、ばさりと勢いよく縦に張ると、顔の横にかかげた。

曼陀羅は、いわゆる十界曼陀羅だった。絵ではない。墨書の字がびっしりと記されている。中央上部にいちばん目立つのは南無妙法蓮華経の七文字だが、左右にやたら

と線がのびる、いわゆるひげ題目であり、いやが上にも日蓮臭がはなはだしい。
四隅にはそれぞれ大持国天王、大広目天王、大増長天王、大毘沙門天王と記され、
その隙間をうめるようにして、小さな文字で、

南無弥勒菩薩
南無三世諸仏
天照大神

などと記されている。

「それを、どうする」

政次郎が問うと、

「二階の部屋に、もうひとつ仏壇をつくります。おらの信仰のよすがとします」

(ばかな)

政次郎は手をのばし、にぎりつぶそうとした。賢治がさっと膝の上におろしたため、からぶりに終わる。政次郎は手をひっこめ、立ちあがり、ひさしぶりに喉もやぶれよと、

「うちは代々、浄土真宗だ。わかってるべ。いったい何を考えている」

賢治も立ちあがり、充血した目で、

「嘘いつわりの宗派です」

「何！」

「南無阿弥陀仏とくりかえせば極楽往生だなんて、そんだら現世の努力の必要がねぇ。ただ人間を堕落させるだけでねすか」

「お前……」

政次郎は、ただの檀家ではない。

小学校を出てからの学問的な関心は、すべて親鸞につぎこんでいる。反論はきわめて容易だった。

「それはお前、他力本願ということばの解釈がまちがっている。よくよく字を見ろ。他力とは仏の力をさし、本願とは仏の願いをさす。力と願いが合わさったところに一切衆生の救済が成り立つ、そういう意味が元来なのだ。われわれ人間にひきおろして言うなら、力とは才能、願いとは大志。才能ある者が大志を抱き、さらに努力をかさねれば、きっと成功をおさめられる」

「たしかに、お父さんは、才能と大志と努力で成功したじゃ。弱い人からお金をしぼりあげることに」

「だから、いつも言っているだろう、質屋はそういう商売ではねぇのだ。質屋のおかげで客たちは当座の金が手に入る。飢え死にせずにすむ。人造宝石よりは人をしあわせにする」

「おらの大志は、質屋にはねぇすじゃ」

「こらえ性がねぇだけだべ」

「おらの大志は、日蓮聖人のお教えを世にひろめること」

「あすは何になる」

「二度と変えない」

「どうだか。これまで何度……」

「おらは死を賭けている」

（死）

その一語に、政次郎は心臓がふくれあがる。

「思いあがるな。ろくろく世間も知らぬ者が軽率に言うな」

ほとんど悲鳴だった。賢治はぐっと顔を近づけて、

「お父さん」

「な、何だ」

「お父さん、おらと信仰をともにしませんか。お父さんの生きかたは、じつは法華経の生きかたなのす」

賢治の口から、熱いしぶきが飛んでくる。どうやら皮肉などではなく、

（本心から、改宗を）

政次郎は横を向いて、

「ばか」

父子のこんな論争は、二、三日おきに繰り返された。ひとたび始まれば近所に声がとどくほどの激語となり、深夜におよぶこともめずらしくなかった。

政次郎は必死で攻撃し、必死で防戦した。だいたい論争などというのは三、四度もやれば材料が尽き、つづけられなくなるものだが、この親子はむしろ回数をかさねるたび話がひろがり、かつ深くなるのだった。

釈迦について。慈悲について。常不軽（じょうふきょう）菩薩ということばの意味について。親鸞と日蓮の相違について。こんなに対立がかさなる理由は、ふたりが正反対だからではなく、逆に、

（似た者どうし……だからか）

政次郎は、そんなふうに思ったりした。どちらも経典をよく読んでいる。浄土三部経であろうと法華経であろうと、こまかな一句の解釈の差をとことん説明することができる。

何より、人生への態度が律儀である。人生は人生、宗教は宗教というふうに割り切

らず、そのぶん人生にも宗教にものめり込みすぎる。或る意味、ふたりとも子供なのである。実際、論争が深夜におよんでも、政次郎はそれこそ一時間か二時間くらいにしか感じなかったのである。

いちばんの被害者は、女たちだったろう。イチも、シゲも、クニも、家長より先に寝ることはゆるされない。ゆるされたとしても騒がしくて眠れないにちがいなかった。或る夜など、賢治が、

「もういいです」

二階へ行ってしまって論争が終わり、政次郎がさらりと寝室の襖をあけたところ、女たち全員、ふとんも敷かず、畳の上に正座している。

（あ）

政次郎がおどろいたのは、トシもいたからである。

トシには、となりの家がある。あすも学校の仕事があるのだし、避難していい、というより避難すべきなのではないか。政次郎は興奮さめやらず、

「さっさと寝ろ！」

女たちの中心は、イチだった。身じろぎもせず、きっと顔をあげて、

「やめてけで」

「何？」

「もうやめてけで、旦那様。どちらもお釈迦様のおっしゃったことではねぇすが」

目には、涙がたまっている。けれどもそのまなじりは歴然としわが刻まれていて、強い意志がうかがわれる。政次郎は片ひざをつき、妻の肩を抱いて、

「わるかったじゃ」

声をふるわせ、謝罪を口にした。

「聞いていて辛かったろう。私もあんなに罵りたくねぇのだ。ただ大事なことを言いあったので、喧嘩ではないのだからな」

ほかの子も洟をすすり、袖で顔をおおう。この光景を、賢治に、

(見せてやりたい)

賢治はいつか気づくだろうか。この世には、このんで息子と喧嘩したがる父親などいないことを。

このんで息子の人生の道をふさぎたがる父親などいないことを。政次郎は女たちへ、やさしい声で、

「もう寝るべ」

と言った。

†

賢治は、しんから国柱会の会員になった。

駅前でパンフレットくばりをした。南無妙法蓮華経とわめきつつ街をまわった。家の前の道に掲示板を突き立てて日刊の機関紙「天業民報」を貼りつけた。パンフレットや新聞は、もちろん東京鶯谷から送られてくるのである。

家にかえれば、二階へ行く。例の曼陀羅を壁に貼り、その手前の机にガラスコップの花入れを置き、それを賢治自身の仏壇として合掌と礼拝をくりかえした。

二階の部屋には、しばしば友をまねいた。

妹も呼んで輪読会をおこなった。政次郎はけっして足をふみいれなかったが、どうやら賢治を最初に法華経に向かわせたあの流行本、島地大等『漢和対照　妙法蓮華経』も勉強の対象にしたらしい。あのとき賢治がとらわれた黙読という悪しき習慣は、ここでふたたび音読になったことになる。

店の手伝いは、ほとんどしなかった。たまに命じても客とは最小限の話をするだけ、少し面倒なことがあると、

「また来てください」

と追い出してしまうから店番の意味がない。それ以外は、ひたすら帳場でうつむいて本を読んでいた。

どうやら田中智学の『妙宗式目講義録』全六巻（五冊）を、とっかえひっかえ読んでいるらしい。これはもちろん黙読である。入口の戸があいていれば路上からは丸見えで、なかには聞こえよがしに、

——宮沢のぼっちゃんも、あのていたらくでは。

などと言う者もあるのだが、当人の心中はどうなのか。政次郎は帳場のうしろで見まもりつつ、ためしに、

（……おらは、賢治だ）

内心、つぶやいてみる。

二十五歳の思考の線をなぞってみる。その土台をなしているのは、おそらくは、自分自身への失望なのだろう。宮沢家という経済力ある家庭にめぐまれ、小学校のころは神童とまで呼ばれるほどの秀才でありながら、気がつけば凡人ができることもできない。単なる無職の男である。いったいに息子というのは、ことに長男は、父親の期待にこたえたいというより、

——こたえねば。

その義務感にさいなまれるものだけれども、賢治はそれが不可能とわかると、失望

のあまり、振り子がいっきに反対側へふれてしまった。

こたえられないのは自分がわるいのではない、そもそも期待のほうが、

――無理だったのだ。

そう思いはじめたのだろう。篤い誠意が、そのまま篤い反抗になったわけだ。

責任転嫁。

と呼ぶのは、いささか酷にすぎるのかもしれない。賢治はただ自分の心を自責から護る、いわば鉄壁の陣を敷きたいだけなのだ。そのために賢治は浄土真宗を攻撃し、日蓮に帰依し、国柱会へ入会した。政次郎のもっとも嫌がるにちがいない、しかし政次郎がもっとも関心を持つにちがいない分野でのわかりやすい自己宣伝。

（それは、わかる）

政次郎は、うなずいてみる。たしかに政次郎としては日蓮信仰は大迷惑だし、みとめるつもりなど一切ないが、そこへ至る心理そのものは特殊でも何でもない。要するに、かまってほしいのである。

政次郎自身、かつては喜助にむやみやたらと反抗口をきいた時期があった。それは太古のむかしから人類が無限にくりかえしてきた親子関係の一段階にすぎず、賢治の場合、ただその期間が少しばかり長すぎるだけなのだ。

だから、それはいい。問題は、それよりもはるかに特殊かつ、

（深刻なものが）

賢治の心の奥底にある。そちらのほうだった。

ひょっとしたら賢治自身、気づいていないのかもしれない。自分をごまかしているのかもしれない。けれども政次郎がありありと目にとめざるを得なかったのは、賢治がトシに、あまりにも、

（執心しすぎだ）

このことだった。

ほとんど兄妹愛の域をこえていた。かえりみれば、トシが東京の病院を退院し、花巻の家にもどってからというもの、賢治は隣家に入りびたりになった。おもてむきは、

――看病に。

ということだったし、実際看病しているのだが、隣家からはしばしばふたりの笑い声がひそやかに、しかし蜜々（みつみつ）しく店の帳場にまで届くことがあった。まだ十四歳の末娘クニが、

「通い婚みでだ」

と言ったときには、

「ばか！」

本気で叱ってしまったが、政次郎自身、その語が脳裡をよぎった瞬間がないと言ったらうそになる。この習慣は、一年半つづいた。

あるいは、一年半しかつづかなかった。トシが就職したからである。花巻高等女学校の教師（肩書は教諭心得）となり、毎日、学校へ行って英語と家事を教えるようになると、賢治はとりのこされた恰好になり、日中の時間をもてあますようになった。

ばかりか夕食のあと、トシに話しかけようとすると、

「ごめんしてけで、お兄ちゃん。あすの授業の支度があるから」

などと言われ、すごすごと二階の部屋へ消え失せたことが何度かあった。

これは賢治には胸苦しいことだったろう。政次郎はいまにして思いあたるのだが、賢治が国柱会に入会したのは、時期的に、トシの就職の一か月後なのである。

最愛の妹をうしなった心のほらあなを、

（日蓮の土で、うめようと）

賢治はこの時期、家庭内で、父の過剰な存在と妹の過剰な不在とになやんでいたのかもしれない。政次郎はそう思った。

いずれにしろ。

入会のさらに三か月後、賢治は、とうとう家を出てしまった。

大正十年（一九二一）一月二十三日と、政次郎は日付までおぼえている。ただしそ

のとき、政次郎は、所用でイチと外出していた。

家にはクニがいた。台所で米をといでいると、店番をしていたはずの賢治がとつぜん来て、思いつめた顔で手をあらった。

それから二階へ行き、おりてきた。手には本尊の曼陀羅をおさめた箱と、日蓮の遺文集のような数冊の本を持っている。

それらを座敷で風呂敷につつみ、玄関で靴をはき、洋傘一本を杖のように立てて、

「んだば、クニ」

「どこさ行くのす」

末妹がおそるおそる聞くと、ぼそぼそと、

「もはや、しかたねぇんだ。東京の会館に置いてもらう。修養が成るまで、家にはもどらねぇ」

何の会館かは、クニは、聞かずともわかった。ようやく、

「お金はあるのすか？」

「十円三十二銭」

律儀は律儀である。クニはうつむいて、

「……そう」

「クニ」

「なにした？」

「……………」

「なにした、お兄ちゃん」

「お父さんとお母さんの言いつけを、よくまもるんだじゃい」

家出人の言うことではないが、クニはすなおに、

「うん」

「へば、まんつ」

賢治は出て行った。筒袖の、ふだん着のままだったという。

†

しかし賢治は、七か月後に家にもどった。
東京本郷（ほんごう）の下宿先へ、政次郎が電報を打ったからだった。
トシビヨウキ　スグカヘレ
トシ病気、すぐ帰れ。ふたたび家の敷居をまたいだ賢治は、あきらかに真新しい、

方形の、茶色のズックを張ったトランクを手にさげている。ほとんど腰ほどの高さがある。その大きさにあきれて、

「なかみは、何だ？」

政次郎が問うと、賢治はあいまいな表情で、

「ええ、……」

「なら聞かん。トシのところへ行ぐべじゃ。桜（さくら）の家だ」

邪険に言ったのは、もちろん例の、曼陀羅やら法具やら日蓮がらみの本やらが、

（つまっている）

と直感したのだった。いれものの異様な巨大さは、そのまま賢治の信仰の量をあらわしている。政次郎は、

（業腹な）

政次郎と賢治、それに帰省中の清六と、シゲと、クニの五人は、家を出ると、南をさして歩きはじめた。

豊沢川にかかる橋をわたり、さらに行ったところの田んぼのなかにその家はある。着くまでに、十五分くらいか。もともと老いた喜助の隠居として建てた二階建てのもので、死後は物置きにしていたのを、このたび修繕し、きれいにして、トシ専用の病棟とした。桜の家と呼ぶのは、そこの地名が桜だからである。

政次郎は、みちみちトシの病勢を説明した。しばらく前から体のつかれが取れなかったこと。三か月前、学校の創立十周年の記念写真を撮影したとき失神しそうになり、通勤をひかえるようになったこと。最近はとうとう喀血(かっけつ)までしたので学校は正式に退職するつもりであること。その後も熱が引かないこと。

「喀血ですか」

清六は、足もとの小石を蹴った。政次郎は、

「ああ」

「結核だなハ」

「ああ」

みじかいながら、この次男の声ははっきりしている。いまはもう盛岡中学校の五年生になっていて、最近は、卒業後の仕事もいろいろと考えている。質屋になる気はないようだった。

長男は。

政次郎がふりむくと、賢治は、よたよたと足をはこんでいる。

ふうふう言いつつ、トランクの取っ手を両手でつかんで振りまわされている。ただの人ではない。何しろトシのほかにもうひとり結核のうたがわれる人なのだ。清六が駆け寄り、

「かわるすか、兄さん」

と申し出たけれども、賢治はむしろ背をまるめ、トランクを抱えこむようにして、

「いや、いいよ。ありがとう」

桜の家に着くや、政次郎は、トシの寝間に入った。

寝間の窓は、南向きだった。部屋は金粉さながらの陽の光にみたされ、熱の高い患者の部屋に特有の、セルロイドを溶かしたような臭いにみたされている。その中央のふとんのなかで、トシは、頭だけを出してあおむけになっていた。

「トシ」

政次郎が呼びかけると、トシはこちらを見て、

「お父さん」

ひどくゆっくりとまばたきした。つぎの瞬間、

「大きいね！」

声をあげ、肩をもぞもぞさせたのは、政次郎のうしろへ視線を向けたからだろう。例のトランクが目に入ったのだ。賢治はさも当然のごとく、

「ああ」

どさりと枕もとにそれを横たえ、慣れない手つきで留め金をはずした。

武骨な音とともに、ふたがひらいた。なかには少しの書物があり、少しの法具があ

り、少しの身のまわりの品があった。ほかの大部分を占めていたのは、

（……？）

政次郎の予想もしなかったもの。

「……お前が書いたのか、賢治」

問うたけれど、その声はトシの、

「なじょなお話？」

という鞠のはずむような声にぬりつぶされた。賢治はトシに、

「童話だじゃい」

「童話！」

「蜘蛛や、なめくじや、狸や、ねずみや、山男なんかが出はってくる」

「読んで。読んで」

トシは、とうとう身を起こした。

まるで五歳の子のような話のせがみようだった。トランクのなかには四百字づめ原稿用紙が、さあ、一千枚は入っているだろうか。どれもマス目がセピア色で刷られ、その上に黒いインクの字が走り書きされているが、ぬりつぶしたり、打ち消し線を引いて書き足したりと推敲のあとが目立つ。賢治はそのいちばん上の十数枚をとりだし、

「んだば、読むとするが」

政次郎と清六へ、ほんの一瞬、きまりのわるい顔をしてみせてから、

「題名は『風野又三郎(かぜのまたさぶろう)』だじゃい。どっどどどうど、どどうど、どどう。ああまいざくろも吹きとばせ、すっぱいざくろもふきとばせ。どっどどどどうど、どどうど、どどう……」

賢治もまた、鞠のはずむような声だった。

7　あめゆじゅ

『風野又三郎』は、谷川の岸の小学校を舞台にしている。登場人物のほとんどは子供で、花巻の方言でしゃべり、地の文はデスマス調で書かれている。

すなわち典型的な童話のつくり。自分の原稿を朗読しながら、賢治は、こういう文章をつづるに至るのは、

(宿命だった)

胸の痛むほど思うのだった。

二十五年の人生をふりかえれば、自分という人間は、そのことを太陽とした惑星軌道をずっと周回していた気さえする。

小学生のころは、教室で、担任の八木先生にエクトール・マロ『家なき子』を読んでもらって感動した。感動のあまり自分でも話をこしらえて寝る前にトシに聞かせたりした。それはしばらく措(お)くとしても、

——ものを書く。

という行為に本気であこがれたのは、中学二年生の二学期だったろう。東京の東雲堂書店より刊行された石川啄木の第一歌集『一握の砂』を読んで、

（すごい）

衝撃を受けたのがきっかけだった。

石川啄木は、本名一。

盛岡中学校の先輩である。賢治よりも十年はやく生まれているから在学期間はかさならないが、素行がわるく、授業をなまけ、五年生のとき退学したことは伝説になっていた。退学の理由についても、

「恋愛したらしい」

だの、

「代数の試験でカンニングをしたんだ」

だのいう噂があったけれど、とにかく東京で本を出したというのは、岩手では金無垢の成功者にほかならない。賢治は「岩手日報」紙の記事を読んで関心をもち、一冊もとめ、そこにおさめられた五百首以上に接したのである。

（これが、時代だ）

胸が全焼した。

学校の図書庫の裏の秋の草
黄なる花咲きし
今も名知らず

不来方のお城の草に寝ころびて
空に吸はれし
十五の心

という歌に、ああ、あの場所か、わかるわかると優越感を抱いたなどという単純な話ではない。誰にもある心のゆれを誰にもわかる平易なことばで、しかも三行の分かち書きという斬新なかたちで、永遠に紙の上に定着したことに自由の風を感じたのである。それまでの詩歌というのは漢字が多く、音韻をもてあそび、こころざしや感情をむりやり読者に押しつける権力の道具であるように賢治はかねがね感じていた。

それで賢治も、歌稿ノートをつくった。啄木先輩の影響は受けなかったつもりだが、いろいろ詠んでみた。いまにして思うと、影響以前に、発想が一本調子である。

あはれ見よ月光うつる山の雪は
若き貴人の死蠟に似ずや。
せとものひびわれのごとくほそえだは
さびしく白きそらをわかちぬ。

月や空や雲や太陽などの「天」がらみのイメージと、山や雪や木の枝などの「地」がらみのイメージの取り合わせばかり。賢治のペンは、いうなれば、垂直線しか引けなかった。

しかしとにかく、ことばをいじるのは、

（気持ちいい）

この誘惑の穴にさらに深く落ちたのは、盛岡高等農林の三年生のときだった。六人の同級生や下級生とともに、同人雑誌「アザリア」を創刊したのだ。

同級生の小菅健吉や一級下の保阪嘉内、河本義行とともに中心人物となり、執筆に編集に印刷にと奔走した。この四人はうまが合った。もともと学校の性質上、文学ずきの生徒はあまりおらず、四人は少数派だったため、親密の度もいっそう上がったのだろう。創刊号は和紙袋綴じ、手書きのガリ版刷りと体裁こそ素人まるだしだけれども、ページ数は四十八、なかなか堂々たるものだった。

賢治がそこに寄せたのは、短歌二十首、および童話「『旅人のはなし』から」一篇だった。

短歌はわれながら進境がなかったし、童話のほうも、ストーリーがいきあたりばったりな上、誤字や脱字がたくさんで、習作以前の出来ばえだった。いま思い出すには値しないが、しかしとにかく、

（童話だった）

そのことは、まちがいなかった。舞台は世界各地であり、物語は幻想的であり、地の文はデスマス調で書かれたのである。分量も、八ページと多かった。

（おらは、書ける）

このことは、賢治のひそかな自信になった。同人雑誌「アザリア」はその後も編集、発行がつづけられ、卒業後、第六号を以て終刊した。

人間でいえば大往生にあたる、幸福な死というべきだった。同人は就職などでちりぢりになり、文通はつづいたが、賢治も文学からは離れてしまう。いや、離れるどころか、

（縁を切る。永遠に）

そう思いさだめた時期もあった。土性調査やら、肋膜炎やら、トシの病気やら、日

蓮への傾倒やら、将来の仕事への不安やらいう俗世の大軍隊にいっきに胸の首都を占領されたため、排除されざるを得なかったのである。最終学歴を得たばかりの青年にとっては、イリジウム採掘やら製飴工場やら人造宝石の事業のほうが、まだしも文学より切実だった。

が、意識の底では、消え去ってはいなかった。

清冽(せいれつ)な湖をいただいた山がじつは地下にゆっくりと熱い岩漿(マグマ)をためつつある、そんな状態だったのかもしれない。岩漿はやがてガスを生じ、溶岩となり、火山弾と化して地にあらわれるだろう。地をゆるがし、轟音(ごうおん)とともに噴出するだろう。

きっかけは、東京だった。

†

わすれもしない、大正十年（一九二一）一月二十三日。賢治は末妹のクニに、

「もはや、しかたねぇんだ」

と言いのこし、ふだん着のまま家をとびだした。

東京に行きたいというよりは、

（行くしかねぇ）

という気持ちだった。午後五時十二分発の夜行に乗り、翌朝、上野駅に着いたその足で鶯谷へ行くと、地名のとおり、せまい谷底にごちゃごちゃと小鳥のような建物があつまっている。活発といえば活発、猥雑といえば猥雑なその街のなかに、国柱会館はあった。

やはり小さな建物である。賢治は受付の若い男へ、

「岩手花巻の信行員、宮沢賢治です。田中智学先生にお会いしたいのです」

「は？」

若い男が耳のうしろに手をあて、その耳を突き出して聞き返す。賢治は蛇ににらまれた蛙のように身がすくんだ。われながら標準語が、

(下手すぎる)

田中智学は、不在ということだった。

かわりに来たのは、四十歳くらいの、むやみと顔の小さな男だった。

「高知尾智耀です」

と名乗られて、それだけで賢治は感動してしまう。かねて機関紙「天業民報」紙上で目にしていた理事その人ではないか。

頭がひざにぶつかるような礼をして、

「どんな仕事でもします。ここに置いてください」

「ご両親には？」

「無断で」

高知尾は小さく息をついて、

「ここは、そういう場所ではありませんよ。東京に親戚がおありなら、そこに落ち着きなさい」

それだけ言うと、ふたたび奥へひっこんでしまった。

賢治は、ぼんやりと立ちつくした。これでは門前払いではないか。高知尾の態度は邪険ではなかったが、いかにも手なれた感じだった。賢治がどれほど苦悩していようが、どれほどの決意とともに来ていようが、ここでは要するに、

（たくさんの、家出人のひとり）

その日はやむなく、父の知り合いの家に泊まった。

翌日は、自分で下宿をさがし歩いた。足が自然と坂道をのぼり、本郷のほうへ向かったのは、

（書物に、ふれたい）

その情熱を思い出したからかもしれなかった。本郷なら、そこに東京帝国大学がある。新刊本や古本の売捌き店が多く、小さな印刷所も多い、いうなれば、神田神保町とともに日本一インキのにおいの強い街。

その日のうちに、下宿はきまった。

菊坂（きくさか）という急な坂道のなかば、左右にみっしりと木造の家の建てこんでいるなかの、稲垣という人の家の二階。気の弱そうなおかみさんが、

「お手玉づくりが内職でね」

などと咳をしながら言うような家だったけれども、それでも賢治は、財布のなかを見て、三畳と六畳があるうちの三畳のほうしか借りられなかった。

畳は、焼けている。ちょっとの風でも壁が哭（な）く。賢治はかえって鼻息あらく、

（これでおらも、東京の苦学生かな）

仕事先もきまった。坂をのぼって本郷通りへ出、赤門（あかもん）のほうへ少し歩いたところに文信社（ぶんしんしゃ）という小さな出版社があり、社員募集の貼り紙を出していたので、

「ごめんください」

社長が出て来て、

「うちは、学術専門だよ」

「何でもやります。いい本をつくります」

「下宿は？」

「菊坂に」

「じゃあ、あすの朝から。君、学校は？」

「盛岡高等農林学校を出ました」

「知識階級だね。校正係をやってもらおう」

あっさり採用されたのである。賢治はついに、生まれてはじめて、会社というものに就職した。

それからの日々は、しかし幻滅の日々だった。文信社は理想とは正反対のところだった。学術専門とはよく言ったもので、実際は帝大生のもちこんだ講義ノートを薄い本にして、安く売るという会社だったのである。

出版社というより印刷所、印刷所というより複製屋。本郷ならではの商売ではある。逆にいえばノートを取らず、

――買ってすませよう。

という不届千万な客がこの界隈には多いわけで、賢治は正直、帝大生というのは、

（もう少し、まじめに勉強するものと）

あの盛岡高農で世話になった関豊太郎先生はどんな学生だったのだろう、とふと思いを馳せたりした。

仕事そのものも、さほど知識階級的ではなかった。ガリ版刷りの、いわゆるガリ切り。パラフィンを塗った薄い原紙にがりがりと鉄筆で、原本のとおりに字を書きこんでいく作業。この原紙をべつの職人にわたし、印刷機にかければ複製がつぎつぎに刷

りあがる仕掛けなのだ。

もちろんガリ切りは、はじめての作業ではない。あの盛岡高農のころの同人雑誌「アザリア」製作でさんざんやったし、慣れている。しかしそれを営利企業の業務としてやるというのは話がべつで、賢治は、まいにち息が苦しかった。何しろ誤字、脱字はゆるされないし――この点ではまあ校正係か――、勝手に一休みすることもできず、朝八時から夕方五時半まで椅子にすわりっぱなし。

まわりの職人はさまざまな県から来ているため、ことばもろくにわからず、そのくせ賢治が何か言うと、

「ああ、何だ？　青森の熊の言うことはわからん」

などと、手ひどい揶揄を受けるのだった。賢治はそうなると黙ってしまい、

「花巻は、青森県ではありません」

と訂正をもとめる勇気も出なかったのである。

給料は、一ページ二十銭の歩合制だった。賢治は仕事が遅いため、一日に一円ももらえない。ほかの職人のなかには、

「きょうは、十ページ書きました」

などと社長に申告して二円にちょっぴり上乗せしてもらう熟練者もあったけれども、そんな大金が得られる日は、

（おらには、来ないな）

賢治は、ため息をつかざるを得なかった。

生活は、困窮をきわめた。

たばこも酒ものむ習慣はないが、本を買ってしまうので、ふだんの晩めしは、じゃがいもに塩をつけて食うだけだった。休みの日などは上野公園へ行き、パンフレットをくばるなど国柱会の活動をしたけれども、これはもちろん給金は出ず、たった一枚の塩せんべいももらえなかった。

目方（めかた）はへるいっぽうだった。銭湯に行って鏡を見ると、そのなかの自分はまるで骨格標本に油紙（あぶらがみ）を貼りつけたようだった。水を飲んで空腹をごまかそうとしても、しょせんいっとき下腹が水ぶくろになるだけなのである。

郷里の政次郎からは、たびたび手紙が来た。

賢治からは何の連絡もしなかったのだが、賢治の友人にでも聞いたのだろう。

　本郷区菊坂町七五

　　稲垣様方

と宛先が正確に書かれた茶色の封筒が半月に一度ほど、ときには三、四日おきに、賢治の机に置かれていたのだ。

開封すると、かならず小切手が入っていた。額面のところには金五十円とか金百円とか、

（ガリ切り、何百ページぶんだろう）

とつい暗算してしまうほどの金額が書きこまれている。これを銀行へ持っていけば現金はやすやすと手に入るのだが、しかし賢治は、そのつど、受取人の欄の「宮沢賢治」とあらかじめ書かれた上に線を引いて、

謹んで抹し奉る

と書いて送り返した。受け取り拒否の宣言だった。

或る日の夜、下宿を出た。

月あかりの及ばぬ坂の下の闇沼へおり、郵便箱へことりと封書を落とした。例によって、父へ小切手を返送したのである。

そのまま、歩き出せなかった。

心のなかの糸が切れた。まるで抱きかかえるように郵便箱にもたれ、

「虚勢だ」

つぶやいた。われながら行動が不自然だった。金がいらないなら父にそう告げればいい。それが億劫なら小切手をやぶいて屑籠へほうりこむだけでいい。わざわざ受取人の名前を消した上、封筒に入れて送り返すなどという芝居じみた態度に出るのは、かえって、

（甘ったれだ）

賢治は、そのことを自覚している。父に言われるまでもなく毎日みずからを苛んでいる。自分はなぜ経済的に、精神的に、ひとり立ちできないのだろう。同級生のなかには堅実な仕事に就き、妻をめとり、子をなしている者もめずらしくないのに。隠居した父のめんどうを見ている者もあるというのに。

自分には、野心がなさすぎるのか。

（ちがう）

負けおしみではなかった。これは政次郎もみとめるだろう。自分の野心は宇宙大であり、政次郎のそれなど問題にならず、むしろそのことにこそ真の問題はあるのだった。質屋で小財をきずいたり、役人仕事で月給をもらったりなどという生活は、純粋に出世欲の問題として、自分には退屈この上ないのである。

お金がほしい、ぜいたくな暮らしがしたい、世間の尊敬がほしい。誰もが持っている願いではないか。だからこそ自分はイリジウム採掘だの、製飴工場だの、人造宝石

だのというような豪勢な計画を思いついたばかりか本気で資金の無心をしたのだし、いまも次の計画を意識している。自分は聖人なのではない。大俗人の卵なのだ。

が、しかし。

現実は、八方ふさがりである。文信社のつまらぬ仕事でつまらぬ金をもらい、つまらぬ日々をおくり、郷里の父につまらぬ意地を張る毎日。なすところなく郵便箱にもたれるだけの、もう若くない、病気もちの、引込み思案なお人よし。苦学生といえば聞こえはいいが、要するに、東京によくある敗残者。自分に将来の展望は、

（ない）

翌日は、日曜日である。

鶯谷へ行った。いつものとおり国柱会館で講演会の手伝いをして、終演後、聴衆をおくり出してなお入口の前でぼんやり立っていると、奥からパタパタと足音がする。

賢治は、ふりかえった。

早足でこちらへ歩いてくるのはあの四十歳くらいの、むやみと顔の小さな男だった。袴をつけ、鞄（かばん）をさげているところを見ると、何か大事な用談へ出るのだろう。賢治の前を横切ろうとするのへ、

「高知尾先生」

高知尾智耀は、きゅうに足をとめて、

「え？」

「あの、先生、その……」

「宮沢君か」

かすかに鼻を鳴らした。あの上京の日、この会館の入口ではじめて会って住みこみを拒否してからというもの、この国柱会理事は、どことなく賢治とは距離を置いている感じである。賢治は、痰がからんだ声で、

「先生、おら……おら、なやみごとが」

「何だね」

「おらは、もう、何が何だかわからなくなりましたじゃ。日々の生活に追われ、心の修養は完成せず、郷里の父を改宗させることもできません。どうしたらいいのすか」

賢治としては、清水の舞台から飛びおりるつもりで告白したのだ。この大都会には、ほかに相談できる人はない。

「それはね宮沢君」

高知尾はほっそりとした指を立て、丸めがねを持ちあげて、

「何度も言うとおり、われわれは在家の帰依者なのだよ。ソロバンを取る者はソロバンの上に、鋤鍬を取る者は鋤鍬の上に、信仰をあらわさねばならぬ」

大した教えではない。おそらく宗教者ならば浄土真宗の僧侶でも、キリスト教の宣

教師でもおなじことを言うだろうが、賢治はそれでも、

（返事を、もらった）

それだけで心がはずんだ。

「ありがとうございます」

一礼して、逃げるように走りだした。下宿に帰ろうと思ったのである。お金がないから、電車には乗れない。上野公園をつっきって湯島（ゆしま）へ出て、なじみの本郷通りへ出る。これを右へまがれば近道なのだが、勤め先がおなじ道ぞいにあるのが気ぶっせいで、

（ガリ切りの上に、信仰があるのか）

道をわたり、まだ入ったことのない路地へ入った。

風景そのものは変わらない。くだり坂があり、小さな家の密集があり、電信柱と架線があり、縁側に七輪（しちりん）を出して魚を焼くおばさんの姿がある。

文房具屋もある。このへんで文房具屋を見つけるのは、冬の夜空に一等星を見つけるくらい容易なことなのだ。

その店先は、しかし、よそとは少しちがっていた。

万引き防止のためだろう、道からやや引っ込んだところに品棚（しなだな）を置くのは他店とおなじかまえだが、その棚の上には、セピア色のマス目の、全体が子持ち罫でかこまれ

た、左下のすみに小さく、

B形1020イーグル印原稿用紙

と印刷された四百字づめの原稿用紙が山をなしていたのである。

これは意外なながめだった。東京帝国大学では独自の用箋がもちいられるのだろう、学生は通常、こうした市販のものには手を出さないのだ。賢治は、

「あっ」

声が、家々の壁にひびいた。

胸腔内の熱い岩漿がガスを吹き出し、頭蓋を割った。

（これだ）

思うまもなく、頭蓋から、噴水のように溶岩がほとばしった。

溶岩とは、ことばだった。手でつかまえなければ永遠に虚空へ消えてしまうだろう一瞬の風景たち、動物たち、人間たち、せりふたち、性格たち、比喩や警句たち、話の運びたち。

「ください！」

店の奥へ声を投げた。腰のまがった老婆がのったりと出てきて、指をなめ、一枚一

枚めくりはじめる。そのあいだにも溶岩は飛び去っていく。賢治は身もだえして、

「ぜんぶ、ぜんぶ」

財布を出し、たった一枚のこっていた十円札をくしゃくしゃにして老婆の手ににぎらせると、赤んぼうを抱くようにして紙のたばを抱き、路地を駆けぬけ、菊坂の下宿にとびこんだ。

二階へあがり、畳の上にどさりと置いた。

机を窓ぎわに出し、一枚目をひろげ、万年筆をとった。一字目の一画目の横棒をぐいと引いたが、ペン先が紙にひっかかって派手なかぎ裂きをつくってしまう。インキがないのだ。

「ああ、もう!」

インキ瓶にペン先をつっこみ、あらためて書きはじめた。

つぎの日は、仕事を休んだ。ほんの二、三時間ねむっただけで、何も食べず、便所にも行かず、ひたすら万年筆を走らせた。かつて盛岡高農の受験のため教浄寺にこもり、三か月間みっちりと勉強したことがあったけれども、あんなのは、

(子供（わらす）の、あそび)

そう思うしかないほどの集中というより惑溺（わくでき）だった。噴火の圧力はおとろえず、溶岩は尽きることを知らなかった。

気がつくと、日が暮れている。

机の上には、三百枚の塔が打ち立てられている。賢治はそれを見おろし、側面をざらりと撫でおろしつつ、いまの自分そのものが、

（絵空事）

そんなふうにしか思われなかった。

自分のしわざとは信じられなかった。けれども、そこにあるのは、たしかに見なれた自分の字である。ほとんどが走り書きだったし、ぐしゃぐしゃと上から消した箇所も多いが、質的にもこれまでで最高だった。何十本かの短篇のひとつ、たとえば『風野又三郎』の冒頭、

どっどどどどうど　どどうど　どどう、
ああまいざくろも吹きとばせ
すっぱいざくろもふきとばせ
どっどどどどうど　どどうど　どどう

の囃し文句など、風の神様の子供が人間に対しておこなう無邪気ないたずらを詩にしたものとして日本一としか思われなかった。賢治は満足しなかった。紙の上に定着

し得たイメージより、し得ぬまま霧消したイメージのほうが圧倒的に大きかったのだ。いまの自分は休火山である。ひといき入れて万年筆をとり、ふたたび走り書きをはじめれば、ふたたび噴火がはじまるにちがいなかった。

「なしてが」

口に、出してみた。

（なして、書けたか）

人間あんまり空腹になると頭がかえって冴えるものだとか、ふだん鉄筆でがりがりと他人の文章をうつしてばかりだったたぶん創作の欲求が鬱積していたのだろうとか、その程度では何の説明にもならない。もっとふかい理由がある。そう思いつつ、しかしそのふかい理由が何なのかは、賢治には、自分のことにもかかわらず想像のいとぐちすらも見つけることができなかった。

ひっきょうは、

（書けたから、書いた）

しかし結果として書いたものが、なぜ、

（童話だったか）

つまり、なぜ大人むけの小説や論文、漢詩などではなかったか。あるいは長年こころみてきた、世間にもっとも通りのいい和歌ではなかったか。その疑問なら、答がはっきりしたようだった。

ひとつには、長い縁ということがある。小学校のころ担任の八木先生がエクトール・マロ『家なき子』を六か月かけて朗読してくれたこと。トシに、

——書いたら。

と勧められたこと。それにくわえて、性格的に、むかしから自分は大人がだめだった。

大人どうしの厳しい関係に耐えられなかった。ふつうの会話ができないのだ。質屋の帳場に何度すわっても客との談判ができず、世間ばなしはなおできず、ろくな仕事にならなかったのは、ほかでもない、客が大人だったからなのである。

何しろ大人は怒る。どなりちらす。嘘をつく。ごまかす。あらゆる詭弁を平気で弄する。子供はそれをしないわけではないにしろ、大人とくらべれば他愛ない。話し相手として安心である。

だから童話なら安心して書けるのである。自分がこの土壇場でこの文学形式をえらんだのは、一面では、大人の世界からの、

(逃避だった)

そのことは、厳粛な事実なのだ。

が、しかし。

より根本的なのは、それとはべつの理由だった。

「お父さん」

賢治はなおも原稿用紙の塔を見おろしつつ、おのずから、つぶやきが口に出た。

「……おらは、お父さんになりたかったのす」

そのことが、いまは素直にみとめられた。

ふりかえれば、政次郎ほど大きな存在はなかった。自分の命の恩人であり、保護者であり、教師であり、金主であり、上司であり、抑圧者であり、好敵手であり、貢献者であり、それらすべてであることにおいて政次郎は手を抜くことをしなかった。

ほとんど絶対者である。いまこうして四百キロをへだてて暮らしていても、その存在感の鉛錘(えんすい)はずっしりと両肩をおさえつけて小ゆるぎもしない。尊敬とか、感謝とか、好きとか嫌いとか、忠とか孝とか、愛とか、怒りとか、そんな語ではとても言いあらわすことのできない巨大で複雑な感情の対象、それが宮沢政次郎という人なのだ。

しかも自分は、もう二十六歳。

おなじ年ごろの政次郎はすでに賢治とトシの二児の父だった。質屋兼古着屋を順調にいとなんだばかりか、例の、大沢温泉での夏期講習会もはじめている。文句のつけようのない大人ぶりである。自分は父のようになりたいが、今後もなれる見込みは、い。

（ない）

みじんもない。それが賢治の結論だった。自分は質屋の才がなく、世わたりの才がなく、強い性格がなく、健康な体がなく、おそらく長い寿命がない。ことに寿命については親戚じゅうの知るところだから嫁の来手がない。あってもきちんと暮らせない。

すなわち、子供を生むことができない。

自分は父になれないというのは情況的な比喩であると同時に、物理的に確定した事実だった。それでも父になりたいなら、自分には、もはやひとつしか方法がない。その方法こそが、

（子供のかわりに、童話を生む）

このことだった。原稿用紙をひろげ、万年筆をとり、脳内のイメージを追いかけているときだけは自分は父親なのである。ときに厳しい、ときに大甘な、政次郎のような父親なのである。物語のなかの風のそよぎも、干した無花果も、トルコからの旅人も、銀色の彗星も、タングステンの電球も、すきとおった地平線も、すべてが自分の子供なのだ。

そうしてそれらが将来、もしも、

（活字になったら）

そのことを、思わぬわけにはいかなかった。雑誌に載るとか、本になるとか、そんなかたちで世に出て将来もしも誰かが読んでくれたとしたら、その読者もまた、

（おらの、わらす）

むろん賢治は、政次郎に言うつもりはない。

私はあなたになりたいのですなどと面と向かって口に出すことは一生しないだろう、そんなことは政次郎も期待していないだろう。そんな勇気があるくらいなら、はじめから質屋で客の相手ができるのである。

羞恥（しゅうち）というより含羞（がんしゅう）の話。どっちみち花巻へは帰らないのだ。しばらくは政次郎と顔を合わせる機会もないことだし、東京でひとり暮らしをつづけつつ、ぞんぶんに想像力の翼をひろげよう。どこまで行けるかやってみよう。ひょっとしたらもう一生、

（帰らない）

結局のところ、東京には七か月しかいなかった。

父からの、

——トシビヨウキ　スグカヘレ

の電報に接したからである。

さすがに謹んで抹し奉ることはできなかった。文信社へ行って社長に辞表を提出し、国柱会館へ行って高知尾智耀に挨拶をした。洋品屋でトランクを購入した。方形

の、ほとんど腰ほどの高さのある、茶色のズックを張った新品のトランク。

書きためた原稿をつめこんで夜汽車に乗り、花巻へ帰り、そうしていま桜の家に来て『風野又三郎』を朗読している。

どっどどどうど、どどうど、どどう。ああまいざくろも吹きとばせ。……病床のトシに風の神様の子供の無邪気ないたずらを届けている。読み終わると、トシは身を起こしたまま、

「素敵」

ぱちぱちと手をたたいて、

「もういっぺん」

賢治がふたたび読んでやると、

「もういっぺん」

ようやく六度目がすんだところで、トシは疲れたのだろう、

「えがったじゃ、お兄ちゃん」

あおむきになり、目を閉じた。その顔は、さんざん話をしてもらって満足そうに眠りに就く子供の顔そのものだった。

「これからも、いっぺ書くじゃ」

賢治が言うと、

「本になるのすか？」

「え」

「それ」

トシは目をひらき、細い腕をふとんから出し、ひらいたトランクのなかに立つ原稿のたばを指さして、

「まんつ分厚い本になるね」

「ああ、いや……」

「たくさんの人が、きっと読むよ。ほかにねぇもの」

「…………」

賢治は、口をつぐんでしまった。

主観的にはどんな傑作であろうとも、どんな異色作であろうとも、客観的に見れば本どころか同人雑誌への発表のあてもない単なる手習い。その点では、それこそ子供のいたずら書きと、

（変わらねぇ）

賢治は、つい首をうしろに向けた。

政次郎の顔色をうかがってしまった。

政次郎は、無表情。

唇がへの字になっているような気もしないでもない。息子のこの新しい挑戦をどんなふうに理解しているのか、いや、そもそも理解する気があるのかどうかも、

（わからねぇ）

賢治は、目をそらした。

†

トシは、正式に花巻高女を退職した。

病気がよくなるきざしがなく、これ以上の休職は、

「ご迷惑が、かかります」

トシ自身が言いだしたからである。政次郎は、

（非常時だ）

桜の家を、いよいよ本格的な病院とした。

看護婦をやとい、身のまわりの世話をする付添い婦をやとい、さらに汚れものの洗濯などをやるばあやに来てもらうことにした。すなわち日中は、患者ひとりに対して三人の勤務体制をとったのである。

これにくわえて、週に一度は主治医・藤井謙蔵による往診をあおぐ。薬をもらい、

ふとんを替え、燃料の炭をふんだんに用意する。

出費は、少額にとどまらない。さすがに家計は赤字になった。けれども政次郎は、

「金ですむ話なら」

自分自身に言い聞かせ、定期預金をとりくずした。

家からは、イチやシゲがしばしば行く。

トシを励ます。トシは、あの反りぎみの上唇を舌でしきりに湿らせて、

「ありがとがんす」

日ごとに食欲をうしなっていく。

†

清六はふたたび盛岡へ行き、中学校へ行きはじめた。

賢治は花巻にとどまった。政次郎はまたしてもこの日蓮信者とおなじ屋根の下で暮らすことになったわけだが、もう論争にはならなかった。

毎夜、静かだった。賢治は食事のとき以外にはもっぱら二階の部屋にこもって下りて来ることをしないので、そもそも話を交わす機会がとぼしかったのである。

二階の部屋で、

（何をしている）

その忖度の必要はなかった。近所の文房具屋がイーグル印の原稿用紙を持参して、

「これ、坊っちゃんに」

玄関先へ置いたからである。政次郎は、

「……インキは、足りるべが」

「え？」

「いや、何でもねぇ」

代金は、政次郎がその場で支払った。

その日の夜。食事のあとで、

「賢治のやつ、こんどはおとぎ話だど。まあいい、いまさら急いで仕事をさせる必要もねぇじゃ。様子を見るべ」

と、イチに言った。イチは賢治びいきである。さだめし安堵するかと思いきや、

「そんな、また。いつまでも賢さんを甘やかしては」

政次郎は内心おどろいたが、考えてみれば、この妻ももう四十五になっている。トシの病気もあることだし、将来が、

（不安なのか）

べつの日には、こんなことも訴えた。

「旦那様。賢さんは桜の家へ行くと、かならずトシに読んで聞かせるのっす」

「自作の話をが」

「んだ。確が、『月夜のでんしんばしら』だの『どんぐりと山猫』だの……」

「いいでねが。気晴らしになる」

「トシはそのつど起きあがるのす。体にさわります。お話は、いくら食べても栄養にならねもの」

「銭にも、ならんな」

政次郎は、ふと口に出した。やはり家計が脳裡から去らないのだろう。

そのさらに数日後。賢治がどたどたと店の帳場まで来て、

「お父さん。お父さん」

「何した何した」

「お父さん。あの、あのなハ」

政次郎の背後で立ったまま、じれったそうに左右のひざを揉み合わせている。子供のころ、

（よく、してた）

と思い出すと胸がみょうに熱くなる。賢治は四六判の、さほど厚くない雑誌をさしだして、

「これ」
政次郎はそれを手にすると、老眼鏡をかけ、表紙を見た。まんなかに縦書きで、
賜台覧　愛国婦人　十二月号
と刷ってある。ぱらぱらとひらくと、最後のほうに、
童話　雪渡り（小狐の紺三郎）《一》
　宮沢賢二
「ほう」
「載った。載ったのすお父さん。これは全二回の第一回だから、次号にも載る。原稿料が出るのす」
声をはずませる賢治へ、
「んだが」
老眼鏡をはずし、相好をくずした。
じつに久しぶりに屈託なく笑ったような気がした。むろん「愛国婦人」は文芸雑誌

ではない。それは愛国婦人会という、出征兵の遺族や傷病兵の救援を目的として設立された婦人団体の機関誌なので、そもそも商業雑誌といえるかどうか。この家ではイチがその会員になっていて、毎年なかなか安くない会費と誌代を払いこんでいたのである。

とはいえ、掲載は掲載。人脈をたどって押しこんだわけではないのだから、賢治はまったく自分の力、作品の力でこの快挙を得たのである。政次郎は、

（ありがたい）

見知らぬ東京の編集部員へ手を合わせたくなった。この夢ごこちの前では、名前を賢二と誤られたことなど、取るに足りない問題なのだ。

「文士に、なるが」

われながら、声が浮かれている。賢治はぶんぶんと首をふり、

「まさか。おらなんか」

「よくは知らんが、童話というのも、いまは草双紙のなれのはてではねぇ。りっぱな芸術あつかいなんだべ？　ほれ、東京で、鈴木なんとかいう帝大出の文士が……」

「んだ、鈴木三重吉の『赤い鳥』だなハ、童話童謡専門の。あれはいい雑誌です。有名な芥川龍之介『蜘蛛の糸』も、有島武郎の『一房の葡萄』もそこに載ったんだじゃ。劇も載せてる」

「よく知ってるな」

賢治は顔をまっ赤にして、

「いや、まっごど、まさか」

「文章を売るほうが、人造宝石よりは現実的だじゃ」

と軽く言うと、賢治はアハアハと大口で笑って、

「んだなっす、お父さん」

「まんつ、本屋へ行ってみろじゃ。どんたな本が売れているか調べてみろじゃ」

政次郎はそう告げた。事実上の文士修業許可、人生の猶予期間の延長許可にほかならないが、告げた自分にはおどろかなかった。息子の人生の壁たることに、このごろは少し、

（疲れた）

ところが。

それから少し経って、旧知の稗貫郡長・葛博がみずから家に来た。

座敷へ通し、上座へすえる。葛は茶をすすりつつ、親しい口調で、

「宮沢さん。賢治君はそろそろ就職しないかね」

「就職？」

「わが郡立の稗貫農学校に、欠員が出たんだ」

「教諭ですか」

「そう」

稗貫農学校は、小さな学校である。高等小学校を卒業した者を対象に、つまり中学生とおなじ年ごろの生徒たちに、二年間の農業教育をほどこす。生徒は二学年あわせて六十人くらいしかおらず、学力は中学生におとる。教員も、校長をふくめて六名だけ。

「その六名のうちの半分は、賢治君とおなじ盛岡高農の出身者だぞ。もっとも、そのうちの一名がこのたび退職したわけだが、とにかく気ごころが知れている。どうだ宮沢さん、申し分ない勤め先だと思うが」

政次郎は、即答しない。声を低めて、

「……それは」

「どうした」

「担当教科は？」

「うん、それは何しろ小さな学校だから」

葛はむしろ胸をそらし、けんか自慢でもするような顔で、

「英語、代数、化学などの基礎的な科目はもちろん、土壌、肥料、気象なども見てもらう上、稲作実習も指導してもらう。いそがしい毎日になるだろう」

多忙はそのまま人生の勝利と信じて疑わぬ人に特有の、肉食動物のごとき目のきらきら。政次郎は首をひねって、

「当人に聞きましょう」

「気が進まぬのかね」

「体の調子がね。当人でなければ」

体の調子は、じつを言うと、ここのところ悪くない。わりあい多忙にも耐えるかもしれぬ。がしかし、政次郎の本音は、

（童話のじゃまを、したくない）

賢治を呼び、葛の話をとりついだ。ことわるだろうと期待したのである。賢治の返事は、意外にも、

「ありがたいお話です、郡長さん。ぜひ受けさせてください」

賢治は、われから手をさしだした。葛はその手をしっかりと握り、

「きまりだな」

「なすてだ」

政次郎が問うと、賢治はようやく政次郎のほうを向いて、

「生徒はほとんど十五、六歳だべ。なかば大人だが、なかば子供（わらす）の年齢です。おらは、ほんとうの子供の心が知りてぇのす。それに……トシは」

「トシがどうした」

「こころざしなかばで教師をあきらめた。おらが、かわりに」

「りっぱな心がけだよ、賢治君。わが郡は君を歓迎する。もっとも、お父上は、いまだ納得しておられないようだが」

葛はそう言い、横目で政次郎を見た。からかうような、皮肉を弄するような口ぶり。政次郎は苦笑して、

「私も、耄碌しましたよ」

冗談めかしたつもりだが、意に反して、ため息になってしまった。

賢治は、その月のうちに辞令をもらった。朝に家を出、夕方に帰る日々のはじまりである。政次郎はいちいち、

「仕事は、どうだ」

などと聞くことはしなかったし、聞かずとも心の充実がよくわかった。玄関の戸をあける音がちがう、二階へ上がる足音がちがう。二階では授業の予習をしたり、小試験の採点をしたりしつつ、童話も書きつづけているらしい。原稿が少したまった週末などは、政次郎かイチへ、

「今晩は、桜の家へ泊まります」

言い置いて、さっさと出て行ってしまった。トシに読んでやるのだろう。そうして

翌日の昼ころには家に帰り、また二階の部屋にこもって、つぎの話を書くのだった。宿直の日も学校で書いているらしかった。

逆にいえば、それ以外の外出をしなくなった。ましてや駅前で国柱会のパンフレットをくばったり、街へくりだして南無妙法蓮華経ととなえつつ太鼓をどかどか鳴らしてまわったりなどはしなかった。もっとも国柱会への帰依そのものは放棄しておらず、例の曼陀羅の本尊はおがんでいたが、それでも俸給は月八十円、とうとう賢治は、

(ふつうの、大人になれた)

政次郎は、さすがに目がしらが熱くなった。仕事があるということの最大の利点は、月給ではない。いわゆる生きがいの獲得でもない。仕事以外の誘惑に人生を費消せずにすむということ、この一事にほかならないのである。

†

賢治就職の翌月、シゲが結婚した。

第三子でありながら賢治やトシの先を越したことになるが、考えてみれば、シゲももう花巻高女を卒業して四年が経ち、二十二になっている。相手は近所の岩田豊蔵と

いう男だった。

豊蔵の母は政次郎の妹ヤスだから、いとこどうしの結婚になる。ふたりのあいだに子供でもできれば、政次郎は、

——じいさま。

と呼ばれる身になるだろう。

親戚どうしの縁組には、強みがある。あらかじめ、たがいの内情に通じていることである。岩田家はかねて姉トシの病状を知っていたし、それが予断をゆるさぬ体のものであることも理解していた。だからシゲは結婚後もしばしば、

「行ってまいります」

桜の家におもむいて、ときには泊まりこむこともできた。そうして姉の世話をしたり、看護婦や付添い婦たちのために食事の支度に精を出したりすることができた。子供はなかなかできなかった。

†

シゲが結婚した翌々月、清六が盛岡中学校を卒業した。

荷物をまとめ、下宿をひきはらい、花巻の家に帰還した。政次郎は、客のいない時

分を見はからって清六を呼び、帳場へすわらせて、

「家業を継ぐか」

清六は、帳場格子を見まわした。それから政次郎を見あげ、力のこもった声で、

「質屋は、いやです」

「んだべな」

「…………」

「賢治は、教師の仕事が合っている」

「……そだなっす」

「お前はもう、就職はするな。家の仕事を手伝うだじゃい。宮沢の家を継ぐのは、清六、お前だ」

「おらが？」

清六はよほど驚愕（きょうがく）したのだろう。口を半びらきにして、かすれ声で、

「ああ」

「兄（え）さ（な）んではなく？」

「お前だ、清六」

「んだども、質屋は」

われに返り、眉をひそめる清六へ、

「質屋はいい。お前はいずれ、お前自身の商売をするのだ。私はそれに従うじゃい。そのときが来たら、この帳場は、物置にでもするといいべ」

われながら、淡々たる口調だった。清六は学校の成績がよく、生活態度もまじめだが、しかし以前から政次郎が気にしていたのは、

（主張が、ない）

このことだった。たしか六歳の夏だったと思うが、政次郎は夕食ののち、

「活動写真を見に行ぐべが」

清六をさそったことがある。「親鸞聖人御一代記」というのを見た帰りにいろいろ教えてやったけれども、清六はただ、

——はい。

——はい。

くりかえすばかりで、質問ひとつ返さない。豆腐に釘を打つようなもので、張り合いのないことおびただしかった。

その清六がいま、面と向かって、質屋はいやだと言ったのである。かえって譲りどきであろう。

（潮時だな）

その思いが、自然に胸に打ち寄せた。さびしさはなかった。来ると知っていたもの

が来ようとしている、それだけの話だった。清六の命令に諾々としたがう自分の姿なら容易に想像できる気がする。たのしみな気もする。ただそのときが来たら、少しでいい、

（誰かには、ほめられたい）

そんなことを思ったりした。われながら子供じみた願いだった。

†

清六が中学校を卒業し、ふたたび花巻の実家で暮らすようになって八か月。

その実家のとなりに、トシが来た。

例のもうひとつの家である。いよいよ衰弱がはなはだしく、誰ともなしに、

——最後は、生まれ育ったところで。

ということになった。むろん当人にはそうは言わず、

「桜の家は、遠すぎる。通うに不便だから」

「行きたくねぇ。ここにいたい」

とトシが前歯をむいて嫌がったのは、あるいは何ごとかを悟ったのかもしれない。

結局、むりやり同意させた。

引っ越したあとは熱がいっそう高くなり、四十度にからみついた。息はもっぱら口でしたため、はっ、はっと全力疾走の直後のごとき荒い音がひたすらつづき、二、三分おきにのどの渇きをうったえた。ちょっと体が動くたび目をつぶって顔をゆがめたのは、体のふしぶしが痛むのだろう。

「トシ。トシ」

賢治は学校から帰るや否や、枕頭にすわり、原稿用紙をひろげた。

まるでそれが万能薬でもあるかのように、童話を読んで聞かせた。「山男の四月」や「イギリス海岸」、それにこれは童話劇だけれども、学校で生徒に上演させるべく書きおろした「饑餓陣営」などなど。「イギリス海岸」はわざと随筆ふう、身辺雑記ふうにして、教師としての自分の仕事ぶりを伝えるよすがとした。

トシは、もう身を起こすことはしない。

あおむきのまま聞いた。突兀たる頬骨の裾野に大きな目が沈んでいて、ぎょろぎょろと天井をにらんでいる。政次郎もときどき少し離れたところに正座して聞いたのだが、その瞳孔の灰色のにごりと、賢治の話のすくすくした感じは、相反するというよりは、むしろ一種のふしぎな調和があるようだった。

もっとも、童話そのものは退屈である。心はおのずと、

(小田原で)

などと、甲斐ないことを思い出すのだった。

(こんなことになるのだったら、あのとき小田原で転地療養させるのだった)

かえりみれば、トシがあの東京雑司ヶ谷の永楽病院を退院したとき、政次郎は、

——まっすぐに花巻に帰れ。

と命じた。

主治医のすすめを無視した。もちろん粗末にしたのではない。じつを言うと政次郎は、切実な、金銭的な問題に直面していたのである。

さすがに、

(もたなかった)

入院するということは、命を金で買うということなのである。最新の病院ということもあり、もろもろの雑費までふくめるとじつに千円単位の金があっさり花巻の家を飛び去っていったのは、生まれてはじめて味わう恐怖だった。政次郎は転地療養をさせなかったのではない、させることができなかったのだ。

そのかわり、

「花巻は、たしかに寒い。しばらく鉛温泉に泊まるといい」

大沢温泉にほど近い、近郊の温泉地である。知人も多いし、いろいろと融通がきく。実際トシはそこで本復したのだったが、いまとなれば、こういうところがまっ先

に後悔のたねである。

（金など、いくらでも引っぱれたではないか）

トシの衰弱をまのあたりにして、政次郎は、そう自分を責めるのだった。宮善から借りてもよかった。妹ヤスの嫁ぎ先である岩田家に頭をさげてもよかった。何なら自分の時計を、賢治の辞書を、清六の万年筆を、イチやシゲやクニの晴着でも普段着でも、

（よその質屋へ、持ちこめば）

ただし政次郎は、こんなことを口に出したりしなかった。トシに謝りもしなかった。それが罪を引き受ける唯一（ゆいいつ）の道のような気がしたのである。いまさら謝ったりしたら、ゆるしを乞うたりしたら、かえって責任の一部をトシに押しつけることになりはしないか。それは自分がいい父親になりたいだけの行為ではないか。沈黙こそが、結局は、いちばんの贖罪（しょくざい）にほかならないのだ。

賢治は、口に出した。

トシに向かって、

「許してけで。許してけで。おらがお父さんを説得していれば。小田原へ行っていれば。悪いのは、おらだ」

ほとんど絶叫したときは、

（痴れ者）

政次郎は、目を閉じて耐えた。口論すべき機ではなかった。賢治の声がとどいたのか否か、トシは天井を見つめ、ふとんの胸をせわしなく上下させるばかりだった。

数日後は、大正十一年（一九二二）十一月二十七日。

十一月の花巻は、もう秋ではない。よそから来る人々が、

――一日ごとに、三度さがる。

とその気温を呪うほどの完全な冬である。朝方、脈拍が停止した。

イチはもう半狂乱で、

「先生を。藤井先生を」

主治医が来た。むだ足だった。トシの脈はふたたび細鳴りをはじめたのである。

「どのみち夕方か、晩か」

主治医は、別室でそう政次郎に宣告した。

夕方になった。みぞれがふっている。古新聞を燻べたような青みがかった灰色の空から、白い雪と、銀色の雨がもみあいつつ降りそそいでいる。この気候ないし落下物を、花巻のことばで、

――あめゆじゅ。

という。

「あめゆき」のなまった言いかたなのだろう。この夜のそれは雨よりも雪の量が多いのか、落ちても地にしみこまず、氷菓状に堆積して庭を純白の底とした。庭石も、松の枝も、巴旦杏の葉も、土蔵の屋根も、またたくまに東北のきびしい天候の一部となる。

この日は、月曜日だった。

賢治は学校から帰り、重態を知った。外套もぬがずトシの顔の横にすわり、身をかがめて、

「おらだ。賢治だ。わかるか、お兄ちゃんだぞ」

耳もとで大声を発した。

トシのふとんの周囲には、家族全員があつまっている。母のイチ、弟の清六、妹のシゲとクニ。政次郎もそこに、

(まじりたい)

それが正直な気持ちだったが、少し離れたところで正座した。家族の俯瞰は、家長の義務のひとつである。

トシは、うっすらと目をひらいている。

あくまでも天井をにらんだまま、唇がわずかに動いて、

「……お兄ちゃん」

「な、な、何だトシ」

「あめゆじゅ……」

「は？」

「あめゆじゅとてちてけんじゃ」

ここ数日で、いちばん明瞭な要求だった。これを言うために、トシはここまで余喘（よぜん）をたもったのだろうか。

「わがった」

賢治は、機敏である。

部屋を出た。庭でごそごそ物音がした。ふたたび来たときには、右手と左手にひとつずつ、青い蓴菜（じゅんさい）の模様のついた茶碗をつかんでいる。どちらの茶碗にも白いものが山をなしているが、室内の火鉢の温気（うんき）のため、はやくも線状のけむりを立てはじめていた。

「のどが渇いたんだべ、トシ。さあ飲めじゃ」

枕もとにすわり、左手の茶碗を置き、右手のそれへ銀の匙をさしこんで、その匙をそっと唇に押しつけた。唇はほとんど干からび、しわが刻まれている。みぞれは透明な水となってその谷をつたい、前歯に落ち、その表面できらきらと散った。

賢治は、二匙（ふた）目を献じた。

トシはこれを拒絶した。わずかに下へ首を動かして匙をずらし、目をそらしたのだ。視線の先には、さっき置いたほうの茶碗がある。

茶碗の横の畳の上に、緑色のものがある。

「ああ、これが？」

賢治は右手の茶碗を置き、指でつまんだ。

緑のものは、松の葉だった。稲の苗のごとく四、五本がまとまった、あざやかな植物性の縫い針たち。

「庭からさ。取って来たんだじゃ」

賢治はふとんからトシの腕を出してやり、その手に松の葉をにぎらせた。トシはそのさわやかな匂いのする針束をおのが白い頬に近づけ、

「ああ、いい」

何度もつついた。肌をやぶるのではと危ぶまれるほど、それは強い刺しようだった。もう痛覚はないのか、唇のはしをふるふるさせて笑いながら、

「さっぱりした。まるで林のながさ来たよだ」

表情が、一変した。

松の葉がはらりと落ち、あえぎが激しくなった。賢治は両肩をつかんでゆさぶり、

「トシ。トシ」

トシはどういう反応もしない。ただ天井をにらんで薄い呼吸をくりかえすだけ。呼吸音にまじってひゅうひゅうと木枯（こが）らしの音の鳴るのが人間ばなれしていた。

「トシ。トシ。しっかりしろ」

なおもわめく賢治の背中を、

「賢治」

やさしく二度たたいたのは、政次郎だった。

賢治はふりかえり、おどろきの顔をした。政次郎は右手に小筆を、左手に巻紙を持っている。何をする気かわからないのだろう。

「どきなさい」

と言うと、賢治は、半びらきの口のまま、ひざを横にすべらせた。

あいた空間へ身を入れる。政次郎はトシを見おろして、

「トシ」

「…………」

「えらいやつだ、お前は」

「…………」

巻紙をかまえ、小筆をにぎり、

「これから、お前の遺言（ゆいごん）を書き取る。言い置くことがあるなら言いなさい」

「お父さん！」

賢治が、悲鳴をあげた。激怒している。政次郎は無視した。このことはもう何日も前から考えていたのだ。いまさら気をしっかり持てだの、まだ生きられるだの言うのは病人には酷であるばかりか、かえって、

（愚弄になる）

そんな気がした上、

（私は、家長だ）

自覚がある。

死後のことを考える義務がある。トシの肉が灰になり、骨が墓におさまってなお家族がトシの存在を意識するには、位牌では足りない。着物などの形見でも足りない。遺言という依代がぜひ必要なのだ。

それは唯一、トシの内部から出たものである。家族をときに厳しく律するだろう、ときに優しくいたわるだろう。トシをまるでそこにいるように思わせるばかりか、子が孫を生み、孫が曾孫を生んでも受け継がれる。

肉や骨はほろびるが、ことばは滅亡しないのである。トシという愛児の生きたあかしを世にとどめるには、政次郎には、この方法しか思いつかなかった。

そのためには、誰かが憎まれ役にならねばならない。

（ほかに、誰がいる）

政次郎は、おのが頬の熱さを感じた。自分はいま泣いているのだ、その熱さなのだと、みょうに客観的にとらえられた。

「お父さん、トシはまだ……」

と賢治がなおも横から抗議するのを、

「うるさい」

一蹴して黙らせ、あらためてトシへ、

「さあ、トシ」

小筆と巻紙を、突き出すようにしてトシに見せた。

トシは、それらを見た。

信じがたいことだが、頭を浮かせた。身を起こしたつもりなのだろう。そのままの姿勢で、唇をひらき、のどの奥をふりしぼるようにして、

「うまれてくるたて、こんどは……」

その瞬間。

「あっ」

政次郎は、横から突き飛ばされた。

賢治だった。政次郎のひざがくずれると、賢治はむりやりトシとのあいだに割って

入り、耳もとに口を寄せて、

「南無妙法蓮華経。南無妙法蓮華経」

トシの頭は、力なく枕に落ちた。その唇はすでにぴったりと閉じられている。

「南無妙法蓮華経。南無妙法蓮華経」

賢治のお題目はつづく。声がいつもより高かった。政次郎はひざをくずしたまま、呆然と見るしかできない。トシはまた唇をひらいた。こまったように見える顔で、

「………」

賢治はお題目をやめ、

「えっ？　トシ、いま何と？」

「耳、ごうど鳴って。……」

唇をひらいたまま、ぽんと右の肩を跳ねさせた。

それが合図でもあるかのように、顔の筋肉が停止した。目もひらいたままだった。鼻のあたまから頬へ、ひたいへ、顎へ、みるみる白蠟（はくろう）がひろがっていく。

虚無が空気を支配する。どのような生理的現象が起きたのかは、誰の目にもあきらかだった。

「ああっ」

イチが、たまらず部屋を出る。

清六はうなだれ、クニとシゲは抱きあって泣いている。賢治はがらりと押入れをあけると、首をつっこんで、けだもののように、

「うおう。うおう」

七畳半の部屋いっぱいに、感情の洪水がうずを巻いた。政次郎も、

（さけびたい）

正座しなおし、しずかにトシの手を取った。

手首に指をあて、脈を見た。あれほど高熱つづきだったそれはもう氷のようだった。脈はなかった。政次郎はトシの腕をふとんに入れ、ふところから銀時計を出して、

「午後、八時三十分」

つぶやいたとき、玄関のほうで戸ががたがたと音を立てる。ようやく医者が来たのだろう。政次郎は立ちあがり、羽織の衿をちょっと指でなおしてから、

「…………」

沈黙のまま、部屋を出た。客をむかえる家の主人は、どこまでも、背すじをのばしていなければならない。

8　春と修羅

翌日、通夜。

家には、客があふれた。政次郎はひとりひとりの前で端座して、礼を述べ、死者との最後の対面を乞い、イチやシゲやクニに酒や食事を出すよう言った。

賢治は、姿をあらわさなかった。

「あれ？　賢治君は？」

客に問われるたび、政次郎は正直に、

「二階の部屋に、とじこもったままでがんす。あれ自身の仏壇で拝んでるだべなハ」

「ああ」

客は気の毒そうに話をそらした。

翌日の葬儀は、鍛治町（かじまち）の浄土真宗・安浄寺でおこなった。

それでなくても、宮沢家は檀家総代である。それにふさわしい喪主ぶりを政次郎は示さなければならなかった。読経のあいだも下を向かず、焼香は堂々とやり、客へふかぶかと礼をした。

読経が終われば、焼き場へ行くことになる。

政次郎は、寺の門を出た。道の左右には花巻高等女学校の二年生以上の生徒がずらりと列をつくっていて、元気にすすり泣きをほとばしらせている。政次郎はそのまんなかを静かに歩いた。位牌を持つ手に力が入った。

うしろから白木の柩(ひつぎ)がついてくる。清六や、シゲの夫の岩田豊蔵や、宮善の家の息子らが担いでいるのだ。

誰ひとり口をきかなかった。街のなかを通りぬけ、べつの寺の横をすぎ、さびしい池のほとりまで来ると焼き場がある。もともとは簡素な建物があり、専用の窯(かま)もあったのだが、このときはたまたま火事に遭っていて何もなかった。

池のほとりに、あらかじめ穴がひとつ掘られている。政次郎はそのふちで立ちどまり、ふりかえった。

「賢治」

目を見ひらいた。

いつのまにか、柩をはこぶ男のなかに賢治の姿があった。安浄寺のときはいなかったから、街中(まちなか)のどこかで加わったのだろう。賢治は目を伏せた。申し訳ないと思ったのか、それとも会話を拒否したのか。政次郎は何も言わず、ふたたび前を見おろした。

　穴には、あらかじめ薪や萱が敷かれている。男たちはそこへ下り、柩を寝かせた。その上へさらに薪や萱を積んだ。火をつけるとパチパチという日常的な音がして、黄色い光がふくれあがる。見あげるほどの炎になった。やはり十一月の花巻はもう秋ではない。真冬である。

政次郎は、

（ぬぐい）

焚火にあたる人のように手のひらを前へ出した。

　トシの最後の体温だった。あたたかな空気はふわりと浮き、どこまでも天井のない空をめざした。浄土へ往生しただろうか。ほんとうにそんなものが存在するのだろうか。

　と。

　政次郎のとなりに、賢治が立った。

　これまでに聞いたことのないような凛然たる大音声で、

「如是我聞。一時仏住。王舎城。耆闍崛山中……」

　くりかえし、くりかえし法華経を誦じた。その横顔は確信者のそれだった。目がいっぱいに見ひらかれて黄色い光をちらちらと宿し、まばたきすることなく、ただ柩のみを見つめていた。すっかり火が落ちて賢治がようやく退く(しりぞ)と、かわりに安浄寺の住職が出て回向をした。政次郎の目には、それはひどくあっさりとしたものに映った。

回向が終わると、火夫がふたり、まだ白煙のしっとりと沈む穴へおりた。植物の灰と、人の灰はたやすく見わけがつく。彼らは火箸(ひばし)でそれのみを拾いあげ、さくさくと音を立てて純白の骨壺(こつつぼ)へつめこんだ。

穴から上がり、政次郎にさしだした。骨壺はずしりと軽く、わずかに温(ぬく)みを帯びていた。

†

最後の仕事は、慰労だった。

慰労の相手は、看護婦のキヨさんだった。盛岡の看護婦会に派遣してもらった、いわば赤の他人でありながら、ただひとり桜の家のころから世話をつづけて辞すことをしなかった人である。ほかの看護婦や付添い婦はみな伝染をおそれて来なくなるか、来ても患者に近づかなくなってしまったのだ。

キヨさんは、死の瞬間も枕頭にあった。火葬のあと、あまつさえ通夜のときには客のため茶をいれたり、膳を出したりしてくれた。政次郎は、

「これまで、ありがとがんす。お礼をさせてくなんせ」

初七日まで滞在してもらい、主賓（しゅひん）の待遇をした。初七日の翌日、キヨさんが、

「ながなが世話になりあんした。盛岡へ帰りあんす」

と言ったので、政次郎は規定の看護料はもちろん、弔返し（とむらいがえ）の名目でじゅうぶん礼金を受け取ってもらい、さらにはこの地方で、

――きなきな。

と呼ばれる小さなこけしを進呈した。きなきなは新品だったけれども、政次郎としては、トシの形見のつもりだった。

「ありがとがんす」

と、玄関先でキヨさんは言った。政次郎は人力車を呼んだ。

駅まで乗ってもらうつもりだったのである。がしかし、彼女を乗せたそれは前日までの雨のぬかるみに車輪がはまり、梶棒がはねあがって、車夫がいくら引いても前へ進むことがなかった。政次郎は、

「賢治、清六」

兄弟を呼んで、

「うしろから、駅まで押してやれ」

「はい」

「はい」

兄弟はこの仕事をよろこんでした。駅では、キヨさんはふたりの手をかわるがわる両手でにぎりしめて、

「一周忌には、来させてけでね。またぜひ」

何度も念を押したという。兄弟が家にもどったとき、裾は泥だらけだった。

翌日、賢治はふたたび学校へかよいはじめた。清六は店へ来て、

「東京へ行きたい」

店には、たまたま客がいなかった。政次郎はきゅっきゅっと絹布で天眼鏡をみがく手をとめ、目をあげて、

「東京?」

「ひとり暮らしをして、世の中を見たい。おらに何ができるか知りてのす」

「商売ということだが」

「はい」

「花巻でが」

「はい」

清六は、しっかりと政次郎の目を見ている。その場かぎりの美しい断言でないことはあきらかだった。

花巻では、ほかの地方の小都市と同様、東京の流行をもちこむことが経済的成功への近道なのである。政次郎は、おのが心臓の早鐘を打つのを聞きながら、

「んだば清六、お前は、うちを継ごうというわげだね？」

めずらしく馬鹿念を押した。清六の返事は、

「はい」

「よし」

二日後には、清六をおくり出した。

下宿先は兄とおなじ本郷だが、ガリ切りなどの仕事はせず、上野の帝国図書館で本を読んだり、神田区表猿楽町（おもてさるがくちょう）にある私塾兼予備校・研数学館（けんすうがっかん）にかよって数学を勉強したりしていると手紙には書いてあった。金の無心の文句はなかった。

†

ところが翌月になり、大正十二年（一九二三）の正月をむかえると、こんどは賢治が店へ来て、

「東京へ行きます」

と言いだしたのである。

政次郎は、ちょうど玄関先で上客をおくり出したところだった。ふりむいて、

「東京？」

「出版社（ほんや）の人に、原稿を見てもらいますじゃ。そうして雑誌に載せるか、本にするかしてもらうべ」

「よし」

政次郎は、即答した。これも或る意味、商売だろう。翌日の朝、賢治は例のトランクをさげて家を出た。

七日後に帰宅した。玄関からまっすぐ二階へ上がろうとする袖をつかんで、

「どうだった」

政次郎が問うと、賢治は、

「何がです？」

「何がって、原稿が」

「ああ」

けろりとした口調で、

「清六にまがせました。かわりに行ってもらいますじゃ」

「清六に？」

「んだす」

政次郎は、

（わからん）

狐につままれたような心持ちである。もちろん賢治には教師の勤めがある。もうじき冬休みが明けるから長逗留が無理なのはわかるが、それにしても、

（いいのか。……本人が行かんでも）

ひょっとしたら賢治はこの期におよんでも大人の交渉を怖れているのではないか、かつて質屋の客をこわがったように、などと思ったりもしたけれど、それにしては賢治の顔は屈託がない。文士というのは他人に売りこみをさせるほうが大物に見えるということなのか。

「まんつ、何だ、うまく行くといいがな」

数日後、清六から手紙が来た。原稿はどこでも、

――ことわられた。

という報告だった。

あの「赤い鳥」の版元である赤い鳥社でも、去年の一月「コドモノクニ」という幼児雑誌を創刊したばかりの東京社でも、その他の小さな出版社でも、のきなみ冷たい返事だったという。政次郎はその文面を一読するや、

「都会の薄情者どもに、賢治のよさの何がわかる」

と、政次郎自身ほとんど原稿を読んだことがないくせに声を荒らげた。雑誌記者め、こっちが田舎者だと知ってあなどっているのではないか。

もっとも、賢治はやはり屈託がない。政次郎から手紙を受け取ると、

「仕方ねぇすじゃ、お父さん。彼らもいそがしいべ。いちいち無名の書き手につきあっていたら晩酌の時間もなくなってしまう」

上司みたいな口調だった。

その後も賢治は、せっせと原稿を書きつづけた。いや、政次郎はべつだん二階をのぞき見したわけではないのだが、或る日、たまたま駅ちかくの割烹（かっぽう）において稗貫郡の教育関係者があつまる宴会があり、まねかれて行ったところ、稗貫農学校校長・畠山栄一郎が、

「賢治君は、ほんとうに授業熱心です。頭がさがる。正課以外にもときどき童話を読んでやったり、劇をやらせたり」

ぺこりと頭をさげたのだった。政次郎は箸をとめて、

「劇？」

「自作の劇をです。生徒ひとりひとりに役をあてて、稽古（けいこ）をつけてやり、学校の講堂で上演しました。見るほうの生徒も大よろこび。ああいう文化的な催しは、これまで誰ひとり思いつかなかった」

どうやらお世辞でないらしいことは、話題が変わっても、しばらくするとまた、

「賢治君は」

と言いだすことからも明白だった。政次郎はそのつど、この十以上も年下の男へ、

「じゃじゃ、校長先生の薫陶のたまもの」

と花を持たせることをわすれなかったが、内心は、

（あいつは、降伏していない）

この胸の熱さは、酒のせいばかりではなかったろう。これまでの賢治なら東京への持ちこみが失敗した時点でもう、

——だめだ。

とひとり決めして意気消沈し、法華経に逃げ、またべつの途方もない商売を考えはじめるところではないか。今回はちがう。負けてもペンを離していない。

（こんどこそ。こんどこそ賢治は人生をはじめる）

そうしてむかえた、三か月後。

四月八日、日曜日。

県でもっとも読まれる新聞のひとつ「岩手毎日新聞」に、詩と童話が掲載された。あらかじめ賢治に聞いて心の準備はしていたものの、政次郎はその朝、一面をひらいた左側の紙面の右上に、おおけなくも二号活字で、

心象スケッチ　外輪山

という詩の題が掲げられ（ただし「スケッチ」の割書は五号）、つぎに少し小さな字で、

宮沢賢治

と誤植なしで作者名が添えられているのを見て、

（とうとう）

新聞をひろげたまま、腹痛を起こした人のように前かがみになった。

ほとんど息ができなかったのだ。会員制、会費制の「愛国婦人」とはわけがちがう。宮沢賢治は純粋に、世間の需要のあるなしで、この名誉を勝ち取ったのだ。

横からイチが顔を入れて、

「ああ、ほれ、旦那様、ここさ賢さんの名前が」

「わかってる。落ちつけ、落ちつけ」

と上ずった声で言うと、おもちゃをひとり占めする子供のように新聞を抱いて、

「クニを呼んできなさい」

クニが来ると、政次郎は立ちあがり、前方の畳を指さして、

「座りなさい」

妻と十七歳の末娘が、ならんで正座する。政次郎はめがねを指でかけなおし、いっそう甲高い声で本文を読んだ。

月は水銀、後夜の喪主
火山礫は夜の沈澱
火口の巨きなえぐりを見ては
誰もみんな驚く筈だ。

その詩は、かなり長かった。紙面は一段につき七十行あまり、それが五段目の途中までつづくのだ。ぜんぶで三百行ほどだろうか。正直なところ詩の中身はじゅうぶん理解した自信がないけれども、どうやら人間たちが岩手山の火口のふちを提灯を持って歩いている、その上でオリオン座やら月やらが輝いている、そんな光景そのものが主題のようだった。

おのずから、

（中学生のころ）

記憶がよみがえる。賢治はまだ中学生だったころ、おなじ学校の先輩である石川啄木に触発されてか、短歌づくりに精を出したことがある。

政次郎はその歌稿ノートを見せてもらったことがあるが、そこにはすでにして天のイメージと地のイメージを取り合わせた、いわば垂直線の叙景歌がたくさんあった。

賢治の得体は、あのころからもう、

（変わらない）

そのことだけは、政次郎にもわかる気がする。賢治の夢は、仰角の夢なのだ。

詩がぜんぶ終わってしまうと、五段目の途中からは童話だった。政次郎はやや長すぎる間を置いたのち、エヘンと咳払いして、小鼻をふくらませつつ再開した。

童話

やまなし　　宮沢　賢治

小さな谷川の底を写した二枚の青い幻燈です。

一、五月

二疋の蟹の子供らが青じろい水の底で話てゐました。

『クラムボンはわらつたよ。』

『クラムボンはかぷかぷわらつたよ。』

『クラムボンは跳(はね)てわらつたよ。』

『クラムボンはかぷかぷわらつたよ。』

上の方や横の方は、青くくらく鋼(はがね)のやうに見えます。そのなめらかな天井を、つぶ〳〵暗い泡が流れて行きます。


賢治は、いない。

二階の部屋にこもったまま、まだ紙面を見てもいない。じつは新聞がとどいたとき政次郎は呼びに行かせたのだが、下りてこなかった。照れくさいのだろう。政次郎はそれから詩と童話を三度ずつ読み、

「散歩に行く」

言い置いて、家の外へ出た。まっすぐ宮善の家へ行って、当主の宮沢直治(なおじ)へ、

「いやね、ぺっこ散歩していてね。たまたま、たまたま通りかかったから」

直治は、イチの実弟である。イチに似た顔でにっこりして、

「載ってましたね、賢さん」

政次郎はまるで自分がほめられたかのように、うなじを手のひらで激しくこすっ

て、

「まだまだ、いっそう努力します」

政次郎はそれから岩田家へまわり、おなじようなやりとりをしたあと、満足して帰宅した。

座敷には、賢治がいる。

畳の上に新聞をひろげ、その上におおいかぶさるようにして自分の作品を読んでいたが、

「賢治」

政次郎が声をかけると、ばね仕掛けのように身を起こして、

「あ、お父さん」

つまらなそうな顔になった。頰が、ひたいが、耳の上部が、トマトのごとく赤くなっている。

「どこへ行ってたのす、お父さん」

「あ、いや……何だ、ぺっこ散歩に」

「言いふらしたんだべ」

「そんたなことはしていね」

「やめでけで。お、おしょしいじゃ」

「何だお前、父親に向かって」

訥々たる論争のあと、親と子は、同時にうなじを手のひらでこすった。

†

一週間後、またしても載った。

曜日はおなじ日曜日。掲載紙もおなじ「岩手毎日新聞」三面だった。このたびは童話「氷河鼠の毛皮」ただ一篇だけれども、長いので、それだけで全七段を占領した。写真と広告をのぞけば、それは完全に賢治の紙面になったのだ。

その文章も、先週とくらべてずっと童話らしいというか、

(俗耳に、入りやすい)

そんなふうに思われた。真冬の夜にイーハトヴを出発したベーリングゆきの汽車のなかに、太った紳士がいる。

ひとりで二人ぶんの座席を占め、向かいの席の乗客へしきりと防寒具の自慢をしている。いわく、目的地についたら冬の着物の上にラッコ裏の内外套、海狸の中外套、黒狐表裏の外外套、さらにもう一枚外套を着た上に「氷河鼠の頸のとこの毛皮」四百五十四ぶんの上着を着こむ。そうして黒狐の狩りをして毛皮を九百枚、持ち帰るつ

もりなのだという。

一種の猟師なのだろう。ずいぶん傍若無人な男で、夜中には、ウィスキーを飲みすぎて他の乗客にけんかを売った。

翌朝、とつぜん汽車がとまった。まだベーリングに到着していないのにと乗客たちが顔を見あわせていると、白熊（？）の一団がどやどやと入りこんできて、紳士をむりやり連れ去ろうとした。内外套、中外套、外外套その他がみんな動物の毛皮でできている上さらに黒狐を狩る気だというのが理由だった。紳士は泣いた。それをべつの乗客である船乗りの若者があやういところで助けてやり、白熊たちへ、

「おい、熊ども。きさまらのしたことは尤もだ。（中略）あんまり無法なことはこれから気を付けるやうに云ふから今度はゆるして呉れ」

そんな物語である。他愛ないといえば他愛ないし、むだな細部もあるようだけれども、今回はとにかく、話の筋がよくわかった。

政次郎にはそれがいちばんだった。人間がおのれの贅沢のため他の動物を殺すことが正しいか否か、その主張が眼目ではないこともわかった。もちろん賢治のことだから賛成であるはずはないけれど、ここでの眼目はあくまでも綺譚それ自体のみにある。春先の読者の胸中にひときれの冷風をふきこむ以上の装いはなく、むしろそういう態度こそが、文芸というものの、

（価値、だろう）

ただし政次郎は、ただひとつ、何べん読んでもわからないところがあった。その日の夜、めしを食いながら、

「賢治」

と呼びかけて、

「イーハトヴとは、どこにあるのかね」

このごろは、会話のはじまりもなめらかなのである。賢治はただちに、

「やんたなあ、お父さん。架空の地名ですじゃ。そんたなことを気にするのは野暮というものだじゃ」

などと答えると予想したが、箸を置いて、

「ここだじゃい」

と、立てた指を下に向けた。

「ここ？」

「岩手だじゃい。まあ一種のもじりです。イーハトヴの物語とはつまり、おらたちの物語なんだじゃい」

このときは、賢治は照れなかった。

聞かれるのを待っていたのかもしれなかった。政次郎はうなずいて、

「どう読むのだ？」

と聞いたのは、岩手という語は、字と音がちがうからだった。字では「いはて」と書き、音では「いわて」と読む。そのもじりのイーハトヴはi-haと読むべきか、それともi-waと読むべきか。きめられるのは作者ひとりだろう。

賢治の反応は、陽気だった。一瞬、いたずらっ子のような目になって、

「……ですじゃ」

それだけ言うと、また箸をとり、何くわぬ顔で白いめしを食いはじめた。どっちの発音のようにも聞こえたのは、ごまかしたというより、

――お父さんが、解釈してください。

一種の挑戦なのだったろう。あの不器用な賢治が、こんな小手（こて）のきいた、

（意思の疎通の、しかたを）

その日のめしは、ことにうまかった。どっちみち自分には、ハとワのちがい以前に、ウに濁点をつけた字だってどう読むかわからないのだ。たいていの日本人はおなじだろう。発音できない表音文字を平気で使う。これもまた、音読世代と黙読世代の、

（差かな）

翌週の日曜日は、載らなかった。

その翌週も載らなかった。しかし賢治の進撃はつづいている。翌月の五月十一日金曜日から、おなじ「岩手毎日」で、童話「シグナルとシグナレス」の連載がはじまったのだ。

しかもこのたびは三面ではない。新聞の顔というべき、

「一面だ！」

政次郎は、賢治が学校へ行ってしまうと、近所の取次店へ行って、

「百部くれ」

もちろん全面占領ではないものの、とにかくその日いちばんの事件とともに宮沢賢治の名が出たのである。天下を取ったにひとしいだろう。それにしてもこの新聞は、どうしてこんなに賢治を厚遇するのだろうか。

(きまってる)

よほど読者に好評だからだ。それ以外にはあり得なかった。もともとは記者のひとりが例の「愛国婦人」に目をとめたか、あるいは賢治のほうから手紙や何かで売りこんだかのどちらかだろうが、一度の掲載が二度になり、さらには一面へおどり出て、毎日連載になったというのは、どんなに慎重に考えたとしても、結局は、そこに行きつかざるを得ないのである。

連載は、十一回つづいた。政次郎はまいにち取次店へ行き、その足で、さながら配

達夫のごとく親戚や知人の家をまわった。息子自慢のつもりはなかった。政次郎は政次郎なりに、

(賢治の名を売る、手助けを)

もっとも、こうなると、懸念がひとつ胸を去らない。

(畠山さんが、どう思うか)

このことだった。賢治がどんな偉業を達成しようと、どんな価値ある芸術を生み出そうと、稗貫農学校校長つまり上司から見れば副業である。いい気持ちはしないだろう。ましてや畠山は、賢治とおなじ盛岡高農の出身であり、あの学校の卒業生の通例として、文芸への関心はさほどでもないと思われる。

連載の三回目が掲載された日、政次郎は、

「イチ。イチ」

妻を呼んで着がえさせ、ふたりで学校へ行った。

校長室に通されると、畠山に掲載紙をわたし、

「ご迷惑とは存じますが、どうかご海容を……」

立ったまま、ふかぶかと礼をしようとしたら、畠山は満面の笑みで、

「よしてください、宮沢さん。私はむしろ賢治君にはどんどん書いてくれるよう申しているのです。授業をおろそかにしているわけじゃなし、それに生徒は、もともと賢

治君の話が大好きなのです」

「はあ」

「このごろは貧しい家の子供たちも、教員室へ来て『新聞を読ませてくれ』と言う。ひじょうにいい傾向です。賢治君の話を読んだあと、時務的な記事も読んでいるようですから。私には確信があるのですが、貧しい農民が貧しさを脱するには、結局は字に就くしかないのです」

「はあ」

それは本心からなのか。あるいは、町会議員でもあるこっちの気分を、

（忖度したか）

疑心が、顔に出たのだろう。畠山はさらに、

「この調子なら、年末には、賞与を少しふやそうと思っているのですよ。あ、賢治君にはご内密に」

「それはそれは、ありがたいことで」

逃げるように校長室を辞した。

校舎を出ると、門の手前の塀にそって、五、六本、桜の木が横にならんでいる。ほとんど薄緑（はくりょく）ないし濃緑の葉で覆われているが、そのなかに、まるで絵具をぬりわすれたように白い花がちらほらと残っているあたり、いかにも岩手の五月だった。門をと

おりすぎたとき、イチが、

「賢さんも、えらくなったもんだなハ」

「ばか」

と、これまでの政次郎なら即座に、

「だからお前は、世間を知らぬというんだべ。たかが地方紙に載ったくらいで」

などと強い口調でたしなめただろうが、このときはただ青空を見て、

「……んだな」

イチは、へんな顔をしたようだった。

門から少し離れたところの路上には、人力車が一台とまっている。ここまで来るために乗ったのを待たせておいたのだ。若い車夫が帽子をとり、めんどうくさそうにお辞儀をする。

その車は、みょうに席が高かった。

車輪の内側に、将棋盤ほどの大きさの踏板（ふみいた）がある。政次郎はそこへ片足をのせ、よいしょと攀（よ）じた。体の向きを反対にして尻を落とすと、身をかがめ、まだ地上に立つイチへ、

「さあ」

手をさしのべた。

イチには、よほどの不意打ちだったのだろう。棒立ちのまま政次郎の手のひらを見つめている。政次郎は耐えきれず、

「はやくしろ」

「は、はい」

イチの手が、政次郎の手に乗った。存外ひんやりとした手だった。もとより西洋流の女性主導の作法など存じかけぬ。政次郎はそれ以上どうしたらいいかわからず、両手でぎゅうっと握りこむや、魚でも釣るかのごとく引っぱり上げた。

それと呼吸を合わせるようにして、イチは踏板に足をのせなければならない。そうしなければ席に上がれない。がしかし何しろ政次郎がやたらめったら引っぱるものだから、

「あ、あら」

「おおっ」

イチは跳（と）んでは下り、跳んでは下りしなければならなかった。これなら最初から何もしないほうがましだったにちがいないが、それでもイチは、ようやく座席に安住すると、

「ありがとがんす」

頰を上気させ、かなりの大声で言うのだった。政次郎はぷいと顔をそらして、

「うん」

「……んだなハ」

「え？」

「おやさしいんだなハ、このごろは」

「んだな」

政次郎がすなおに返事したのと、車がきしみを立てたのが同時だった。

政次郎は、車夫の背中を見おろした。車夫は梶棒へぐっと身をのりだして、全力で足を前に出そうとしている。車がまったく出ないので、ほとんど大儀そうに見えた。

ようやく右足が出ると車全体がわずかに動き、左足が出ると少し進んだ。

さながら亀のごとき進みだったが、四、五歩目できゅうに速度が上がった。

（おやさしい、か）

なるほど、そうかもしれなかった。少なくとも、以前のように何かにつけて主人風を吹かせることはしていない気がするが、ことさら意識したわけではない。もしイチの言うことがほんとうなら、それは自然の、川の水のながれるごとき変化のはずだった。

きっかけはたぶん、トシの死なのだろう。できるかぎりの手をつくし、心をつくしても結局、二十四年しか生きられなかった娘のことを考えると、目の前のイチがもう

五十の声を聞こうとしている、それ自体が、

（奇跡だ）

　命というのは、そこにあるのが当たり前ではないのである。最近はイチの姿を見ると手を合わせたくなる、とまで言うのは大げさだけれども、いばるのが馬鹿らしくなったことは確かである。イチのことばのいちいちも、すんなり耳に入るようになった。

「……んだな」

　政次郎は、またうなずいた。

　人力車は、だいぶん速度を出している。車夫はかろやかに地を蹴って、浮いている時間のほうが長かった。ゴムつきの車輪がじいじいと地を圧(あっ)している。その音で聞こえなかったか、イチが耳のうしろに手を立てて、

「え？　何がです？」

「賢治は、えらくなったもんだじゃ」

「はあ」

「藤井先生は、何とおっしゃった？」

　藤井先生とは、例の、トシの主治医だった人である。四十九日がすんだあと家に来てもらって、みんなの体を見てもらった。小さな異常もなるべく早く見つけて、もう

二度と、取り返しのつかぬ事態を、

――まねかぬ。

と政次郎が決意したのである。イチはにわかに顔をあかるくして、

「賢さんのことすか？」

「んだ」

「病気のきざしは、まったくねぇと。呼吸の音も変わらねし……」

「痰はどうだ。持ち帰って調べてもらったんだべ？」

「菌は、ねがったど」

「他愛ねぇな」

はっはっはっ、と政次郎は空のなかへ笑いを放った。どうやら結核とはそういう病気らしい。生滅自在というか、予測不能というか。軽いものなら二、三べん風邪を引いたら治ってしまうこともあるというから、賢治のもきっと、

(それだったのだ)

「ほんとうに、よかったじゃ」

と、イチがふかく息をつくのへ、政次郎は、

「トシのおかげ、だべが」

「トシの？」

「あの子は、賢治が好きだったから。悪いものをぜんぶ持って行ってけだ」

あの露天の火葬場のやわやわとした温気とともに、と付け加えようとしてやめた。

自分は賢治ではない。詩人の才能はない。ともあれこうなれば、

「あとは、本だ」

政次郎は、あたかも決意するかのように言った。イチは、

「本っこ？」

「んだ。いまはまんつ地方の新人だし、原稿料もさほどでねぇべども、詩でも童話でも、とにかく一冊の本にまとまって、東京で、本屋の店先にならんだら……」

「ならぶべが」

「ならぶさ。そうしたらよほど楽になる。出版のことはわからねが、どんな商売も、はじめの一売り（ひとう）がむつかしいのだ。こいつとおなじさ」

政次郎は手を伏せ、イチとのあいだの座席をとんと叩いて、

「人力車だって、最初の一歩がいちばん重いべ。二歩目からは勢いがつく」

「そんな高望み」

イチは少し不安そうに、

「私はただ、息災に、毎日つとめへ出てくれれば」

「んだな」

この年の十二月、賢治は、職務勉励につき百円の賞与をもらった。昨年より三十円多かった。

†

翌年の春。

日曜日だったが、政次郎は仕事をしていた。となりの家の、トシがそこで末期をむかえた和室をいま政次郎はふたたび物置にしているのだが、その部屋にこもって、あちこちに置いていた女ものの着物をひとつの衣紋かけへまとめる作業に没頭していた。

ことしは不景気のせいだろう、質流れの品がことに多く、ちかぢか仲間の古着屋へ、ぜんぶ、

(売ってしまおう)

その準備をしているのだった。このごろは、自分で売るのが億劫になっている。

そこへ賢治が来た。部屋の入口でいったん立ちどまり、

「お父さん」

声をかけてから、奥まで来て、

「これを」

衣紋かけの横をかすめるようにして、一冊の本をさしだした。

堂々たる手つきだった。政次郎は作業を中断し、うーんと腰をのばしてから受け取った。

立ったまま見る。それは四六判、いわゆる通常の単行本の大きさで、赤っぽいボール紙の函(はこ)に入れられている。

函の表面(おもてめん)には白い紙が貼られていて、横書き、木版ふうの黒い字で、

春と修羅
心象スケッチ
　宮沢賢治

政次郎は、息をのんだ。

ことばが口から出なかった。むろん「心象スケッチ」という語の意味なら知っている。賢治独自の用語であり、世間一般における詩とほぼひとしい。スケッチにすぎないという謙遜が半分、従来の詩とは、

――一線を画する。

という自負が半分、込められているのか。去年の四月、はじめて「岩手毎日」に「外輪山」という題の詩が載ったときにはもう賢治はこの語をもちいていた。

だからこの本が、

(詩集だ)

ということは即座にわかる。賢治はとうとう本を出したのだ。しかしその直後、政次郎がほとんど本能というべき速度で懸念したのは、

(金は、どうした)

その手がかりは、奥付にあるだろう。政次郎は五本の指をめりめり函の内側へつっこんで、わしづかみして本を出した。

どういうわけか、半分ほどしか出ない。政次郎は何度か本をつかみなおし、力をこめて引っぱって、ようやく完全に脱せしめた。

その場にあぐらをかき、函を置き、本を割った。まっさきに巻末をひらく。奥付はまず、中央上部に、波形の線で描かれた円があり、そのなかに「宮沢」と刻された四角い赤い印が捺されていた。検印である。著者みずからが発行を承認したことを示す。

その検印をとりまくように、以下の字が、すべて縦書きで配されていた。

大正十三年三月二十五日印刷
大正十三年四月二十日発行
定価　二円四十銭
著者　宮沢賢治
発行者
　東京市京橋区南鞘町十七番地
　関根喜太郎
印刷者
　岩手県花巻川口町百九番地
　吉田忠太郎
発行所
　東京京橋区南鞘町十七番地
　振替口座東京五五七九番
　関根書店

「……関根書店」

政次郎は、つぶやいた。聞いたことのない版元だった。小さな会社なのだろう。少

なくとも十年前、盛岡中学校を卒業したばかりの賢治が夢中で読んだ島地大等『漢和対照　妙法蓮華経』のロングセラーを出し、

――国語漢文は、明治書院。
――教科書は、明治書院。

と称されたあの版元とくらべれば、月とすっぽんとまでは言わないにしても、

（虎と、猫か）

そのぶん、本のつくり賃も安いのではと期待したが、しかしあらためて見ると、住所は物価の高い東京。明治書院とおなじ。

そのくせ印刷は花巻でしているのだ。あるいはいま函から本が出にくかったのも製本技術の未熟さに起因するのか。これは一体どういうことだろう。政次郎は目を上げて、

「製作費は、版元もちか？」

賢治は首をふり、

「おらほです。まるごと」

「印刷代も、製本代も？」

賢治は、こんどは首肯した。つまり、

「自費出版か」

「んです」

「ふむ」

ようやく政次郎はやや得心した。校正、印刷、製本まで花巻でおこない、本のかたちにしてから東京へ運び、販元へとどける。販元はただ取次へおろすのみ。少しは広告もするだろうが、ここでは出版というよりは流通の玄関口にすぎないのだろう。

印税も、支払われないのではないか。政次郎はかさねて、

「部数は？」

「一千部です」

「再版の予定は？」

「それはまんつ、売れれば」

「なら賢治、よほど……」

「払ったじゃ」

「え？」

聞き返すと、賢治は立ったまま、当たり前のように、

「お金なら、もう払いこんだじゃ」

(まさか)

政次郎は、耳をうたがった。

ほんとうに首をひねったほどだった。政次郎の直感によれば、この出版は、かるく千円はかかっている。

文字どおり身銭を切れというのだ。こんな片務的な条件に直面して、あの賢治が、金の無心をしてこないなど、

（あり得ぬ）

政次郎の心を見すかしたのだろう、賢治は、ほほえみつつ説明した。

「安心してください、お父さんに迷惑はかけねぇす。おらはこのために、月給や、賞与や、原稿料やなんかを使わず蓄えておいたのす」

「足りんだろう」

金銭感覚には自信がある。賢治はうなずいて、

「大内さんから、四百円借りました」

「大内」

政次郎は、絶句した。おなじ豊沢町内の納豆屋である。ちょいちょい副業をしていると聞くが、大金持ちというほどではない。賢治にとっては小学校のころの友達の家だから、ただ単に、それで頼みやすかったにすぎないのだろう。賢治はなおも笑みを消さず、

「そんなことより、お父さん。何より本は中身だじゃい。しっかど目を通してくださ

い」

「あ、ああ、通す」

その夜。

家族がみんな寝しずまるころあいを見て、政次郎は、寝床を這い出した。

寝巻のまま座敷に入り、部屋のまんなかに立ち、手を上にのばした。天井から太いひものようなものが垂れさがっている、それを手さぐりで見つけてつかむ。上下へ動かす。

小さな銅板に、手首のあたりがふれる。その板を指でつまんで右へひねると、ぱちんと音が立ち、頭上から、橙色を帯びた光がふりそそいだ。

光のみなもとは、電球だった。電球の上には銅製の、スープ皿を伏せたようなかたちの覆いがとりつけられていて、光はひろげられ、ほぼ部屋の全域へちかちかと明暗をくりかえしつつ行きわたっている。

いっとう明るいのは、もちろん電球の真下である。

政次郎はそこに立ったまま、すでに扉の閉まっている仏壇のほうを向いた。そうして尻を落とし、あぐらをかこうとして、

（いや）

正座した。

本をひらいた。寝床の枕もとから持参した『春と修羅』一冊。函は置いてきた。胸の高鳴りを聞きつつ、政次郎は、かさりと表紙をめくった。扉をながめ、ざっくりページをめくったら目次だった。指を折って勘定してみると、ぜんぶで七十篇がおさめられているらしい。政次郎は少しページをもどし、「序」を読んだ。

賢治が、おのれを定義している。

わたくしといふ現象は
仮定された有機交流電燈の
ひとつの青い照明です
（あらゆる透明な幽霊の複合体）
風景やみんなといつしよに
せはしくせはしく明滅しながら
いかにもたしかにともりつづける
因果交流電燈の
ひとつの青い照明です
（ひかりはたもち、その電燈は失はれ）

政次郎は、つい首を上に向けた。裸電球のあかりを見て、ふたたび本文へ目を落とした。

あまりにも当然のことながら、詩集というのは、全篇これ詩なのである。改行が多く、版面(はんづら)が白く、あっというまに七十篇を読んでしまった。気がつけば音読をやめて黙読になっていたのは、ねむる家族を気にしたからだろうか。詩句がそうさせたのだろうか。

「序」にもどり、二度目にかかった。やはり一気に読了する。心のなかの深い場所にようやく切火(きりび)がまたたいたが、われながら、それは文学的感動とは異質のものだった。もっとずっと具体的というか、俗世的というか、

(賢治の人生が、ぜんぶある)

そうしてそれが複雑な陰翳(いんえい)を帯びつつも、活字にしたという行為そのものによって結局のところ肯定されている。文学的感動など他人からの到来物にすぎないが、この感動は、政次郎には、おのが身の裡(うち)からの天寵(てんちょう)なのだ。

三度目に入ると、こまかな一句を味わうゆとりが出る。まず心にのこったのは「青い槍の葉」のなかの、

雲がちぎれてまた夜があけて
そらは黄水晶ひでりあめ
風に霧ふくぶりきのやなぎ
くもにしらしらそのやなぎ

のくだりだった。黄水晶はもちろん水晶の一種で、黄色で透明なもの。水晶とは、どこにでもある石英のうち結晶形の明瞭なもの。

子供のころの「石っこ賢さん」の、もっとも大切な獲物のひとつだった。トシといっしょに北上川のほとりなどへ行き、いろいろ持ち帰ったものを黒い風呂敷に百個もたいせつに包みこんで押入れに入れておく、そんなかわいい習慣がどれほど長くつづいたことか。政次郎はそれらの石を整理、分類させるため、わざわざ京都で標本箱を買った。政次郎なりの科学教育、社会教育のつもりだった。

などと思い出しはじめると、

(そういえば)

周辺の記憶も、にわかによみがえる。子供用の筒袖羽織をことさら「ハンド」と呼んだ賢治。悪童とともに豊沢川の薄野をいちめん灰にしてしまった賢治。焼け出された川中の島の住民へは、たしか政次郎が金を出して、あらたな家を建てたのではなかったか。

あのころ賢治はすこやかだった。冗談ずきの、活発な、みずみずしい子供だった。中学校に入ると家を出て、盛岡で寮生活をはじめたけれども、しばしば、

——友達と、岩手山へのぼりました。

などという手紙をよこしたあたり、生地は変わることがなかった。

その岩手山も、詩の材料になっている。あの「岩手毎日」に最初に掲載された「外輪山」に手を入れて、あらためてこの本におさめた「東岩手火山」のような長詩もあるが、政次郎はむしろ、わずか四行の「岩手山」全文、

そらの散乱反射のなかに
古ぼけて黒くえぐるもの
ひかりの微塵（みじん）系列の底に
きたなくしろく澱（よど）むもの

が好ましかった。これは何の抵抗もなく心のなかに流れこんで来た。

政次郎自身は、この山にはのぼったことがない。小学校を出るとすぐ家の商売を手伝ったから、そんな時間も友達もなかった。しかし遠目には何度もあおぎ見ているか

ら、物理的な意味で、この詩が正しいことはよくわかる。岩手山はたしかに時間や天気によって黒くもなり、白くもなるのだ。山を謳うのに、

——古ぼけて。

という語はいささか不適切なようだけれども、これももちろん、賢治のことだ、何らかの地質学的、鉱物学的知識にもとづいているのだろう。地質学ないし鉱物学こそは、中学を卒業した賢治が、盛岡高等農林学校でつくづく夢中になった専門課程にほかならなかった。

盛岡高農を卒業すると、賢治は、最愛の妹の死に遭う。まだと言うべきか、もうと言うべきか、一年半前のことだった。ほかの記憶とくらべると、なまなましさが際立っている。あの事件がこの詩集全体において岩手山よろしく独立峰めいた山頂をなしていることは、何となく、本をひらく前から、

（そうだろう）

という気はしていたものの、実際に読むと想像以上だった。その山頂はむしろ非岩手山的なまでに突兀（とっこつ）としていた。ほとんど、

（絶頂）

数の上でも「永訣の朝」「松の針」「無声慟哭（どうこく）」「風林」「白い鳥」「青森挽歌」「オホーツク挽歌」「噴火湾（ノクターン）」と、じつに八篇もの詩がまとめて並べられてい

るし、その書きかたも幅がひろい。「永訣の朝」や「松の針」はなかば記録映画のような事実に即した展開を見せるし、「青森挽歌」や「オホーツク挽歌」は、やや時間が経ってから書かれたせいか、事実をはなれた死そのものに関する抽象的思考をめざしている感じである。

そもそも『春と修羅』という本の題そのものがトシがらみだ。政次郎には、そんな気がしてならなかった。なぜなら「無声慟哭」あたりの詩句から見るに、ことに「修羅」の語が、もうトシのいない世にひとり生きなければならない胸のいたみを示している。これらの詩、というより哀吟のなかで、政次郎の心をもっとも深くつらぬいたのは「永訣の朝」だった。

直感的に、

（あのとき、書いた）

そう思いあたった。

あの夜、午後八時三十分。トシが息をひきとるや、賢治は押入れに首をつっこんで号泣した。

というより咆哮（ほうこう）した。藤井先生が死亡をたしかめ、家を去ると、賢治はきゅうに部屋を出て、家へもどり、二階の部屋にこもってしまった。

翌日の明け方まで出てこなかった。そのときに書いたにちがいないのだ。政次郎

は、

「賢治め」

舌打ちした。

詩集のその詩のページを平手で打とうとした。だとしたら賢治はつまり現実のトシのなきがらよりも、それよりもむしろ自分のなかの幻像に寄り添うほうをえらんだことになる。究極的には、妹の死すら、賢治にはおのが詩作の、(材料(たね)に、すぎんか)

この違和感は「永訣の朝」の最後ちかく、以下のくだりを何度目かに読んで、いっそう顕著になるのだった。

ほんたうにけふおまへはわかれてしまふ
あぁあのとざされた病室の
くらいびやうぶやかやのなかに
やさしくあをじろく燃えてゐる
わたくしのけなげないもうとよ
この雪はどこをえらばうにも
あんまりどこもまつしろなのだ

あんなおそろしいみだれたそらから
このうつくしい雪がきたのだ
（うまれでくるたて
こんどはこたにわりやのごとばかりで
くるしまなあよにうまれてくる）

雪とは例の「あめゆじゅ」だろう。トシのもとめに応じて賢治が庭から二碗さらってきた至誠のみぞれ、末期の水。

そのこと自体は事実そのままとして、問題は、括弧でくくられたトシのことばだった。文章語になおせば、

「また人に生まれるなら、こんなに自分のことで苦しまないよう生まれて来ます」

とでもなるだろうこの長ぜりふは、どう見ても、トシ自身のものではないのである。

政次郎は、思い出す。賢治はむしろトシを妨害したのである。政次郎が巻紙をかまえ、小筆をにぎり、

「言い置くことがあるなら言いなさい」

と問うたら、トシは頭を浮かせ、渾身の力を以て口をひらこうとした。

生きたあかしを世にのこす最大かつ最後の機会だった。ところが賢治は政次郎をつきとばし、トシの耳もとで、

「南無妙法蓮華経。南無妙法蓮華経」

ほろりと頭が枕に落ちた瞬間のトシのうつろな表情は、いまも政次郎のまぶたの裏にのこっている。それでいながら賢治は遺言を捏造(ねつぞう)した。トシの直身(ひたみ)の意志を、おのが作品のために、

(ぬりつぶした)

政次郎は、本をばさりと放り投げた。

腰を浮かした。二階へ上がって賢治をたたき起こしてやる、そう思ったのだ。だいたいトシがあの息もたえだえのありさまで、こんな複雑かつ小ぎれいなことを言えるわけがない。

が。

「くそっ」

どすんと音を立てて、あぐらをかいた。

電灯のあかりの円蓋屋根(ドーム)のもと、畳の上の本をふたたび手にとり、いいかげんにひらいた。「永訣の朝」のページだった。

そんなささやかな偶然さえ、まぎれもなく賢治の勝利のあかしであるように思われ

る。時すでに遅し。この本はもう、定価をつけ、奥付に検印を捺した上、東京へと送られてしまったのだ。

政次郎がわめこうが騒ごうが、何日後か、十何日後かには本屋にならぶ。人に読まれる。あるいはこのためにこそ、賢治はあえて、

「……言わなかったか」

政次郎はつぶやいた。たぶん友達には言ったのだろう。近所の納豆屋にさえ言っておきながら、しかし家では隠しとおした。校正も、紙えらびも、検印捺しも、みな賢治から印刷所へ出向いてやったので、家ではやらなかったのだ。

もしも政次郎に見とがめられたら、

——なおせ。

と横槍を入れられると考えたのだろうし、また実際、政次郎は入れただろう。逆に言うなら、詩人・宮沢賢治はそうまでしてもこの文句を書きつけたかった。トシのせりふとして。人類理想の遺言として。

(覚悟、だな)

みとめざるを得なかった。子供のころから石を愛し、長じては、

——人造宝石を、売りたい。

という野望を抱いた二十九歳の青年は、ここでとうとう、ことばの人造宝石をつく

りあげた。

どんな商人にも、どんな鉱物学者にもなし得ないことだった。賢治は詩人として、いや人間として、遺憾なき自立を果たしたのだ。父親がどう思おうが。妹をどこまで犠牲にしようが。あとはもう、

(売れるか)

問題は、それだけだった。

(売れんだろう)

中身がどうこうの問題ではない。地方の無名作者の第一作が、しかも詩集が、いきなり江湖の喝采を博するほど世の中はあまくはない。ましてや賢治は帝大出でもなく、前科者でもなく、公爵様の家の子でもなく、欧州大戦の英雄でもない。つまり宣伝の材料がない。がしかし、いつかイチに言ったとおり、たいせつなのは最初の一歩それ自体だろう。最初の一歩をふみだせば、二歩目はうそのように楽になる。人力車のように勢いがつく。路傍の人がこっちを向かないなら、向くまで走りつづければいい。あの宮沢家を再興させた政次郎の父の喜助だって、はじめて市場のすみっこで古着をならべたときはおなじ気持ちだったにちがいないのだ。

ならば、その二歩目は？

政次郎は本を閉じ、よっこいしょと立ちあがって、

「童話かな」

誰へともなくささやいた。

ここには詩しか入っていないし、賢治には、もうひとつ表芸があるのだから。一年後か、二年後か、それはわからないけれども、

「あいつなら、やるさ」

政次郎は上を向き、手をのばした。

電灯のスイッチを切った。余光をたよりに寝床のほうへ行こうとしたが、体の動きをとめ、ふたたび電灯をともした。

あぐらをかき、本をとった。

三度くらいでは井戸の水を汲みつくした気がしなかった。読んで、読んで、もう何度目かわからぬほどになったころ、雨戸から、雲丹(うに)のとげのごとく白い針がさしこんできた。

いつのまにか、夜があけている。仕事にさしつかえると思いつつ、政次郎は背をまるめ、なおもページに目をさらした。

†

八か月後、賢治は、二冊目の本を刊行した。

題は『注文の多い料理店』。副題に「イーハトヴ童話」とあるとおり、こちらは一冊まるまる童話でみたされている。表題作のほか「どんぐりと山猫」「山男の四月」「月夜のでんしんばしら」など全九篇を収録した、前回よりもやや薄い本だった。

政次郎はそれを、前回とおなじように賢治から一冊もらった。

おなじように深夜ひとりで座敷で読み、朝をむかえた。朝食のあと、二階へ行こうとする賢治へ、

「いい本だ」

声をかけると、賢治はふりむいて、

「えへへ」

案外、照れていない。やはり二冊目ともなると、多少、心のゆとりが出るのだろうか。

「こっちで、少し話さねが」

中庭に面した縁側のほうを手でしめし、みずから行って、尻を落とした。日曜日である。賢治はすなおに来た。

政次郎の右にすわり、庭を見た。政次郎も見た。この年はじめてのつぐみが一羽、松の幹にしがみついている。細いくちばしで幹をつついて皮をはね散らかしているの

は、虫でもさがしているのだろう。ちょうど茶を入れに来た妻へ、

「おお、イチ。お前もここに座れじゃ」

イチはふたりへ茶を出すと、言われたとおり、賢治の右に端座した。その横顔へ、賢治の背ごしに、

「こんどの本は、じつに本格だじゃい。絵空事だが子供のなぐさみものではねぇ。お前もぜひ読みなさい」

「じゃじゃ、旦那様」

イチは口に手をあてて笑うと、遠慮のない口ぶりで、

「おめずらしいごど。いつだったか、賢治の文章は平凡だって」

「むかしの話だ」

われながら、むきになっている。

「それにあれは手紙のことを言ったのだ。手紙はトシのほうが数等うまかった。物語はちがう。そもそも候文（そうろうぶん）ではなく、です、ます止めだし、にもかかわらず調子はい い。読んでいて気が乗る。よく見るとずいぶん入り組んだことも述べているのだが、読者には伝わる。教師だからだ」

「え？」

と、意外そうに政次郎へ顔を向けたのは賢治である。政次郎は賢治へ、

「はじめのころは、さんざんだったな」

ことさら苦い顔をしてみせた。イチが、

「ああ、あれ」

ふくみ笑いをする。三年前、稗貫農学校に就職したばかりのころ、校長・畠山栄一郎がとつぜん家に来たことがあった。聞けば、賢治の授業は、

——まったく、わからない。

と、苦情をもちこむ親が続出したのだという。あんまり高度すぎる内容を、あんまり堅苦しすぎる言いまわしで教えたらしい。

まだ慣れていなかったというより、教養の度を相手に合わせる感覚が身についていなかったのだろう。賢治はそのとき、校長へ、

「申しわげねす。もっと気をくばります。申しわげねす」

平あやまりに謝ったが、いまではかえって、学校一、

——親身で、わかりやすい。

という評判なのである。おなじ高度な内容でも、言いまわしをえらんだり、喩(たと)えをもちいたりして相手へなめらかに注ぎこむ技がいつしか会得されたのだ。政次郎はそう言ってから、

「その技が、そっくりそのまま文章の技になった。私はそう思うんだじゃ、イチ。そ

の証拠に」

　と、政次郎はいったん話をやめ、立ちあがった。

　体の向きを変え、座敷のなかへ入った。仏壇の前に置いてある『注文の多い料理店』一冊をとって、ふたたび縁側に来て、

「たとえば、これだ」

「序」のページをひらき、立ったまま、松の木にむかって朗唱した。つぐみが飛び去った。われながら、となり近所にも聞こえそうな声だった。


　わたしたちは、氷砂糖をほしいくらゐもたないでも、きれいにすきとほつた風をたべ、桃いろのうつくしい朝の日光をのむことができます。

（中略）わたくしは、これらのちいさなものがたりの幾きれかが、おしまひ、あなたのすきとほつたほんたうのたべものになることを、どんなにねがふかわかりません。


　朗唱しつつ政次郎は、おのれの声が、あたかも、いっぺんも聞いたこともない授業中の宮沢賢治先生の声と重なったような気がした。読み終わると縁側へすわり、

「どうだ、賢治」

「えへへ」

「いい文だ」

「えへへ」

笑い声こそ曖昧だが、賢治の顔はけろりとしている。頬を赤くしてもいない。自信にあふれた人間に特有の、陽の光をも跳ね返すような眼球のガラス質のつややかさが政次郎をまっすぐ射ぬいている。

「教師になってよかったな、賢治。まさしく天職だ。お前はやはり質屋の息子だじゃい」

「え？」

にわかに、笑顔が褪(あ)せた。

スイッチひとつで電灯のあかりが消えるような、そんな褪せかた。よほど想像外だったのだろう。賢治はすっと唇をすぼめ、慎重な口調で、

「教師と、質屋と、どんな関係があるのす？」

「そりゃあ、お前」

政次郎はおどけ顔をして、舌もなめらかに、

「両方おなじじゃあねぇが。よわい人間相手の商売」

賢治の顔色が変わったが、それはただ、政次郎には、視界のすみを擦過(さっか)しただけだ

った。立ちあがり、うーいと二度あくびをして、

「散歩に行くか」

まわれ右をして、ひとり座敷へ入ってしまった。散歩の名目で宮善あたりへ行き、賢治の本を、

（とどけよう）

そんなふうに算段している。

†

その年の暮れ。

賢治は、職務勉励につき八十七円の賞与をもらった。

むろん不名誉な金額ではない。ないが、昨年とくらべると十三円へっている。政次郎が、

「なにした」

と聞くと、賢治は、

「よします」

「え？」

「今年度かぎりで、学校を退職します。もう決意したのです」

政次郎は、二の句が継げなかった。

9　オキシフル

賢治は、ほんとうに学校をやめてしまった。

ただし一年、その日をのばした。あの『注文の多い料理店』を出したとき、政次郎には、

——今年度かぎりで。

つまり来年の三月いっぱいでと明言したものだし、実際、畠山校長へもそう願い出たらしいが、校長があわてて、

——そんなに急な話では、かわりの先生が見つからない。何より生徒がかわいそうだ。

賢治には、最後の一句がこたえたらしい。一年のばして、再来年まで勤めをつづけることにしたから、退職の辞令は、日付が大正十五年（一九二六）三月三十一日。在職期間は、約四年四か月だった。

退職の、翌日。

つまり四月一日に、賢治は家を出た。例の、茶色のズックのトランクをさげて、桜の家へひっこして行ったのだ。

歩いて十五分ほど。田んぼのなかの、あの小さな二階建ての家。そこで、

「ひとりで、暮らしたいのす」

と、はじめて言いだしたのは、それこそ『注文の多い料理店』を出した少しあとのことだったろうか。政次郎が即座に、

「わがね」

と言ったのは、飼い犬よろしく足もとの家にしばりつける気ではない。

(縁起が、わるい)

このことだった。桜の家は、もともと老いた喜助の隠居所として建てたもの。死後はトシのための病棟となり、トシはそこで病を篤くした。死の八日前まで南向きの居間のまんなかで仰臥して、ものを食べず、熱がさがらず、とうとう再起しなかったのである。がしかし、

「おらは、やりますじゃ。もうきめたのす」

つよく言われては、政次郎には反対するすべはない。もはや家業を継がぬと決した以上、長男でも、むしろ親といつまでも同居するほうが双方のためにならないのである。政次郎はため息をついて、

「わかった。んだば、ばあやを雇って……」

「いらねぇす」

「めしを炊くのか、お前が？」

「んだす」

「洗濯も？」

「んだす」

賢治の返事は、いちいち自信にあふれている。政次郎はうなずいて、

「体には、気をつけろ」

ことさら深い意味を込めたつもりだったが、賢治はどう受け取ったのだろう、さらりと笑って、

「心配ねえじゃ、お父さん。これでも農学校の先生だじゃ。畑の世話くらい」

「先生だった、だべ」

ひっこし後、最初の日曜日。店を閉めるや、政次郎は、飛ぶようにして行った。まだ太陽はしずんでいなかった。西方にながながと横たわる奥羽山脈の灰色のシルエットのやや上の空から、よろよろと、病人の肌のような色の光の波が雑木林に濾過（ろか）されて来る。北国の日永（ひなが）である。

玄関は西を向いているので、そちらへまわり、太陽を背にすると、そこには白シャ

ツ一枚でざくざくと土を掘り起こしている人間がひとり。

「賢治」

「あ、お父さん」

白シャツの人間は、顔をあげた。

腰をのばし、鍬を立て、その柄（え）の上に、伏せた両手をかさねて置いた。ひたいの上にくろぐろと土の一文字（いちもんじ）が描かれているのは、汗をぬぐったあとだろう。どこかの雑誌やポスターから抜け出してきたように健康な、定型どおりの農夫像だった。

「畑を、つくるのか」

「んだ」

「何を植える」

と聞いたのは、きゅうりとか栗かぼちゃとか、食えるものを想像したのだが、賢治は気分よさそうに、

「パンジー、モクセイソウ、ポピー」

「パンジー？」

「なかなか興趣に富む花をさかせますじゃ。日本の景色が、変わります」

風が、ふいた。

夕山（ゆうやま）おろしか。真冬の在庫を一掃するような不意打ちじみた冷たさに、政次郎は身

をすくめた。賢治のうしろでカタカタと家の壁が鳴っている。つくりつけが緩いのだ。大工に改築させたと聞いたけれども、もともと古いし、直しきれなかったのだろう。それこそまた冬になれば隙間から、

（雪が）

いったい何がパンジーだろう。モクセイソウだろう。みな観賞用ではないか。政次郎はようやく口をひらいて、

「……なしてだ」

「え？」

「なして、やめた。学校を」

われながら滑稽なことに、この日まで、この重要な質問をしたことがなかった。あるいは、質問できなかった。

「このとおりです」

と賢治は応じると、ゴム底をつけた真新しい地下足袋で、たがやしかけの土をちょいと蹴ってみせて、

「おらはこれまで、口先だけの人間でした。詩人としては生きることの苦しみを書きつらね、教師としては『りっぱな農民になれ』と子供達を叱咤してきた。んだどもおら自身、ちっとも農民の苦しみを知らなかったのす。いまこそ、体で知らなければ」

「うそだ」

政次郎は、即答した。賢治は、

「え？」

「あのせいではねぇのか」

「あのせい？」

「ほら、いつか」

と、政次郎はつかのま下を向いてから、

「いつかお前に言っただろう。教師と質屋はおなじだ、どちらもよわい人間を相手にすると。それを気にして……」

「ああ、そんなこともあったっけなハ。すっかり忘れてたじゃ」

「まっごど？」

「まっごどです。お父さんには悪いども、いちいち気にしていられねじゃ。それにおらは、そもそもの話、教師の仕事がいやだつたんじゃねぇ。わらしゃどと遊ぶのは楽しかった。正直なところ、いまも心のこりなくらいなのす」

賢治は、にこにこ顔である。政次郎は内心、

(んだべな)

信じることにした。

少なくとも、教師の仕事が充実していたことはまちがいないだろう。なぜなら政次郎は、退職の翌日、イチとともに学校をおとずれ、校長に挨拶をした。校名は郡立稗貫農学校から岩手県立花巻農学校に変わってしまったし、校長もまたあっけらかんとした畠山栄一郎から勤厳な中野新左久という人に替わっていたが、これまでの鞭撻に対して謝意を述べに行ったのである。中野校長いわく、

——賢治君の態度は、最後までりっぱでした。卒業式のときなど、生徒総代の伊藤君の答辞を聞きながら、誰はばからず涙をながしていましたよ。

しかしそうなると、退職の理由はどこにあるのか。政次郎は、じつはもうひとつ心あたりがあった。賢治の目をじっと見て、口をひらいて、

「筆か」

「え」

賢治の顔から、笑みが消えた。

「お前が教師をやめたのは、文筆に集中したいからだ。ちがうか？」

賢治は、うつむいてしまった。

地下足袋の足でちょんちょん鍬の先をこづいている。政次郎はかさねて、

「あの二百冊。よほど売れなかったのでねが？」

賢治はようやくという感じで顔をあげて、

「評判は、上々でした」

いっきに語りだした。

そうだ、評判は上々だった。最初に出した『春と修羅』は、東京の辻潤にみとめられた。辻潤はドイツの哲学者マックス・シュティルナーの翻訳者だが、最近はむしろ評論家にちかい。高橋新吉という無名の前衛詩人のために作品集『ダダイスト新吉の詩』を出してやり、高橋はこれ一冊で名が立ったのだから、評論家というより一種の宣伝装置だった。

その宣伝装置が『春と修羅』を、しかも読売新聞という一般紙の紙上で、こう絶讃したのである。

若し私がこの夏アルプスへでも出かけるなら、私は「ツアラトウストラ」を忘れても「春と修羅」を携へることを必ず忘れはしないだらう。

すでに世界的声価のさだまっているニーチェの主著『ツァラトゥストラかく語りき』よりも上位に置いたわけで、これはもう、考え得るかぎり最高のほめことばだった。

ほかにも新潮社の発行する詩誌「日本詩人」では佐藤惣之助が「大正十三年の最大

収穫」ときめをつけたし、東京朝日新聞にも溌溂たる新人と紹介された。『春と修羅』は、わかる人にはわかったのだ。

が、それだけだった。それからは中央の同人誌から声をかけられもしなかったし、商業雑誌から原稿依頼をもらうこともなかった。北原白秋、高村光太郎、野口米次郎、蒲原有明といったような著名人への献本も梨のつぶて。そうこうするうち詩壇の話題はつぎへ移り、『春と修羅』はわすれられた。宮沢賢治は、高橋新吉にはなれなかったのだ。

原因のひとつは、あまりにも『春と修羅』が売れなかったことにある。そのことはたしかだろう。新人、詩集、地方在住という悪条件のかさなりに加えて、たのみの版元、関根書店が早々に、

「見かぎったんだなハ、お父さん」

つまり、古本屋へ売った。

おのが商品をである。ふつうなら出版社はこんなことは絶対にしない。社の信用をそこなう上に左前かとうたがわれるからである。むろん関根書店からは何の通告もなかったので、賢治はそれを、かつてのガリ切りの仲間から聞いて愕然とした。

本郷あたりの古本屋では、一冊五十銭で、それも山のように積んで売られているという。定価は二円四十銭である。賢治はただちに手紙で版元に問い合わせた。返事

は、

――全冊おろしたわけではありません。倉庫にはまだ二百部あります。

賢治がさらに返信して、

――引き取ります。ぜんぶ送ってください。

と申し出たのは、ほうっておいたら、ふたたび古本屋へながされるならまだしも、

（焼かれる）

そのことを恐れたからだった。

政次郎が見たのは、つまりこの二百冊だったのである。賢治はそれを友人にくばり、後輩にくばり、親戚にくばったようで、それでもなお余りが出た。すなわち『春と修羅』は、商業的には、

「完全に、失敗だったじゃ」

賢治はそう言うと、鍬の柄をトンと手のひらで打った。

もう二年も経つというのに、よほど不本意なのだろう。三、四度、たてつづけに打った。政次郎は、

「だども、まんつ……」

なぐさめのことばを発しようとしたが、賢治はそれへ声をおしかぶせて、

「二冊目の『注文の多い料理店』もおなじです。ぜんぜん駄目だったじゃ。あれは

『赤い鳥』に一ページの広告を出して、しかも赤い鳥社に注文の取り次ぎまでしてもらったのになハ」

「悲観することはねぇ、賢治。その後もいろいろ原稿が載ってるでねぇが」

「みんな同人誌だべじゃ」

ほとんど唾棄（だき）した。政次郎は反射的に、

（傲慢（ごうまん）な）

文士は誰しも同人誌から筆歴をはじめるのではないか。それが他の業種でいう徒弟奉公にあたるのではないか。お前はまだまだ駆け出しではないか。

そう言おうとした。が、ひるがえして考えれば、宮沢家は商家である。そもそも人間はどんな仕事に就くにしても、金銭という要素から、目を、

――そらすな。

と賢治へおさないころから陰に陽におしえこんできたのは政次郎自身だった。賢治はこの点、どうしようもなく政次郎の息子だった。賢治をこのたび退職させた最大の原因は、或る意味、政次郎にほかならなかった。

「わかった」

政次郎はうなずき、一歩、賢治にあゆみ寄って、

「私はもう何も言わね。好きなようにしたらいいがべじゃ。ここでひとり静かに詩想を

練り、童話をつづる。世間の仕事にも、家族にもわずらわされることねぐ……」

「ちがうのす」

「え？」

「いや」

賢治は指で鼻の下をこすり、そこを黒い土でよごしてから、

「たしかにおらは、文筆（ものかぎ）に専念する気です。だども、そのためには、もっと広く行動しねばなんねえ」

「はあ」

「生活がおちついたら、ここで、やることがあるのす」

そう言うと、賢治は、鍬の柄から手をはなした。

鍬がゆっくりと傾きはじめ、ぱたりと音を立てて倒れたころにはもう賢治はそこにいない。家に入ってしまったのだ。ふたたび出て来たときには、小脇に一枚、杉板（すぎいた）をかかえている。

杉板は、竹刀（しない）ほどの長さである。政次郎の前に立つと、その板を両手でもちなおし、政次郎の鼻先へぐっと突き出した。

何やら自慢げなしぐさだった。板の上には墨痕あざやかに、賢治の字で、こんな六字が書かれている。

羅須地人協会

政次郎は眉をひそめて、

「看板か」

「んだす」

「何と読むのだ？」

この質問は、予期していたのだろう、賢治はただちに、

「らす、ちじん協会」

背後から、また風がふいてきた。

陽が、山のうしろへ沈んだらしい。あたりがきゅうに暗くなった。もはや家のありかもわからない、賢治の顔もわからないほど濃い闇のなか、政次郎の耳にはカタカタ、カタカタと壁の鳴る音だけが刺すように飛びこんで来た。

†

翌月。

清六が、家にもどった。

ということは、質屋をたたむ日が来たということ。政次郎は、

「おかえり」

玄関で清六をむかえたとき、

（来たか）

胸がしみじみと熱くなった。

この家は、もともと政次郎の生まれる前から質屋だった。政次郎はその商売ひとつのために小学校を出て四十年、人生の大部分をささげたのである。或る朝ふと心が萎えて、

「もういいよ。……質屋は、店じまいだ」

とイチに宣言してからももう九年が経ってしまった。これは幸福な結末なのか、悲しい結末なのか。

「おかえり」

もういちど声をかけると、清六ははにかんだ。少なくとも、今後は世間に守銭奴などとうしろ指さされることはないだろう。あとでイチに、

「私の一生は、どうだったべがな」

と問うと、イチはちょっと面食らったような顔をして、

「よしてけでじゃ」

　それだけだった。

†

　その日から、晩めしは四人で食べることになった。

　床柱を背にした上座には、もちろん政次郎がつく。これは不動のならわしである。右の列のいちばん手前、これまで賢治の席だったところには、あらためて清六のための膳が置かれた。

「清六。そこへ」

「はい」

　はじめてではない。賢治がかつて中学生になり、盛岡へ行き、寄宿舎ぐらしをしていたころも、清六はそこを占めていた。

　しかしそれは臨時の措置だった。このたびはちがう。恒久的措置である。もはや賢治はこの家に来ても、嫁をもらっても、この後継者席をふたたび占めることはないのだった。もっとも、右の列には清六ひとりしかいないのだが。

　左の列には、イチ。

その向こうにクニ。この子も二十歳になった。そろそろ、

――面倒を、見てやってくださいな。

とイチにはかねて言われている。むろん結婚の話だが、正直なところ、いま政次郎はそこまで頭がまわらなかった。白いめしを食いながら、清六のほうを向いて、

「何を商う」

未来の宮沢家の運命は、もっぱらその上にあるのだ。清六はあらかじめ考えを練っていたのだろう、すらすらと、

「東京では、このごろラジオや自動車がたいへんな勢いで普及しています。何しろ最新技術のものですし、高価にもかかわらず、会社や金持ちばかりでねぇ、銀行員も買ってるべ。やがてこの波はかならず花巻にもとどくべども、いきなり手を出すのはむつかしい。まずは釘、針金などの鉄材の卸しから始めたらどうだべが」

「鉄材?」

「そのことも、東京で耳にはさんだのす。ぜんたいラジオや自動車の製造会社は、ないしそこへ部品をおさめる会社は、鉄がたくさん必要なわけでねぇのす。ぺっこの鉄を、ただし精密に加工したものが必要なわけです」

「うんうん」

「んだばその精密に加工したものを、卸元で、つまりおらたちで、あらかじめ厳しく

えらんで納品すれば、これは大きな商いになる。そのためにはまんつ……」

「実績（できだか）づくり、だな」

「そのために、鉄材をやる。すべての機械の基本ですじゃ」

「よし、やるべが」

その場できめてしまったのは、商才をみとめたこともあるが、それ以上に、清六のおさないころを思い出したからだった。

何しろ機械いじりの好きな子だった。高価な蓄音機をこっそり持ち出し、回転盤が逆にまわるよう改造しようとして壊してしまったこともあるし、顕微鏡でレコードの溝をいつまでも見ていたこともある。なるほど清六という男には、ラジオや自動車という商材は適している。

「お願いします」

と、清六が頭をさげる。宮沢家の進路がさだまった瞬間だった。政次郎はぐいぐいと押しこむようにして白いめしを食べてしまうと、イチへ茶碗をさしだして、

「議員仲間に、土木会社の社長がいる。金属製の内装具もあつかっていたはずだ。いろいろ教えてもらおう。人のつながりは私がさがすから、清六、お前は……」

「商品知識を勉強します」

「んだな」

「将来的には、タイヤやモーターなんかも売りたいもんだなハ。何しろあれは……」

「利ざやが大きい」

親子は、同時にうなずいた。とんとん拍子である。政次郎はふと胸に、

（隠居かな）

灯をともしつつ、おかわりを受け取った。この席ももう譲るべき時機なのだろう。死んだ父・喜助の気持ちがようやく少しわかった気がした。

†

ほどなく、となりの家がこわされた。あのトシが臨終をむかえた家である。なかに置いてあった古着などの質種はぜんぶ運び出され、更地（さらち）にされ、その上にあらためて二階建ての家が建てられた。

これが清六の城となった。屋号も当世ふうに、

宮沢商会

の看板をかかげる。道に面した入口から足をふみいれると広大な土間になってい

て、そこにはもう、釘やら針金やらの入った木箱がところせましと積んであった。これら利のとぼしい小さな品をあちこちの建築現場や工場におさめつつ、大商いの機をうかがうわけだ。木箱の手前には、漆喰やセメントの袋もある。これは世間のつきあい上、しぶしぶ仕入れたものである。店びらきにはこういうこともあるだろう。

（それにしても）

と、政次郎はおかしくなる。土間のまんなかに立ち、ぐるりと木箱の山をながめて、

「兄弟だな」

苦笑いした。清六が横で、

「どういう意味です？」

「いやさ、賢治のことを思い出したんだじゃ。あれはむかし人造宝石を売ると言ってきかなかった。お前はいま……」

「鉄製品だなハ。つまり」

「人造鉱物」

ふたりは同時に言い、しのびやかに笑った。

†

その後の清六のはたらきぶりは、政次郎から見てもなかなかのものだった。

あいかわらず政次郎には従順で、取引先にも腰がひくく、世間ばなしも如才なくやる。そのくせ言うべき意見はきちんと言うあたり、本人も、生きどころを得たのだろう。


(そろそろ見るかな。……クニの面倒を)

政次郎の心に、そのゆとりが出た。とはいえ清六は、ときどき仕事のいそがしい時間に、イチやクニへ、

「ぺっこ、出て来ます」

などと声をかけて、すがたを消してしまうことがある。

職場放棄である。政次郎はいまだ基本的には質屋のおやじだったから、帳場をはなれることがなく、気づくのが遅れた。

或る日、たまたま道へ出て、

「どこさ行く」

清六に声をかけた。清六はちょうど商会の入口を出ようとするところだったが、立

ちどまり、ふりかえって、

「桜の家へ。兄さんに呼ばれて」

「賢治に？」

「今夜は農学校の卒業生をあつめてレコード・コンサートをするから、蓄音機の世話をしろって」

「はあ」

例の、らす何とかの活動だろう。政次郎はため息をついて、

「どっちも、どっちだ」

清六は、いちばん大事な時期なのだ。家の情況をまったく理解せず子供のころの感覚のまま気軽に呼びつける賢治も賢治なら、よろこんで応じる、

「お前も、お前だ」

「すみません、お父さん」

こまり顔をしてみせつつ、それでも清六はきびすを返して行ってしまう。もともと兄さんっ子というのもあるし、蓄音機ずきだからでもあろうが、それ以上の、

（理由が、ある）

清六の背中をながめつつ、政次郎はそう感じた。それは何なのか。なぜ清六はあんなふうに賢治のもとへ、

（急ぐのか）

翌日の夜。政次郎は、清六を晩酌にさそった。

清六は応じた。座敷にぶらさがる橙色の電球のもと、政次郎は、ちょろちょろと音を立てて清六の杯へ一献ついでやりながら、

「最近は……何をしている」

「おらがですか？」

「いや、賢治が」

清六はむしろ嬉々として、

「原稿を書いています」

「それ以外には」

「開墾」

「か、開墾？」

政次郎は、お銚子を置いた。清六はうなずいて、

「ちかくの竹やぶを切りひらいて、畑にするんだと。体じゅう蚊にくわれた跡だらけで。切り傷も」

「はあ」

「まんつハ、笹の葉のなかへ体ごと突っ込むわけだし。ヨードくらい塗ってるでしょ

うが」

「そうして、夜はレコードか」

肴は、味噌と煮つぶである。つぶとは田螺。清六の好物なのだ。ひとつ箸でつまんで口に入れて、

「んだ、んだ。建物の西側、玄関の横に張り出した板張りの部屋があるべ。きのうは五人、あつまりました」

「音楽家にでもなる気なんだべが」

「いえいえ。兄さんは、バッハやベートーベンのリズムを詩に取り入れる気なのす」

「ほかには、どんな催しを？」

「読書会をひらいたり、近所のわらしゃどをあつめて童話っこを読んでやったり。それに……」

「それに？」

「兄さん自身が、セロを弾いて聞かせたり」

「んだが」

政次郎は、口をつぐんだ。以前ならば道楽のひとことで片づけたにちがいないが、いまは賢治の意志がわかる。らす何とかは、いや、羅須地人協会は、その活動のすべての川がことばの海めがけて駆けくだっているのだ。

そうなると、清六があんなにいそいそと賢治のもとへ行く理由もわかる。清六にとっての桜の家はつまり、政次郎にとっての、

(講習会だ)

もうだいぶんむかしの話だが、政次郎も毎年、夏休みに、大沢温泉で仏教の講習会をひらいていた。十四、五回もやったろうか。われながらずいぶん時間も金もついやしたけれども、いまにして思うと、あれは世俗の商人による学芸の世界、超俗の世界へのあこがれのしるしにほかならなかった。

たぶん清六もおなじなのだろう。羅須地人協会のため、宮沢賢治という詩人のために奉仕というより献身することで超俗のきれはしに触れている。心のあこがれをみたしている。がしかし、そうであるならば、賢治はもっと堂々としていいのではないか。

少なくとも道楽ではないのだ。世俗の鼻息をうかがわずともいい。

(金の無心くらい、しろ)

そう思いつつ、清六へ、

「賢治はふだん、何を食べてるんだべが?」

清六は、また煮つぶを口に入れてから、

「おらが見たのは……ひやめしに、汁を」

「おかずは？」

「たくわんを、こう、切らずに」

箸を置くと、棒状のものを片手で持ち、犬のように奥歯でかじるしぐさをした。政次郎は暗然として、

「痩せたべな」

「んだなハ」

と、この返事はあいまいである。痩せたのだろう。政次郎はみずからへ言い聞かせるごとく、

「まあ、教師のころの貯金がまだ少しあるべども、な」

「…………」

「清六」

「はい」

「こんど行くとき……」

「え？」

「こんど行くとき、金と米を持って行ってやれ」

そう言おうとして、政次郎は唇を閉じた。よけいなお世話だ。持って行ったところで、賢治はきっと受け取らないにちがいない。

要するに、まじめすぎるのだ。まじめすぎるから詩のために詩以外のこともしてしまう。過酷な肉体労働をみずからに課し、あらゆる芸術に深入りしようとする。そのことで心と体が追いこまれるなら、むしろその窮塞（きゅうそく）までをも、

（歓迎する）

政次郎には、賢治のそんな心事がわかる。父親がいちいち気づかうべきではないし、ましてや訪問すべきではない。賢治がみずから進む道には、

（私は、じゃまなのだ）

が、それにしても、

「問題は、冬だな」

政次郎は、ぽつりと言った。清六もこれは気がかりだったのだろう、

「んだなハ」

杯を置いて、それきり飲むのをよしてしまった。

†

夏が来た。

夏がすぎ、秋が来た。近所の人ももう、

——賢さんは、あれで道楽がやまないのかね。

などと噂もしなくなって久しい十一月はじめの或る午後、

「あ」

庭のほうから、イチの声がとどいた。

「雪だじゃい、旦那様」

政次郎はその声を、質屋の帳場で聞いた。

ことし、はじめての雪である。毎年のことだが、せつせつと途方に暮れる瞬間である。ことしは特に、

（滅入る）

その夜は、例のごとく清六と一献。この日はイチも水仕事が終わり、同席した。戸外はしんとしていた。少しふっているのだろう。この地に住む人はみな、わざわざ見に出なくても降雪のあるなしが耳でわかる。

イチは、口をはさまなかった。

夫と息子へ酌をした。が、商会の仕事の話が終わるや否や、

「清六」

「何だい、母さん」

「きのう桜へ行ったべ」

「んだ」

「賢さんの様子は……」

「良好だよ」

即答だった。イチは顔をかがやかせて、

「なにしろ兄さん、たばこを吸ってたもの。これまで吸ったことがないのに。あれはきっと体調がいいから……」

「たばこ？」

「たばこだと？」

イチと政次郎が、同時に、顔色を変えた。

清六にはよほど唐突だったのだろう。母と父を交互に見ながら、

「え？　え？　どうしました？」

政次郎は、こたえない。

イチを見た。血の気がひいている。自分もおなじ顔をしているにちがいないと思った。

†

翌日の朝、桜の家へ駆けて行った。質屋は臨時休業とした。桜の家に着き、玄関の戸に手をかけると、がらりと景気よく戸がすべる。質屋の息子のくせに、鍵を、

（かけねぇのか）

政次郎は、草履をぬいだ。

かまちに足をのせ、廊下へふみこむ。雨戸がきちんと閉てられているので基本的にはまっくらだが、家の壁には、やはり隙間があるらしい。五、六本の光線がまばゆく切り傷のように洩れこんでいる。カタカタと風鳴りの音もしているのは、これも以前のとおりだった。

廊下は、ぬれている。ふきこんだ雪がとけたのだろう。もっと冬がふかまれば、とけるどころか、

（白布を、敷いたように）

政次郎は舌打ちして、二階へ行った。

二階には部屋はひとつしかない。ふすまをあけ、一歩ふみこむ。左手の手前にはオルガンが置かれ、奥には本箱が立ててあり、その右で、ガラス戸がこちらを向いてい

た。

雨戸がないため、思うさま朝の光があふれこんで来る。極楽のようである。そのガラス戸と対峙するかたちで机がひとつ置かれていて、その机につっぷして、賢治はこちらへ背を向けて眠っていた。

足は、畳の上に正座したまま。よほど遅くまで詩想を練っていたのか。政次郎はそっと近づき、肩をたたいた。

賢治は、ものうげに身を起こした。体をねじって、

「あ……お父さん」

ことばが棒読みである。熟睡していたのだろう。きたならしい無精ひげの上からもわかるほど頬骨がくっきり浮き出して、ながい影を澱ませていた。

「お前、やっぱり」

政次郎、視線は賢治にない。

どこに向けられているか、賢治はようやく気づいたらしい。あわてて机の上の原稿用紙を二十枚くらい両手でまとめて持ち上げた。そうして、その右にある陶製の、わさび色をした灰皿へかぶせようとした。

かえって仇(あだ)になった。紙束(かみたば)の右辺がごつんと灰皿の側面にぶつかり、ころげ落ちた。ごとごとという低い音とともに畳の上に飛び散ったのは、三日月のかたちに切っ

た爪と、白い灰と、何本かのL字に折れた紙巻きたばこの吸いがらだった。

賢治はそれらを両手で必死にかきあつめながら、

「も、もうしわげねぇす。寝たばこはよくねぇ。火事のもとだ。気をつけなければなんねぇ。火事といえば子供(わらす)のころ……」

「ごまかすな」

「いや、あの」

「再発したんだな？」

賢治は、手をとめた。

それきり微動だにしない。まるで演技を終えたばかりの器械体操の選手のごとく肩を上下させ、せわしく息をしているが、その息はあきらかに、
ぜろ
ぜろ
という、砂をこすりつけるような雑音をふくんでいた。

結核菌は、

――ニコチンによわい。

というのは、おそらく俗説なのだろう。

少なくとも医学的根拠があるとは聞いたことがなかった。しかしこの俗説はごくあ

たりまえに世間に通用しているし、なかにはほんとうに、

——なおった。

という人がいることは、雑誌などにも載っていた。何しろニコチンというやつは、たばこの葉から抽出した一滴ほどの濃縮液でも虫を殺す毒になるそうだから、たばこの煙とともに体内に入れば菌くらい殺せるだろう。そういう論法らしかった。

宮沢家でも、生前のトシが、宮善から来た下男だったかに喫煙を勧められたことがあったし、イチもまた、いっとき感染予防のために吸っていた。もっともこれは紙巻きではなく、煙管（きせる）につめて吸ういわゆる刻みたばこだったけれど、とにかく宮沢家においても、結核とニコチンは、かねてから印象がわかちがたく結びついている。清六は当時、盛岡に下宿していたから、おそらく知らなかったのだろう。

「医者へは、行ったのか？」

政次郎が問う。賢治は、

「…………」

「行ってねぇな」

「…………」

「どうなんだ」

子供のころのように問いつめた。賢治はようやく顔をあげて、

「こ、このところ、いそがしくて……」

「来い」

手をひっぱり、むりやり立たせた。手がべらぼうに熱かった。二の腕が案外がっしりしているのは労働生活のせいだろう。こばもうと思えば、こばむ膂力はあるはずだが、賢治はあなたまかせだった。

無抵抗のまま階段を下り、廊下をすすみ、玄関から外へ出た。

例の、藤井謙蔵先生のところへ連行した。まだ開院前だったけれども、先生はこころよく診てくれて、

「結核では、ありません」

聴診器を耳から外しつつ、好意あふれる口調で告げた。政次郎は、

「はあ、先生……」

「ご安心なさい。近ごろ急に寒くなりましたからな。ただの風邪でしょう」

「しかし実際……」

「案じるのも無理はありませんが、いったいに、結核というのは生滅自在ですからな。咳や熱がひどいようでも菌がないこともあるし、一見、治癒したようでも、菌が病巣に生きのこり、数年後、ときには数十年後にふたたび増殖しだす」

いやなことを言う。政次郎は顔をしかめて、

「いったいには結構。賢治はどっちなんですか」

「だから結核ではないと」

「今後の話です」

「わかりません」

「そんなことではこまる！」

政次郎はどなりつけると、賢治の手を引き、医院を出た。

「町医者ではらちがあかん」

駅ちかくの大きな病院、花巻共立病院で内科医長・佐藤長松博士に診せた。やっぱり、

――結核ではない。将来はわからない。

という診断（みたて）を聞くと、

「私は町会議員、宮沢政次郎だ。徹底的な検査を希望する」

賢治はそこに四日間、入院した。結核菌は出なかった。

†

あとはもう、坂道をころげ落ちるようだった。

賢治はふたたび桜の家でひとり暮らしをした。政次郎はもう清六まかせにせず、みずから行って、

「さっさと引き払ったらどうだ。うちで休みなさい」

「ぜったい、やんたじゃ」

引き下がらざるを得なかった。まさか首に縄をつけるわけにはいかないし、だいいち政次郎だって詞藻の翼を捥ぎたくはない。なるべくそっとしてやりたいのだ。

　のこる期待は、

（また二、三べん、風邪でも引けば）

あまかった。もはや病名の有無はどうでもよかった。熱はさがらず、呼吸時の喘鳴は消えず、のどが枯れ枝のように細くなった。のどぼとけが薔薇の棘のように突出したのはトシとおなじ光景だった。

　羅須地人協会の活動も、賢治はつづけた。

ただその内容は変化したようだった。レコード・コンサートやら、読書会やら、童話の朗読やらいう芸術分野の催しは影をひそめ、かわりに農事があらわれた。

　賢治みずからが講師となって、土壌学要綱、植物生理要綱などの講義をひらいたのだ。

　聴衆はおもに同世代の友人や農学校の卒業生で、つきあいの気配が濃かったから、

あまり盛況にはならなかった。種苗の交換会もやってみたが、結果は同様らしかった。

ただし花巻の北方約十キロ、おなじ稗貫郡内の石鳥谷町において役所の建物を借りて肥料相談所を開設したときは、これは人がつめかけた。友人でもない、農学校の卒業生でもない、現にそこの田畑で苦労している農民たちが、

――宮沢先生。

と、賢治を呼んだのである。

あんまりお客が多いので、清六やクニが手伝いに行った。行列の整理にあたったり、道ばたに順番待ちのための筵を敷いたりした。

彼らはたいてい文盲だった。賢治はひとりひとりの話によく耳をかたむけ、助言をした。石灰をまぜる土壌改良の方法から、天気の見かた、通風のしかた、水の給排の方法まで。

「あなたが読めずともかまわねじゃ。肥料屋が来たら、これを見せでけで」

などと言いつつ彼らのために書いてわたした肥料設計表は、何度かやるうち二千通をこえた。このため自分の畑仕事には手がまわらず、賢治自身は、栄養がいよいよ欠乏した。相談料は無料としたため、何かを買うこともままならなかったのである。

「詩や童話は、書いているのか」

或る夜、政次郎は、清六に聞いた。

清六もこのごろは、話が兄におよぶと暗い顔になる。このときも声を落として、

「ええ」

「発表のあては？」

「ねぇそうです」

――八方ふさがりだ。

と、賢治も思ったのだろう。或る日とつぜん家に来て、

「お父さん。おら、上京します」

汽車に乗って、行ってしまった。

東京では、ずいぶん活発だったらしい。上野の図書館で本を読んだり、農事試験場を見学したりした。ときに築地小劇場へも足をはこんだのは、あるいは新劇によって現代最新の物語の技術をまなぶつもりだったのかもしれない。

(出版社への、持ちこみは)

政次郎はそれが気になった。原稿は持って行ったのだろうか。

結局、一か月たらずで帰ってきた。熱がさがらず、激しい咳がとまらなくなり、下宿先の主人にむりやり汽車に乗せられたのだという。

「ただいま、もどりました」

そう言いつつ花巻駅の改札口を出て来る賢治の足どりは、泥酔した人のようにふらふらしていた。政次郎はその足でふたたび花巻共立病院へ行き、佐藤博士にエックス線写真を撮ってもらった。

博士は写真を見て、こんどは病名をはっきりと出した。

「これと、これを見てください。左右にそれぞれ淡い影があるでしょう。これが病巣です。病名は、両側肺浸潤（しんじゅん）」

博士の篤実な説明によれば、浸潤とは、ここでは菌の侵入くらいの意味なのだそうで、賢治の場合、もっとも疑いの濃いのはもちろん結核菌である。ほかの菌は思いあたらない。

「つまり、結核ということですか」

政次郎が聞くと、

「喀痰（かくたん）検査では、検出されませんでしたから。それははっきり言うことはできない。まあ……」

「まあ、何です」

「要するに、ほぼ結核ということです。畑仕事などとんでもない。養生しなさい」

賢治は、眉ひとつ動かさなかった。あらかじめ体の感じでわかっていたのだろうか。それとも、

（賢治は、死を望んでいるのか）

横目で見つつ、政次郎は、鳥肌が立った。

†

病院からの帰り、政次郎が、

「桜の家には行くな」

と言ったら、賢治はもう、

「ぜったい、やんたじゃ」

とは言わなかった。

政次郎の家で床についた。病室は、母屋にもうけられた。台所の裏、わたり廊下をへだてた建物の二階。

八畳の和室である。たまたまあき部屋だっただけなのだが、結果として、病人には最高の環境になった。通りに面していないので静かだし、南側には中庭を見おろすガラス戸がある。それは九月の終わりのことだったから、日中の陽ざしは、まだ少しあたたかかった。

賢治は、回復しなかった。十月になり、十一月になり、初冬がいきなり厳冬になった。この家はむろん壁ごしに雪がふきこんだりはしないけれども、すきま風が入るので、窓の前には屏風が立てられた。

部屋のすみには、旧式のストーブが置かれた。ストーブは鉄製、三本足で自立する筒状のもので、下の引出しから薪や灰を出し入れする。

薪をほうりこむのは、日中は、イチの仕事になった。あんまり入れすぎるので、賢治もよほど暑かったのだろう。ふとんのなかで、あおむきのまま、

「お母さん。花巻はパラオにならねぇよ」

賢治らしい冗談だった。こんなときイチはきまって口に手もあてず、けたたましく笑いを放つのだった。

衰弱は、とまらなかった。これ以上はもう、

(やせない)

政次郎がぎゅっと目をつぶった翌日にはさらに頰がこけている、その繰り返しだった。激しい咳は、はじまると五分も十分もとまらなかった。痰はつねに血がまじっていたというより、ほとんどが血だった。

そのくせ熱のせいだろうか、肌はあざやかに桃色なのだ。このため農学校時代の教え子がときおり見舞いに来たりすると、彼らはたぶん本心から、

「お元気そうで安心しましたじゃ、宮沢先生」

もっともこれは、賢治の努力も大きかったにちがいない。賢治は人と会うときつねに汗をふき、着がえをして、何十分でもふとんの上で正座しっぱなしだった。政次郎はたいてい少し離れたところに控えていたが、内心、

（はやく去れ）

気が気でなかった。あとで賢治に、

「少しのあいだ、面会は謝絶にするべが」

と提案すると、賢治はふとんの下であおむけに寝ながら、あえぐがごとく、

「会いますじゃ。誰でも」

政次郎はいつしか、賢治専属の秘書のようになっていた。

質屋のほうは完全に閉めてしまったのだ。病気うんぬんは関係なく、清六がすっかり一本立ちしたのである。清六は商会の成績を順調にのばし、かねての目標だった自動車部品のあつかいもはじめている。政次郎はもう、手伝いたくても、かんたんな帳面つけのほかは何ひとつ手伝ってやれなかった。

町会議員もやめた。或る意味、念願の、

（これが、隠居生活か）

そのまま看病生活になっている。ときには一日中、病室から出ないこともある。或る夜、熱が四十度をこえた。そう頻繁（ひんぱん）にあることではない。賢治がしきりと、

「寒い」

と言うので、政次郎は、

「よしよし、安心しろ。私が終夜ストーブの薪をついでやる」

賢治は、あおむきに寝ている。おどろいた顔をして、ぜいぜい息をしながら、

「それだば、お父さんが体をこわします」

「大丈夫だよ」

「けど……」

「わすれたのか。あのときも大丈夫だったでねぇが」

ほほえみかけると、賢治も、どのときか理解したのだろう。照れたように、

「はい」

夜半になった。そろそろ日付が変わったろうか。賢治はうとうとしている。

政次郎は、その顔の横で正座している。ちっとも眠気は感じなかった。手をのばし、ひたいに載せた白いタオルにそっと指でふれてみる。湯気が出そうなほど熱かった。

政次郎はそれをつかみとり、枕もとの銅の盥の水にひたした。水もぬるい。両手で盥を持って立ち、階段を下り、中庭へ出た。

この日も、雪がふっている。見あげれば、あずき色にほのめく雲の空から白いかけ

らがかぎりなく、凶暴な静かさで落下してくる。

山脈(やま)をも撓(たわ)ませる量だった。政次郎は白い息を吐くと、うつむいて、松の木の根もとへ水をすてた。

かわりに盥へ雪をつめ、部屋にもどる。すぐに雪はとけてしまった。そこへあらためてタオルをひたし、ぎゅっとしぼり、賢治のひたいに載せてやる。

つめたすぎたか。賢治は、

「……ん」

枕の上で頭をふるわせ、薄目をあけた。政次郎は正座したまま、身をのりだして、

「よしよし、いい子だ。なんにも心配ねぇ」

われながら優しい声が自然に出る。賢治は二、三度まばたきして、蚊の鳴くような声で、

「ありがとがんす」

「なあに、これしき」

「あのときも、こうだったなハ。九歳のころ」

「七歳」

「んだたっけが」

「ああ、まちがいねぇ。小学校へ入る前の年だから」

政次郎はそう言って、いま思いついたという風情で、

「こんにゃく、入れるか？」

「ははは」

と乾いた声で笑ったのは、そのことも鮮明におぼえていたのか。あるいは、おぼえているふりをしたのか。

どちらにしろ、もう三十年ほど前になる。七歳の賢治は赤痢で入院した。政次郎はその看病のために店を喜助にあずけ、医者が禁止するのも聞かず、夜どおし病室につめたのだ。こんにゃくを湯であたためて布でくるみ、ふとんの中へさし入れるなどという原始的な加温療法はいまもおこなわれているのだろうか。それとも一時の流行にすぎなかったのだろうか。

「あのときは秋だったがな。ずいぶん暑かったなハ」

政次郎が声をはずませると、にわかに顔をくもらせて、

「申し訳ねぇす」

「何が？」

「あのおかげでお父さんは、いまも腸カタルで。食べるものも……」

「何を言う。私は、気にしたことはねぇじゃ」

「考えてみれば、おらは、いつも病気してたなハ。赤痢がなおっても、中学のときの

疑似チフス、高農時代の肋膜炎……」

「熱海はどうだ」

「え？」

「熱海あたりで、療養してみるべが」

と提案したのは、過去から現在へ、現在から未来へと賢治の心をひきもどしたかったのである。病歴の列挙などするくらいなら、米つぶの数でもかぞえるほうが気がきいている。

賢治は、頭がわずかに左右へころがった。首をふったのにちがいない。

「んだが。んだな」

もとより政次郎も、転地にこだわる気はない。トシがし得なかったことを賢治がするはずがないのである。息子と父は、そのまま沈黙した。

ぱちり。

ぱちり。

ストーブのなかで薪がはぜる。それ以外の音はなかった。しばらくして、こんどは政次郎が、

「すまなかったじゃ」

「何したのす」

「お前は中学校を出るとき、さらに上の学校へ行きたいと。私はにべもなく『だめだ、質屋に学問は必要ねぇ』と。あのとき進学をゆるしていれば、お前はもっと……」

「とんでもねぇ」

賢治は天井を凝視しつつ、老人のような声で、

「一年おくれだったども、結局、高等農林に行かせてくれたでねぇすが。あそこでおらは、物理や化学や地学のことばを知ったんだじゃ。だからこそ」

と、そこで咳の大波が来た。賢治はぴょこんと身を起こし、ごーっと息を吸ったあと、のどから砲声を連発した。

政次郎はあわてて、

「賢治」

真新しいさらしを口にあててやったけれど、一瞬おそく、白いふとんには雁のわたりを思わせるVの字なりの赤い点々が飛び散った。

砲声は、やまなかった。肺の空気をぜんぶしぼり出してもなお息を吸うひまがなかった。賢治がさらしを奪い取り、口におしつけて離さない。政次郎にはもう、

「しっかり。賢治、しっかり」

励ますほかの仕事はなかった。励ましたところで賢治はみじんも楽になることはな

く、ましてや病状は好転しない。ことばとは、これほどまでに、

（無力か）

永遠のごとき時間ののち、ようやく咳がやむ。今回はまだしも短いようだった。賢治はぐったりと背をまるめ、紙を敷くようにしてあおむきになった。

頭が、かさりと枕に着地した。眼窩に涙をため、目玉がとびだしそうなほど政次郎を見つめて、

「……んだはんて、おらの詩や童話は、ほかの誰にも似ないものになったじゃ」

「ばか、賢治、もういいんだじゃ。はやく寝なさい」

さらしで口のまわりの血をぬぐってやりつつ政次郎は言ったが、賢治はきかなかった。

「そのために、おらは、勘ちがいもしました」

「もういい」

「たかだか二冊出しただけで才能があると思いこんで、教師の仕事をやめ、その後も詩作に集中せず……お父さんには、迷惑を……」

「まだ出せるさ。何冊も」

「だめです。傲慢の罪のむくいです」

「人間はみな傲慢なものだ」

「机に向かえません」

その口調は、さっぱりしている。

ほとんど自慢そうだった。政次郎は頭にきた。さらしを丸めて右手ににぎると、頬をたたいて、

「あまったれるな」

「え？」

賢治は、まばたきした。政次郎は二度、三度とたたきながら、厳父の顔で、

「くよくよ過去が悔やまれます。机がないと書けません。宮沢賢治はその程度の文士なのか？　その程度であきらめるのか？　ばかめ。ばかめ」

内心では、

(何も、そこまで)

自分でも嫌になるのだが、どうしようもなかった。口も手もやまない。父親の業というものは、この期におよんでも、どんな悪人になろうとも、なお息子を成長させたいのだ。

「お前がほんとうの詩人なら、後悔のなかに、宿痾（しゅくあ）のなかに、あらたな詩のたねを見いだすものだべじゃ。何度でも何度でもペンを取るものだべじゃ。人間は、寝ながらでも前が向ける」

賢治は、目を見ひらいた。

わずかな瞼（まぶた）のうごきだったが、たしかに瞳は、かがやきを増した。

かがやきのまま、部屋のすみを見た。ストーブのあるのとは反対の、左足の先。そこには例の、ズックのトランクが置かれている。

書きためた詩や童話の草稿とともに、未使用の用紙もたくさん入っているだろう。

まるで自分に言い聞かせるがごとく、

「んだが。んだすね」

声に、底が入っている。

その目の光に、政次郎は、ふと子供のころを思い出した。小学校から帰り、鞄を玄関にほうり投げてトシといっしょに北上川の川辺あたりへ遊びに行く、そのときの、

「行ってまいります」

という元気の濫費（らんぴ）そのものの声。なまいきさと愛らしさが表裏一体だったころ。政次郎はようやく気がゆるんで、

「わるかった」

さらしを置き、手の甲で、すっと頬をなでてやった。

無精ひげでざらざらしている。何度も何度も。賢治はほほえんで、

「ありがとがんす」

「さあ、もう寝よう。体に毒だ」

「ねむれませんよ」

「歌ってやろう」

ごく自然に、口に出した。賢治は、

「え？」

「私が、歌を」

政次郎は、ふとんのほうへ手を向けた。

ふとんを少し下げ、シャツの胸をはだけさせる。その上に、手のひらを伏せて置いた。

まるで子供を寝かしつけるように胸をとんとんと叩いてやりつつ、

ほだんこ　ほだんこ
そっちの水はうまぐねえ
こっちの水はうまいぞ
昼は草葉の　露のかげ
夜はぴかぴか　高提灯
ほだんこ　ほだんこ

こっちの方さ　来い来い

歌ううち、賢治は、すうすう寝息を立てはじめた。考えてみれば、童話作家にわらべ歌をうたってやるというのも、

(珍事、かな)

政次郎はなおもしばらく歌をつづけ、胸のとんとんをつづけた。雪はふりやまず、夜の静けさはいっそう濃度をました。

†

賢治はその後も、まっすぐに、トシの行った道を行く。

半月後には、

「お父さん」

と、二、三分おきにのどの渇きを訴えるようになった。肌が濁ったすみれ色になった。体のふしぶしが痛むのだろう、ちょっと体が動くたび目をつぶって顔をゆがめる、そのゆがめかたなど、眉間のしわの模様まで十年前の妹とそっくりだった。いったん咳をはじめると、ときに二時間半もつづいた。政次郎は正視し得ない。ガ

ラス戸ごしに天をあおぎ、雪雲をにらんで、

（よせ、トシ。誘うな）

唯一ちがうのは、枕もとに、筆立ての立っていることだった。

これはトシにはなかったことである。なかには色のちがう四、五本の鉛筆。すべて先がとがっているのは、これはもちろん、少しでも禿（ち）びると政次郎がナイフで削るのだった。

賢治にも、気分のいいときはある。熱がやや下がり、咳が来ず、すらすら息ができるひとときに。賢治はゆっくりと身を起こし、ふとんの上に正座して、黒い、革装の、手のひらにおさまる大きさの手帳をひざに置くのだった。

原稿用紙はもう手にあまるのだろう。手帳はひらくと両手のサイズになる。本来は西洋ふうの左びらきのものなのだが、賢治は日本ふうに右びらきで、つまり裏表紙から順に書いた。縦に字を書きたいからだろう。思案のじゃまになることを恐れて、政次郎はこんなとき、

（さて）

そっと部屋を出るのがつねだったが、それでも、ときに目に入ってしまう。ほとんど縦書きの日本語だった。文語詩のようなものもあり、誰かの俳句の引用らしきものもあったけれども、正直なところ判読はむつかしかった。一字一字かたちがくずれ、

縦横の線がぐにゃぐにゃで、ことにひらがなは蚯蚓（みみず）があばれるようなくずし字なのだ。

鉛筆がしっかり握れないのだろう。或る日は、カタカナで詩を書いた。カタカナは字形が単純だから少々くずれてもわかる。ちらりと見ただけで、

——マケズ
——マケズ
——マケヌ
などの文句がみとめられた。

（病気に、負けぬ）

そんな決意をあらわしていると政次郎は読んだけれども、どうだったろう。何日もかけて最後のページまでほぼ埋めてしまうと、賢治はぱたりと手帳をとじて、

「お父さん」

「何だ」

「清六を、呼んでください」

「よしきた」

政次郎は、となりの家へ行った。清六はいなかった。取引先へでも出ているのだろう。この日もまた、

（レコード、かな）

賢治はときどき西洋音楽が聞きたくなると、清六を呼び、蓄音機の設置、竹の針のとりつけから回転盤の操作にいたるまで、すべてやらせることがあった。むろん政次郎もできるのだが、賢治に言わせれば、音のよさがちがうらしい。

もっとも、この日は、清六が帰宅して病室へ来て、

「きょうは何だい、兄さん。バッハ？　ブラームス？」

と聞くと、賢治は身を起こしたまま、ゆっくりと首をふって、

「あれ」

ふとんから手を出し、左足の先をゆびさした。

部屋のすみには、例のトランクが置かれている。清六はそっちを向いて、

「あれが、なにしたのす」

「お前にやる」

「え」

清六が、賢治を見た。

笑みが消えている。そこに何が入っているか、むろん熟知しているのだ。兄は淡々と、

「どんな小さな出版社（ほんや）でも、出したいところがあったら出してけで。これも」

清六へ、手帳をさしだした。

清六はあわてて賢治のそばへいざり寄り、受け取った。遠慮したのか、ページをひらいて見ることはしない。

「大事にしてくれ」

「う、うん」

「どこも相手にしなかったら」

賢治はそう言うと、胸から下は動かさず、こけしのように首だけを政次郎へ向けて、

「そのときは、迷いのあとだ。処分してください、お父さん」

すなわち賢治はこのとき、成功は弟に、失敗は、

(私に、託した)

これ以降。

賢治は、起きられなくなった。

あおむけのまま咳が出つづけた。鉛筆もにぎらず、レコードも聞かず、寒い暑いをうったえることもなかった。ときどき思い出したように、

「お父さん」

「何だ」

「すみませんが、水こ」

と要求したときは、政次郎が頭の先へまわり、背中の下へ両手をさしいれ、ふわりと身を起こしてから吸い飲みの口を唇にあてがってやるのだった。

ほかには、することがない。

政次郎はほぼ一日中、病室につめて、賢治の顔を見つめた。無精ひげにまみれ、頰骨が浮き、そのくせ耳たぶはふっくらと白い肉がついたままの愛息の顔を、まるで義務ででもあるかのように。或る意味、おだやかな日々だった。

見舞い客は、もう来なかった。来るべき人はみな来てしまった上、

——行かぬほうがいい。患者の体にさわる。

と話がまわっているのだろう。賢治は、生まれたてのころそうだったように、ふたたび、

(家族だけの、賢治に)

が。

或る日。

夜七時ころ。病室のふすまをクニがひらいて、

「お客さん」

「え？」

「お客さんです。お兄ちゃんに」

　この日は、イチも枕もとにいた。眉をひそめて、

「清六に？」

「いいえ」

「賢さんに？」

「ええ」

「誰かね」

「それが」

　クニは廊下にひざをついたまま、首をひねって、

「ずいぶん前に、お兄ちゃん、石鳥谷町で肥料相談所をやったったべ。あれに来てたって。もらった設計表のとおりに毎年きちんとやってるのに、なしてが、ことしは稲熱病（いもち）にやられたから、あらためて教えてほしいんだど」

「だめだ」

　即答したのは、政次郎。

「こっちは、それどころではねぇのだ。自分の頭で考えろと……」

「お父さん」

　と声でさえぎったときにはもう賢治は頭を浮かせている。体を右へころがし、手を

ついて、上半身を起こしはじめた。

「賢治！」

「お母さん、着がえさせてください。すみませんが」

どこにそんな力がのこっているのか、賢治はふとんの上で、二本の足で立った。電灯に頭がぶつかりそうで、こんなに背が高かったのかと政次郎はおどろいた。

イチが汗をふいてやり、絣（かすり）の着物を着せてやるあいだも体をみじんも動かさず、虚空の一点を見つめている。頬に、赤みがさしていた。

もっとも、ふすまのほうへ一歩ふみだせば、そのふみようは豆腐もつぶせないほど軽い。階段を下りるのは危険だろう。

「さあ」

さきに政次郎が二段下り、ふりかえって賢治に手をさしのべた。

賢治は、ためらわなかった。その手をにぎり、いわば杖がわりにして蹣跚（まんさん）と、ねんごろに足をおろしてゆく。わたり廊下を横ぎり、母屋へ入り、まっすぐ廊下をぬければ玄関だった。その土間には、

（きたない）

政次郎がつかのま顔をしかめたほどの、服も髪も土にまみれた、日焼けした男がひとり立っていた。

蠅が、頭上を旋回している。

顔のしわの具合からして五十そこそこにちがいないが、腰がまがり、七十ほどにも見える。賢治は板の間に正座して、男を見あげ、

「なじょしたのす」

「じつは」

と、男は話しはじめた。政次郎はうしろで聞くことにしたが、

（ちっ）

舌打ちを何度もした。およそ知能というものの感じられない話しぶりだった。語彙はとぼしく、説明はいちいちまわりくどく、主語はつねに自分で、おなじことを繰り返して倦まぬのみならず訛りが強い。政次郎にもわかりかねるほど強い。

（賢治の顔色が、わからんのか）

賢治は、背すじをのばしている。ひざをくずさず、

「ええ、ええ」

相槌を打ちつづけている。耳もとでイチが、

「旦那様、もう限界だべじゃ。立ち入ってください」

と何度もささやくのが聞こえる。そのたび政次郎も、

「よし」

前へ出ようとするが、結局、決行できなかった。それほど賢治の背中は真摯だった。

後光に打たれる思いだった。一時間もしゃべってしまうと、百姓は意見をもとめもせず、一風呂あびたような顔になって、

「ありがとがんす。先生」

お辞儀をして、出て行ってしまった。

礼金も、手みやげも置いて行かなかった。何のために来たのかわからない。戸が閉まるや賢治の背中はどんよりと縦にちぢみ、右へたおれそうになったので、政次郎はうしろから賢治の右脇へ手をさしこんだ。

左脇へは、清六が入れた。仕事から帰ったのだ。ふたりで声を合わせて賢治を立たせる。つま先がだらりと床についた。頭がぐらぐらしている。

「さあ」

むろん、階段もひとりでは上がれない。ふたりで二階へかかえあげる。部屋に入ると、賢治はとろりとした目でまわりを見て、

「おらの部屋か」

「んだよ、兄さん」

「今夜は、電灯が暗いなあ」

いつもとおなじ明るさである。清六は、

――まずい。

と思ったのだろう。政次郎に目くばせした。賢治をふとんに寝かせながら、

「兄さん、今夜はおらもここで寝たい。いがべす？」

枕の上で、賢治はかすかに首を縦に動かした。清六はとなりに自分のぶんを敷いた。

政次郎は、清六にはさからわない。イチとクニへ、

「んだば、私たちは母屋へもどろう。おやすみ、清六」

「おやすみなさい」

「おやすみ、賢治」

賢治は、もう寝息を立てている。

その晩は、じつに久しぶりに静かだった。ふだんなら一度や二度、かならず夜中に猛烈な咳にみまわれるし、その声は母屋にまでも響きわたるのだが。政次郎は熟睡し、われながら、

（まさか）

呆然としたことに、翌朝、寝坊したのである。

思いのほか疲労していたのかもしれない。清六はもう仕事へ出るところだった。寝

不足の気配のみじんもない顔で玄関に出て、となりの家へ行こうとするのへ、

「賢治は？」

清六は唇の前で指を立てて、しーっと大げさに言ってから、

「よく寝てるじゃ」

政次郎は、気分がいい。胸中の垢（あか）がさっぱり流れ落ちたようである。イチやクニと食事をし、からっぽのめし茶碗へ緑茶をついで飲んでいると、

――南無妙法蓮華経。

裏手から、とつぜん声がした。日蓮系の宗派のいわゆるお題目だが、反射的に、

（賢治ではねぇ）

あんな大声（おおごえ）を出せるはずがないのである。政次郎たち三人は、台所をぬけ、わたり廊下をへだてた建物に入り、どかどかと二階へ上がった。

ふすまをあけると、

「南無妙法蓮華経。南無妙法蓮華経」

やはり賢治である。身を起こし、手を合わせ、かすれ声をあげつづけている。政次郎はぞっとした。唇のはしに赤いよだれが垂れている。頬の肌はまっしろで、その上にはあたためた牛乳の膜のような、それを膠（にかわ）でかためたような塊状（かいじょう）のしわができつつあった。

「賢治」

返事なし。

南無妙法蓮華経。南無妙法蓮華経。政次郎は左右の手で手首をつかんで合掌をひっぺがし、耳もとで、

「賢治。賢治！」

賢治は、ながい黄色い奥歯をむき出した。すさまじい顔でこちらを向く。口調は案外おだやかに、

「何です、お父さん」

「う」

政次郎は、ことばにつまった。

じつはもう、言うことは決めている。何をするか決めている。ここ数日はそればかり考えていたようなものだった。前にも一度したことがあるけれども、そんなのは何の後押しにもならぬどころか逆にためらいの種にしかならない。

「賢治、その……」

「何です、お父さん」

ふたたび問われて、腹をかためた。

政次郎は、ひとつ小さく深呼吸した。そうして口をひらき、つとめて冷然と、

「これから、お前の遺言を書き取る。言い置くことがあるなら言いなさい」

「旦那様！」

イチが、さけんだ。横から胸ぐらをつかまんばかりに、

「そんたな無情なこと。賢さんは死にません。これまで何度も、何度も」

「持って来なさい、イチ。筆と巻紙を」

「やんたじゃ」

「イチ」

「聞がねじゃ」

両手で耳をふさいだ。みょうに愛おしいしぐさだった。政次郎は、

「そうか」

おだやかに言うと、立ちあがり、部屋を出た。

階段を下り、母屋へ行き、文机のひきだしから前もって用意していた大きな硯箱をとりだす。手ばやく墨をすり、筆も巻紙もまとめて硯箱のなかへ入れ、通りへ出た。

となりの家へ行った。宮沢商会の戸はあいている。なかの土間には、モーターか何かの部品だろうか、能狂言につかう小鼓の革をぬいたような筒状の金属製品がきれいに整列していて、清六がひとり、指ふりたてて数をかぞえていた。

「清六」

通りから呼びかけて、

「あれだ」

硯箱をちょっと持ちあげてみせた。この大事には、未来の家長を立ち会わせぬわけにはいかない。

清六は顔色を変えて、

「はい」

ふたりで病室にもどった。政次郎は賢治の枕の横にすわり、

「さあ、賢治」

硯箱から筆と巻紙を出して、突き出してみせた。賢治は、

――やっと来たか。

とでも言いたそうに笑った。うっすらと唇をひらき、むぞうさに、

「遺言はありません。ただ日本語訳の妙法蓮華経を一千部つくって、みんなに差し上げてください」

「寿量品だけか？」

ただちに聞き返したのは、政次郎はかねて知っていたのである。妙法蓮華経というお経はぜんぶで二十八の品、いわば二十八章にわかれるが、その第十六番目の寿量品

こそ、賢治が、

——宇宙的大生命が説かれている。

ともっとも心を寄せ、信仰を篤くしている対象ということを。実際、賢治は、その品だけを抜粋し印刷して、

「これが、正しい道です」

などと言いつつ駅前で道ゆく人に配布したことがある。あれは国柱会の活動だったろうか。とにかくこれは理解者の質問だった。賢治はやすらかな目になり、

「全品を、お願いします」

「わかった」

政次郎はそのことばを、手ばやく巻紙に書きつけた。そうして筆を置き、朗々と読みあげて、

「これでいいか」

「けっこうです」

「えらいやつだ、お前は」

政次郎は、本心を吐いた。賢治はほうと息を吐くと、政次郎のうしろに立っている弟へ、

「清六。おらもとうとう、お父さんに、ほめられたもな」

（嘘だ）

政次郎はあやうく抗議を申し入れるところだった。とうとうどころの話ではない。これまで何度ほめたことか。

数えきれぬほどではないか。おさないころ画数の多い字が書けたとき。小学校ですべての教科の成績が「甲」だったとき。農学校への就職をきめたとき。『春と修羅』を世に出したとき。ほんの何日か前も、梨がひときれ食べられたとき。

むろん、本気ではないのだろう。賢治一流の諧謔なのだろう。そう思うことにして、

「ほかにはねぇが」

「あとで、また」

この返事に、政次郎は不覚にも、

（あとで、か）

安心した。

山頂にたどりつき、にわかに力がぬけた心持ちだった。よっこいしょと尻をあげて、

「硯箱を置いてくるよ。清六、お前は？」

「仕事にもどります」

「イチは？」

「いいえ」

まだ憤(いきどお)っているのだろう、さっきまで政次郎のすわっていた場所へいざり寄って、顔も合わせず、

「私は、賢さんと」

「んだが」

政次郎はクニにも声をかけ、三人で一階へ下りた。

清六はそのまま玄関のほうへ行く。政次郎は硯箱を置き、中庭に面した縁側に出ると、クニに手伝わせて古新聞を敷いた。

その上に巻紙の、字のある部分をひろげて文鎮をすえた。よく晴れている。墨はじき乾くだろう。

柱にかけた時計を見る。昼すぎである。まだ腹はへっていないが、少し口ざみしい感じがする。

「クニ、クニ、ぺっこ一服せんか。茶をたのむ」

「はい」

「茶請けは、あれだ、栗まんじゅうがあったろう」

おっとりと言いつつ母屋のほうへ体を向けたとき、上から、

「賢さん！　賢さん！」

イチの声である。これまでに聞いた彼女のどの声よりも、

（甲高い）

政次郎はクニと顔を見あわせ、階段を駆けあがった。

清六も来た。ふたたび三人で部屋に入ると、イチが腰を浮かし、賢治の肩をつかんでいる。

「賢さん！　賢さん！」

泣きながら大きく上下にゆすぶっている。目を閉じた賢治の頭はがくがくと左右にころがるばかり。その拍子は、イチと合っていなかった。

賢治の右腕は、ふとんの上。

Vの字なりに折れていて、手は首の横にある。指先には白い脱脂綿がひとつまみぶん、敷布の上に落ちていて、透明なしみができている。

（何が起きた）

政次郎は、入口のところで立ちすくんだ。

†

以下は、のちのイチの話である。

政次郎、清六、クニがぞろぞろと部屋を出てしまうと、イチは賢治とふたりきりになった。

「お父さんは、行ったべが」

賢治はぼんやり天井を見たまま、

「ああ、行ったじゃ」

「巻紙は？」

「ちゃんと持ったじゃ」

「んだが」

賢治はようやく気の晴れたような顔になって、うららかな口調で、

「のどが渇いた。すまないけど、水こ」

「はいはい」

イチは吸い飲みを取り、唇のはしへ吸い口をさしこんでやった。かたむけた水の量はわずかだったが、賢治はみょうに芝居がかった調子で、

「ああ、いい気持ちだ」

それから、まばたきを二、三度して、

「体を、ふこう」

イチは、従順な母親だった。かたわらに置いてある金属製の薬箱のふたをあけ、小

さなガラス瓶をつまみ出し、ちぎった脱脂綿へとろとろと無色透明な液体をしみこませた。

オキシフル、過酸化水素水溶液である。独特のすっぱいような臭いにイチは顔をしかめつつ、右手を出し、脱脂綿をにぎらせてやった。賢治はそれで左手をふき、首をふいて、

「いい気持ちだ」

それが、最後のことばだった。

きゅうに目を閉じた。右手をVの字なりに折り、首の横で脱脂綿をつまんだまま。

――眠った。

イチはそう判断し、ほほえんだという。

「ゆっくり休んでんじゃい」

部屋を出ようと立ったところ、ほたりと音がした。

脱脂綿が落ちている。賢治の呼吸が変化していた。まるでセロか何かの演奏者が指揮者にそう指示されたかのように、正確に、ひといきごとに、音を小さくしている。

そこだけふっくらとした耳たぶが、ふいにゆれた。とともに、音はあっけなく無になった。

「賢さん！　賢さん！」

イチはすがりつき、その肩を大きく上下にゆすった。賢治の頭はがくがくと左右にころがったが、頰の肌は、その詩や童話にしばしば描かれているような、すきとおった色だった。

10　銀河鉄道の父

二年後、八月。

花巻も、ほかの土地なみに夏である。

天地に草木（くさき）の緑があふれ、みんみん蟬（ぜみ）の声があふれるなか、政次郎の家も、とつぜんにぎやかになった。

「こんにちは」

いちおう他人行儀な挨拶をして、岩田家へ嫁いだ次女のシゲが来たのだ。来月には賢治の三回忌をここでやるので、その準備もかねて里帰りをしたのである。

政次郎は、イチとともに玄関へむかえに出た。イチが口に手をあてて、

「じゃじゃ」

目を細めたのは、シゲのうしろに五人の子供が立っているのだ。

みんな背がのびた。声をそろえて、

「こんにちは。おじいさん、おばあさん」

「お上がり。お上がり」

イチがいかにも祖母らしい口ぶりで言う。政次郎はみょうに照れてしまって、どういう返事もできなかった。シゲは草履をぬぎながら、

「お母さん、きょうは何の準備を？」

「来月お客さんに出す干し瓜をこしらえるべよ。ついでに子供達の昼食も」

「梅漬は？」

「それも干すべが」

「んだば、お父さん」

と、シゲはもう廊下の奥へすすんでいる。ふりかえって、

「お昼まで、わらしゃどの相手してて」

「相手って、おい……」

「だいじょうぶよ。お父さんも五人の子供を育てたんだべ？」

背中を見せ、イチとともに台所へ入ってしまった。たちまち主婦たちの雀のさえずりがはじまった。

シゲは、もう三十五歳である。結婚したのはまだ姉のトシの生きているころだったが、それから数えても、

（十三年、か）

最近はいよいよ腰まわりに肉がつき、性格的にも面の皮が厚くなった。政次郎へのものの言いようも、自由というより直截である。

「まったく、あいつめ。父親に向かって」

口をへの字にしつつ、政次郎はふたたび玄関を見る。そこには五人の孫がいる。二男三女の組み合わせは、それこそかつて育てた政次郎自身の子供のそれとおなじだった。

こっちは、もう還暦をすぎている。年があんまり、

（離れている）

と思うのだが、シゲのやつめ、わざと政次郎ひとりに荷を負わせたのだろう。夏休みというのは、どこの家でも、祖父と孫がゆっくり交わることができる数少ない機会なのだ。

気が進まぬが、仕方ない。ぶっきらぼうに、

「あー、では、相手をしてやる。座敷に来なさい」

座敷の奥には、仏壇がある。

日中は、扉をひらいている。蠟燭の灯を受けてきらきらしく佇立しているのは、浄土真宗の本尊、阿弥陀如来だった。おずおずと入って来た孫たちへ、

「心をこめて、お祈りしなさい」

ひとりずつ正座させ、合掌させ、南無阿弥陀仏をとなえさせた。それが終わると縁側の、風の入るところを手で示して、
「ならんで、おすわり」
孫たちは、気おくれしているのだろう。政次郎がこわいのかもしれない。まるで戦争の捕虜のように言われるまま右から年の順に正座した。名前はそれぞれ、
純蔵（じゅんぞう）
フミ
セイ子（こ）
杉子（すぎこ）
祐吾（ゆうご）
であり、年齢は十二、九、七、六、四。
上のふたりは、だから小学校にかよっている。どちらも第一学期の成績はよかったそうで、これは血すじというべきか。こうして神妙にしているところを見ると、シゲも、夫の豊蔵も、なかなか躾がきびしいらしかった。
もっとも、やや緊張がとけたらしい。長男の純蔵と長女のフミが、ささやき声で、
「お前が」
「お兄ちゃんが」

言い合いをはじめた。ひざの先がふれたとかふれないとか、理由は他愛ない。声はだんだん大きくなる。彼らの背後のガラス戸はあけはなたれ、庭が見え、ただし虫よけの網（あみ）がつりさげられていた。

天地は草木の緑があふれ、みんみん蟬の声があふれている。すべてが生命（せいめい）の過剰である。ふと、

（賢治とトシも、こうだったかな）

心に風のふくのを感じながら、

「静かにしなさい」

ふたりの孫は、ぴたりと正しい姿勢になった。政次郎はくすりとして、

「偉いぞ、お前たち。まっごど偉い」

たかが姿勢ひとつである。われながらほめすぎかとも思われたが、これで政次郎自身、楽になった。仏壇の前へ行き、そなえてあった小ぶりのスクラップ・ブックをもってきて、

「んだば、ひとつ詩を読むべがな。なに、むつかしくない。おととし死んだお前たちの伯父さんが書いたものだからな」

立ったまま最初のページをひらき、そこに貼りこんである新聞の切り抜きを朗読した。一年前「岩手日報」夕刊が賢治一周忌に寄せて掲載したものだった。

雨ニモマケズ
風ニモマケズ
雪ニモ夏ノ暑サニモマケヌ
丈夫ナカラダヲモチ
慾(よく)ハナク
決シテ瞋(いか)ラズ
イツモシヅカニワラッテヰル
一日ニ玄米四合ト
味噌ト少シノ野菜ヲタベ
アラユルコトヲ
ジブンヲカンジョウニ入レズニ
ヨクミキキシワカリ
ソシテワスレズ
野原ノ松ノ林ノ蔭ノ
小サナ萱ブキノ小屋ニヰテ
東ニ病気ノコドモアレバ

行ッテ看病シテヤリ
西ニツカレタ母アレバ
行ッテソノ稲ノ束ヲ負ヒ
南ニ死ニサウナ人アレバ
行ッテコハガラナクテモイヽトイヒ
北ニケンクヮヤソショウガアレバ
ツマラナイカラヤメロトイヒ
ヒデリノトキハナミダヲナガシ
サムサノナツハオロオロアルキ
ミンナニデクノボートヨバレ
ホメラレモセズ
クニモサレズ
サウイフモノニ
ワタシハナリタイ

孫たちは全員、つまらなそうな顔をしている。おのれを律せよ、りっぱな人間になれというような修身道徳をおしつけられたと思ったのだろう。政次郎は急いで、

「そうでない。そうでないんだじゃ。これは伯父さんが病気のとき、ふとんの上に正座して、手帳に書いたものなんだ。私はその書くところを見た。そのときは私も『病気に負けず、人間として完成したい』というような道徳的な意味だと受け取ったんだが、いまはちがう。しかつめらしい話でねぇべ。伯父さんはただ、鉛筆を持って、ことばで遊んでただけなんだじゃい」

子供には、反応しやすい語である。七歳のセイ子と四歳の祐吾が、同時に、

「遊んでた？」

「おお、んだ。あるいはいっそ、いたずら書きしてた。だってそうでねぇが。雨にも負けず、風にも負けずなんて見るからに修身じみた文ではじまって、誰も文句のつけようがない立派なおこないばかり書きつらねたと思ったら、最後のところで『私はなりたい』。なーんだ、現実にそういう人がいるって話じゃなかったのか。ただの夢じゃないか。こっちは拍子ぬけってわけだなハ」

さばさばとした口調でしゃべりながら、政次郎は、

（賢治）

愛息の臨終を思い出している。

というより、臨終に立ち会わなかったことを思い出している。政次郎はいまや揺るぎなく確信しているのだが、賢治はあれを故意にした。政次郎が巻紙の墨を乾かしに

下りたその須臾に息を引いたのは、意図的に店を早じまいしたのだ。

そう。政次郎はイチの悲鳴を聞いて、ふたたび病室へ入ったとき、

（やられた）

呆然としたことをおぼえている。賢治は最後の反抗をしたのか、それとも死という

むさくるしいものを、

――お父さんに、見せない。

と配慮したのだったか。政次郎はその後もたびたびこのことを思い出し、そのつど

後悔したけれども、結局は、あれも賢治一流の、

（遊び。いたずら）

だったのかもしれない。そう思うようになった。

たまたま最後のかくれんぼ。オキシフルの脱脂綿もそのための小道具。賢治はまじめだが、しかし沈鬱な人間ではないのである。おさないころは、いや、大人になっても、妹や弟をいつも笑わせていたものだし、晩年のあの羅須地人協会とやらも、或る意味、清六との遊びのようなもの。だいたい詩だの童話だのいうしろもの自体が、

（そもそも）

孫たちは、きょとんとしている。

大きな目をぱちぱちさせて政次郎を見あげている。こんな政次郎の「雨ニモマケ

ズ」解釈にはどうやら心を打たれなかったらしいけれども、これはまあ、考えてみれば仕方ないことだった。子供には、死ほど想像しがたいものはない。

「よし。んだば」

政次郎はスクラップ・ブックをばたりと閉じ、ことさら芝居がかった口調で、

「べつのを読もう。こんどは童話だ」

仏壇の前へそれを置き、かわりに横の、三冊一組の本の立ててあるほうへ手をのばした。

『宮沢賢治全集』全三巻。販元の文圃堂書店は東京本郷、東京帝国大学前に店があり、まちがっても自社の商品を古本屋へながしたりしない信頼できる出版社だった。

宮沢賢治。

詩人・童話作家としてのその姓名は、本人の死後、にわかに注目をあびている。

地元岩手はもちろん中央文壇からも賞讃者があいつぎ、わずか一年にして全集刊行のはこびとなった。編纂者には高村光太郎、草野心平というような一流詩人などのほか、流行作家の横光利一までもが名をつらねたのである。

そのなかに、清六も入っている。これはもちろん文士ではないが、原稿の提供者、校訂者として入ったのだ。この全集刊行により、賢治の名は、今後ますます世にひろまるだろう。

ひょっとしたら日本中、知らぬ者のない存在になるかもしれない。政次郎はそう思ったりもするし、

（まさか）

と自分をいましめたりもする。とにかくいまは朗読である。第三巻をひっぱり出し、手におさめ、孫たちの前へもどった。

或るページをひらく。われながら浮き浮きした声で、いきなり本文冒頭から朗読しはじめる。

一、午後の授業

「ではみなさん、さういふふうに川だと云はれたり、乳の流れたあとだと云はれたりしてゐた、このぼんやりと白いものが何かご承知ですか。」

先生は、黒板に吊した大きな黒い星座の図の、上から下へ白くけぶつた銀河帯のやうなところを指しながら、みんなに問ひをかけました。

カンパネルラが手をあげました。それから四五人手をあげました。ジヨバンニも手をあげようとして、急いでそのまゝやめました。

孫たちは、これは興味があるようだった。場面が学校の教室だから心に描きやすい

のだろう。全員、正座したまま、頬をきらきら光らせている。この顔を、

（賢治に、見せたかった）

ふと胸がつまったとき、

「さあさあ、ごはんだじゃ」

無遠慮な声とともに、シゲがどすどす入って来た。

政次郎の次女、孫たちの母親。ふとい腕でしっかりと杉の盥をかかえている。座敷のまんなかにはあらかじめ円形の卓袱台が出してあるので、その上に置き、置いた拍子にたぷりたぷりと音がした。

盥には、水が張ってある。

その底に、大筆で書いたような白い線がうねうねと打ち重なりつつ沈んでいる。ひやし素麺である。

「何だ、もうか」

政次郎は唇をとんがらせたが、子供たちは正直だった。本より食い気と言わんばかりに全員いっせいに立ちあがり、わらわらと卓袱台をかこんでしまう。卓袱台は、ようやく最近この家にも導入された新時代の家具だった。

すわる場所も、めいめい勝手。政次郎は体をねじり、

「こら」

注意しようとして、よした。ただ苦笑いしただけだった。イチが来て皿をくばり、つけ汁の入った小鉢をくばる。五人の子供と三人の大人は、上座も下座もない車座になって、

「いただきます」

手を合わせ、ひとつの盥へ箸をつっこんだ。クニはすでに政次郎の世話で結婚していて、いまはいない。清六はじき商会の仕事を一段落させて来るだろう。

麵をすする音を立てながら、少し腹がおちついたのか。十二歳の純蔵がまじめな顔で、

「おじいさん。さっきのお話、何という題ですか」

「さっきの話？」

「ええ、あの教室で、カンパネルラとジョバンニが……」

政次郎はにっこりした。箸を置き、えへんえへんと咳払いして、

「『銀河鉄道の夜』」

「ふたりは最後、どうなったのです？」

「わからねぇ。未完成だから」

「未完成？」

純蔵は、そんなものが本になるのかとでも言いたそうに首をかしげた。政次郎はう

なずいて、

「んだじゃ。君たちの伯父さんは悪いやつだ。あれだけ原稿に手を入れたくせに、幕を引かねぇのす」

「どうすればいいのです」

と、純蔵は顔をくもらせた。子供はいつも結末をもとめる。宙ぶらりんは不安なのだ。政次郎が、

「お前たちが書けばいい。ここで」

こめかみを指さしてみせると、純蔵はずるいという顔をして、

「おじいさんは？」

「私はほら、お前たちより先に逝く。そうしたら伯父さんに会えるから、じかに聞くよ」

「ずるい」

「ずるくねぇじゃ」

純蔵のふくれ顔のむこうに、仏壇がある。視界のすみにそれが入った。

扉がひらいている。なかでは蠟燭の灯を受けて、阿弥陀如来がきらきらしく佇立していた。それこそ政次郎が子供のころから見なれた光景、なじんだ信仰。

（会えるかな）

そのことが、胸にきざした。

宗派がちがう。賢治はいま、政次郎の信じる西方極楽浄土ではなく、日蓮の教えの天上にいる。

そこでトシに何かしら読んで聞かせている。トシはそこにいないはずだが、なぜだろう、政次郎はそんな光景がいつも脳裡を去らなかった。

おのずから、賢治との最後のやりとりが思い出される。

——日本語訳の妙法蓮華経を一千部つくって、みんなに差し上げてください。

——寿量品だけか？

——全品を、お願いします。

——わかった。

この約束を、政次郎はたしかに果たした。専門家の助言をあおいで本文をつくり、活版で印刷し、校正者に見てもらって、和綴じの本にして、挨拶状をそえて思いつくかぎりの人々へ発送した。

清六にも協力してもらった。いろいろ面倒なことも多かったけれども、本づくりはたのしかった。あれ以来、ふしぎなことに、生前よりも賢治がいっそう近くなったような気がする。

賢治とようやく打ちとけた話ができたような気がする。会ったらまた口論になるだろうか、トシが横で泣くのだろうかと素麺をすすりつつ想像をめぐらすうち、政次郎はふと、改宗しようかと思いついた。

解説

内藤麻里子（文芸ジャーナリスト）

いやはや、宮沢賢治のお父さんは大変だ……。

誰しも、まずはそんな感慨を抱くだろう。なにせ賢治ときたら家業を手伝わせても役立たず。製飴（せいい）工場をつくると言い出したと思ったら、イリジウム採掘に気を取られ、人造宝石にうつつを抜かす。そのたびに資金源として父親を当てにする。国柱会に夢中になり、教えを広めんと街中で太鼓をどかどか鳴らして回ったり、パンフレットを配ったり。親としては頭を抱える事態である。典型的な〝困ったちゃん〟の息子ではないか。しかし父はそんな息子を見捨てられない。ついつい手を差し伸べてしまう。

あれ、これってどこかで聞いたことがある話だとお気づきの方もいるはずだ。幼い賢治が赤痢で入院すれば、家長自らが病院に泊まり込み看病するという当時では規格外の過保護っぷりも含めて、考えてみれば、現代ではよくある家族だ。ところが、時は明治。だからこそ、政次郎はその父喜助に「お前は、父でありすぎる」と苦言を呈される。

門井慶喜さんは本書『銀河鉄道の父』の単行本が刊行された二〇一七年のインタビューで、この親子関係に現代性を見出したと明かし、父親像を次のように語っている。

「歴史的価値や意義というより、二十一世紀の我々にとって心に残る父親像がある。厳しさと過保護の間で揺れ動く現代のお父さん」。そんな父政次郎の日々を、本書で「決断と反省の往復である」と書く。

実家は質屋兼古着屋を営む地元でも有数の商家で、政次郎は町会議員を務める名士。そこで育った息子像も現代的だ。

「親のすねをかじることに、気恥ずかしさを感じていない。なぜかといえばお金持ちの親子なので、豊かな時代に生まれた我々と同じメンタリティーを持つことが可能だったから」

つくづく小説とは視点、切り口で決まってくるものだと思う。こうして、『銀河鉄道の夜』や「雨ニモマケズ」の詩で知られる国民作家、宮沢賢治という子と父の思いもかけない姿が浮かび上がってくる。

執筆のきっかけは、自身の子供たちのために賢治の伝記漫画を買ったこと。政次郎は少ししか出てこないが、そこに先に紹介した父親としての現代性を見出した。直感的に「人間としてすごい人だ」と感じ取ったという賢治の意思を抑圧したといわれる。

「従来の研究では、政次郎は悪者。書きたいという賢治の意思を抑圧したといわれる。アンチテーゼと言いますか、小説になるんじゃないかと思いました」。

それから政次郎の足跡を求めて探索をスタート。『宮沢賢治全集』(筑摩書房)の年譜から拾い出すことに始まり、「砂金採りのように」コツコツと積み重ねた。なんとなれば郷土史にも研究書にも小説にも、政次郎関係の本は一冊もないからだそうだ。だから本書は、「日本初の政次郎の本」となる。

「父でありすぎる」政次郎にぐんぐんひきつけられる。「子供のやることは、叱るより、不問に付すほうが心の燃料が要る」「われながら愛情をがまんできない。不介入に耐えられない。父親になることがこんなに弱い人間になることとは、若いころには夢にも思わなかった」と、父親の実態を丹念に言葉にしていく。石に夢中になる子供の姿に、(うらやましいのだ)と吐露もさせる。

一方では家業を継がせようとし、仕送りを当てにしている息子の性根を見透かし、一歩も引かず宗教論争で対峙するなど賢治の壁であり続ける。人造宝石の夢を訴える手紙は実在するそうで、「自分の息子に将来あんな手紙を書かれたら、僕、泣くと思うな」と父の気持ちを代弁する。

しかし、『春と修羅／心象スケッチ』の詩集を手にし、一晩かけて幾度も読み返す政次郎の姿は圧巻だ。幼いころからの賢治の一つ一つを詩の中に認め、妹トシの臨終を台無しにしたにもかかわらず「永訣の朝」を書いたことに憤るものの、そこにとどまらずことばの人造宝石を作り出した息子の覚悟まで思考は至る。父子という相克、政次郎の人間性に心打たれるシーンだ。

「雨ニモマケズ」を「伯父さんはただ、鉛筆を持って、ことばで遊んでただけなんだじゃい」と、孫たちに教える場面も哀切きわまりない。賢治のよき理解者になった父である。さらに現在、この詩をあまりにも真剣に受けとめすぎていると気付かされもした。

しかも政次郎はただ父親だっただけではない。自分は望んでも上の学校に行かせてもらえず、質屋を継ぐ。勉強もできたのに、知識欲は講習会を開くなど浄土真宗の勉強でまぎらわせた。「家に殉じた人。もう一段複雑な人だった」ところまで筆は及んでいる。

門井さんは二〇〇三年、「キッドナッパーズ」でオール讀物推理小説新人賞を受賞してデビュー。本書は、『天才たちの値段』(〇六年)『東京帝大叡古教授』(一五年)などの歴史ミステリー、『シュンスケ!』(一三年)『屋根をかける人』(一六年)などの歴史小説を書いてきた門井さんの異色作である。歴史小説の範疇だが、家族小説といえる。豊富な知見、資料を駆使して自在に語る小説作りは他の作品と同様だが、本作で唯一特別な点がある。題材から必然的に父としての自らを問うたのだ。

政次郎の思いの多くが門井さんの実感でもあるのだろう。いずれの作品でもこの作家の特徴は明朗でのびやかな筆致にあるが、本書でも父親の苦衷を描きなお明るく、一段深いユーモア精神と愛情が全編を覆っている。

執筆時、門井さんは中学生と小学生の男の子三人の父だった。「一生の中で一番、自分自身が父とは何か、子とは何かを考えている時期だと思う。十年前でも、十年後でも書けなかったと思います」とふり返っている。

さらには息子としての自らも問わざるをえない。「社会生活をせず、売れない原稿を書いている部分ではまるで賢治。社会的能力がない点では他人ごとではない」と笑っていた。

登場人物と作家本人の距離が「今までで一番近いかもしれない」という作品で、一八年に第一五八回直木賞を受賞した。

そして賢治である。主人公ではなく、賢治本人の思いは直接描かれないが、本書を読んでいると『風野又三郎』の「どっどどどどうど」のリズムが耳元を離れない。童話のですます調の息遣いが、通奏低音のように響いてくるのには驚いた。

父を通して、賢治の姿をはっきり感じるのだ。甘ったれで、才能もあるのだろう、あちこちに気を散じる。このころの賢治の焦燥と不安は身につまされる。やりたいことが見つからない、たどり着かない時間は、砂時計の砂がただサラサラ落ちていくばかりだ。

賢治はようやくのこと原稿用紙を手にする。いつだったか、デビュー前の話をしていて門井さんがこう言った。「ずっと小説家になりたかったけれど、一字も書いていなかった。書かないと始まらないいんですよね」。そりゃそうだ、という話であるが、なぜか忘れられない。何かを成すときの要諦ではないかと、妙に納得させられたからだ。ところがこれが難しい。政次郎にもこう思わせる。

「たいせつなのは最初の一歩それ自体だろう。最初の一歩をふみだせば、二歩目はうそのように楽になる」。

書き始めた賢治は一気呵成だ。今まで寄り道に見えたことがすべて作品に流れ込む。愛息として守られて、好きなことをし、葛藤の日々を過ごすことができた。この父ありて、この子ありを味わいつくした。

もう一人、忘れてはならない登場人物がいる。「永訣の朝」の「あめゆじゅとてちてけんじゃ」のフレーズで知られる妹トシだ。早世してしまう哀れな妹というイメージが強い。

しかし、ここに描かれるトシは父に敢然と立ち向かい、女子の教育は小学校すら行かせてもらえないのが一般的だった時代に日本女子大学校にまで進学する。賢治と兄妹仲が異常によく、童話を書けと勧める一方で、自らも文才のきらめきを見せる。

文中に出てくる祖父に宛てた手紙が実際のものと聞いて仰天した。こんなふうに年上の親族を慰め、いさめたいものだ。

「手紙を読んで、これほどかと思いました。散文として高く評価します。賢治は突飛な言葉を捕まえてくるタイプ。トシは散文家として優れている。散文は年をとればとるほどうまくなるものです」

日本女子大学には、トシの書いたレポートが残っているそうだ。トシのことに俄然興味がわいてくる。こちらも現代にいて違和感ない女性だ。誰か研究してくれないだろうか。

こうしたトシのとらえ直しを含め、見たこともない賢治の物語が現出した。作家が「賢治一家の再発見」という精華がここにある。しかもその再発見を、親の普遍性にまで昇華している。けだし傑作というべきであろう。今こそ読んでほしい一冊である。

本書は二〇一七年九月に小社より単行本として刊行されました。

この物語はフィクションです。登場人物、団体等は実在のものとは一切関係ありません。

|著者|門井慶喜　1971年群馬県生まれ。同志社大学文学部卒業。2003年、第42回オール讀物推理小説新人賞を「キッドナッパーズ」で受賞しデビュー。'16年に『マジカル・ヒストリー・ツアー　ミステリと美術で読む近代』で第69回日本推理作家協会賞（評論その他の部門）、同年に咲くやこの花賞（文芸その他部門）を受賞。'18年に『銀河鉄道の父』（本書）で第158回直木賞を受賞。他の著書に『東京帝大叡古教授』『家康、江戸を建てる』『地中の星』『信長、鉄砲で君臨する』などがある。

銀河鉄道の父（ぎんがてつどうのちち）

門井慶喜（かどいよしのぶ）

2020年４月15日第１刷発行
2023年３月27日第５刷発行

発行者――鈴木章一

発行所――株式会社　講談社

東京都文京区音羽2-12-21　〒112-8001

電話　出版（03）5395-3510
　　　販売（03）5395-5817
　　　業務（03）5395-3615

Printed in Japan

定価はカバーに表示してあります

デザイン―菊地信義
本文データ制作―講談社デジタル製作
印刷―――大日本印刷株式会社
製本―――大日本印刷株式会社

ISBN978-4-06-518381-6

講談社文庫刊行の辞

二十一世紀の到来を目睫に望みながら、われわれはいま、人類史上かつて例を見ない巨大な転換期をむかえようとしている。

世界も、日本も、激動の予兆に対する期待とおののきを内に蔵して、未知の時代に歩み入ろうとしている。このときにあたり、創業の人野間清治の「ナショナル・エデュケイター」への志を現代に甦らせようと意図して、われわれはここに古今の文芸作品はいうまでもなく、ひろく人文・社会・自然の諸科学から東西の名著を網羅する、新しい綜合文庫の発刊を決意した。

激動の転換期はまた断絶の時代である。われわれは戦後二十五年間の出版文化のありかたへの深い反省をこめて、この断絶の時代にあえて人間的な持続を求めようとする。いたずらに浮薄な商業主義のあだ花を追い求めることなく、長期にわたって良書に生命をあたえようとつとめるところにしか、今後の出版文化の真の繁栄はあり得ないと信じるからである。

同時にわれわれはこの綜合文庫の刊行を通じて、人文・社会・自然の諸科学が、結局人間の学にほかならないことを立証しようと願っている。かつて知識とは、「汝自身を知る」ことにつきていた。現代社会の瑣末な情報の氾濫のなかから、力強い知識の源泉を掘り起し、技術文明のただなかに、生きた人間の姿を復活させること。それこそわれわれの切なる希求である。

われわれは権威に盲従せず、俗流に媚びることなく、渾然一体となって日本の「草の根」をかたちづくる若く新しい世代の人々に、心をこめてこの新しい綜合文庫をおくり届けたい。それは知識の泉であるとともに感受性のふるさとであり、もっとも有機的に組織され、社会に開かれた万人のための大学をめざしている。大方の支援と協力を衷心より切望してやまない。

一九七一年七月

野間省一

講談社文庫　目録

笠井　潔　梟(ふくろう)の巨(おおい)なる黄昏(たそがれ)
笠井　潔　青銅の悲劇(上)(下)〈瀕死の王〉
笠井　潔　転生の魔〈私立探偵飛鳥井の事件簿〉
川田弥一郎　白く長い廊下
神崎京介　女薫の旅　放心とろり
神崎京介　女薫の旅　耽溺(たんでき)まみれ
神崎京介　女薫の旅　秘に触れ
神崎京介　女薫の旅　禁の園へ
神崎京介　女薫の旅　欲の極み
神崎京介　女薫の旅　青い乱れ
神崎京介　女薫の旅　奥に裏に
神崎京介　I LOVE
加納朋子　ガラスの麒麟〈新装版〉
角田光代　まどろむ夜のUFO
角田光代　恋するように旅をして
角田光代　人生ベストテン
角田光代　ロック母
角田光代　彼女のこんだて帖
角田光代　ひそやかな花園

角田光代・石田衣良 ほか　こどものころにみた夢
川端裕人　せちやん〈星を聴く人〉
川端裕人　星と半月の海
片川優子　ジョナさん
神山裕右　カタコンベ
神山裕右　炎の放浪者
加賀まりこ　純情ババァになりました。
門田隆将　甲子園への遺言〈伝説の打撃コーチ高畠導宏の生涯〉
門田隆将　甲子園の奇跡〈斎藤佑樹と早実百年物語〉
門田隆将　神宮の奇跡
鏑木　蓮　東京ダモイ
鏑木　蓮　屈折光
鏑木　蓮　時限
鏑木　蓮　真友
鏑木　蓮　甘い罠
鏑木　蓮　京都西陣シェアハウス〈憎まれ天使・有村志穂〉
鏑木　蓮　炎罪
鏑木　蓮　疑薬
川上未映子　そら頭はでかいです、世界がすこんと入ります

川上未映子　わたくし率 イン 歯ー、または世界
川上未映子　ヘヴン
川上未映子　すべて真夜中の恋人たち
川上未映子　愛の夢とか
川上弘美　ハヅキさんのこと
川上弘美　晴れたり曇ったり
川上弘美　大きな鳥にさらわれないよう
海堂　尊　新装版 ブラックペアン1988
海堂　尊　ブレイズメス1990
海堂　尊　スリジエセンター1991
海堂　尊　死因不明社会2018
海堂　尊　極北クレイマー2008
海堂　尊　極北ラプソディ2009
海堂　尊　黄金地球儀2013
門井慶喜　パラドックス実践 雄弁学園の教師たち
門井慶喜　銀河鉄道の父
梶　よう子　迷子石
梶　よう子　ふくろう
梶　よう子　ヨイ豊(とよ)

講談社文庫　目録

梶　よう子　立身いたしたく候
梶　よう子　北斎まんだら
川瀬七緒　よろずのことに気をつけよ
川瀬七緒　法医昆虫学捜査官
川瀬七緒　シンクロニシティ〈法医昆虫学捜査官〉
川瀬七緒　水底の棘〈法医昆虫学捜査官〉
川瀬七緒　メビウスの守護者〈法医昆虫学捜査官〉
川瀬七緒　潮騒のアニマ〈法医昆虫学捜査官〉
川瀬七緒　紅のアンデッド〈法医昆虫学捜査官〉
川瀬七緒　スワロウテイルの消失点〈法医昆虫学捜査官〉
川瀬七緒　フォークロアの鍵
風野真知雄　隠密　味見方同心(一)〈くじらの姿焼き騒動〉
風野真知雄　隠密　味見方同心(二)〈干し卵不思議味〉
風野真知雄　隠密　味見方同心(三)〈幸せの小福餅〉
風野真知雄　隠密　味見方同心(四)〈恐怖の流しそうめん〉
風野真知雄　隠密　味見方同心(五)〈フグの毒鍋〉
風野真知雄　隠密　味見方同心(六)〈鵺の闇鍋〉
風野真知雄　隠密　味見方同心(七)〈絵巻寿司〉
風野真知雄　隠密　味見方同心(八)〈ふふふの麩〉
風野真知雄　隠密　味見方同心(九)〈殿さま漬け〉
風野真知雄　潜入　味見方同心(一)〈恋のぬるぬる膳〉
風野真知雄　潜入　味見方同心(二)〈陰膳だらけの宴〉
風野真知雄　潜入　味見方同心(三)〈五右衛門の鍋〉
風野真知雄　潜入　味見方同心(四)〈謎の伊賀忍者料理〉
風野真知雄　潜入　味見方同心(五)〈牛の活きづくり〉
風野真知雄　昭和探偵 1
風野真知雄　昭和探偵 2
風野真知雄　昭和探偵 3
風野真知雄　昭和探偵 4
風野真知雄　岡本さとる　ほか　五分後にホロリと江戸人情
カレー沢　薫　負ける技術
カレー沢　薫　もっと負ける技術〈カレー沢薫の日常と退廃〉
カレー沢　薫　非リア王
神楽坂　淳　うちの旦那が甘ちゃんで
神楽坂　淳　うちの旦那が甘ちゃんで 2
神楽坂　淳　うちの旦那が甘ちゃんで 3
神楽坂　淳　うちの旦那が甘ちゃんで 4
神楽坂　淳　うちの旦那が甘ちゃんで 5
神楽坂　淳　うちの旦那が甘ちゃんで 6
神楽坂　淳　うちの旦那が甘ちゃんで 7
神楽坂　淳　うちの旦那が甘ちゃんで 8
神楽坂　淳　うちの旦那が甘ちゃんで 9
神楽坂　淳　うちの旦那が甘ちゃんで 10
神楽坂　淳　うちの旦那が甘ちゃんで〈鼠小僧次郎吉編〉
神楽坂　淳　うちの旦那が甘ちゃんで〈寿司屋台編〉
神楽坂　淳　帰蝶さまがヤバい 1
神楽坂　淳　帰蝶さまがヤバい 2
神楽坂　淳　ありんす国の料理人 1
神楽坂　淳　あやかし長屋〈嫁は猫又〉
神楽坂　淳　妖怪犯科帳〈あやかし長屋 2〉
加藤元浩　捕まえたもん勝ち!〈七夕菊乃の捜査報告書〉
加藤元浩　量子人間からの手紙〈捕まえたもん勝ち!〉
加藤元浩　奇科学島の記憶〈捕まえたもん勝ち!〉
梶永正史　潔癖刑事　仮面の哄笑
梶永正史　銃の啼き声〈潔癖刑事・田島慎吾〉
川内有緒　晴れたら空に骨まいて
神永　学　悪魔と呼ばれた男

講談社文庫 目録